全新擴編版

21世紀 | 情境式 イラスト生き生き日本語

日語圖解字典

全新擴編版

21世紀｜情境式 イラスト生き生き日本語

日語圖解字典

發行人　鄭俊琪
總編輯　王琳詔
藝術總監　李尚竹
責任編輯　鄭瑜伽
日文編輯　佐藤　生
日文錄音　虞安寿美・仁平正人・佐藤　生
校閱　高橋　燁・虞安寿美・鄭淳尹
封面設計　王雪玲
美術編輯　王雪玲・游瓊茹
插畫　張榮傑・張家榮・陳淑珍・曹寶泰・陳蓓君・邵子娥・郭哲偉
程式設計　李志純・郭曉琪
介面設計　陳淑珍
光碟製作　翁子雲・李明爵

出版發行　希伯崙股份有限公司
105 台北市松山區八德路三段 32 號 12 樓
劃撥　1939-5400
電話　(02) 2578-7838
傳真　(02) 2578-5800
電子郵件　service@liveabc.com
法律顧問　朋博法律事務所
印刷　禹利電子分色有限公司
出版日期　民國 101 年 7 月　初版一刷

推廣特價　書 + 互動光碟：499 元

全新擴編版

21世紀｜情境式 イラスト生き生き日本語

日語圖解字典

よこづな 0 横綱

ちょう 1 蝴蝶

こたつ 0 被爐

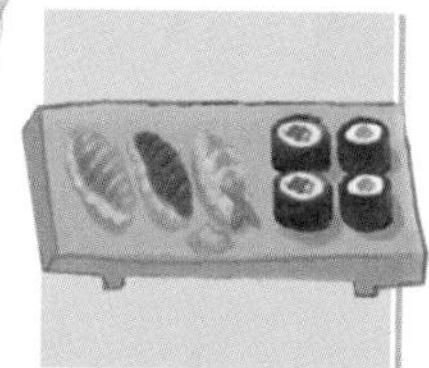
すし 1 壽司

じゅうどう 1 柔道

すいはんき 3 電子鍋

まねきねこ 4 招財貓

のう 0 能劇

さくら 0 櫻花

ぼんおどり 3 盂蘭盆舞

きんかくじ 1 金閣寺

おまもり 0 護身符

すきやき 0 壽喜燒

わふく 0 和服

メロン 1 哈密瓜

目次　目錄

Section 4

食(た)べ物(もの) 食物

Section 5

食事(しょくじ) 用餐

Section 6

街(まち)めぐり 城內導覽

Section 7

教育（きょういく） 教育

Section 8

医療（いりょう） 醫療

Section 9

交通（こうつう） 交通

Section 10

レジャー 休閒娛樂

Section 11

運動項目 運動項目

Section 12

仕事 工作

Section 13

動植物 動植物

Section 14

地球と宇宙 地球與太空

序文（じょぶん）　序

『日本語が上手になりたい』あなたの事を真剣に考えて作りました。

這是為了『想學好日文』的你，而用心製作的一本書

私は、よく学生や外国人の友達から「どうやったら日本語が上手になりますか。いい練習方法はありませんか。」と聞かれます。その時、私はよく「今、ここにある物全てを日本語で言えますか。」と尋ねます。私は初級～中級の日本語を学習している学生にも同じことを聞きます。これが外国語学習の上達の第一歩だと思うからです。お母さんが小さい子どもに言葉を教えるときも、きっと目の前にあるものを指さして、「あれは犬、犬だよ。」と一つ一つの単語を教えてあげるはずです。外国語の勉強も同じことです。難しい文法をたくさん知っていても単語を知らなければコミュニケーションはできません。逆に言えば、使える単語量が多くなればなるほど、情報量も増えスムーズなコミュニケーションができるようになります。

我常常被學生和外國人問到：「怎麼樣才能學好日文呢？有沒有什麼好方法？」。那個時候我經常問對方：「現在，這裡所有東西你都能用日語來說嗎？」。從初級到中級的學生我都會問同樣的問題。因為我認為這是學外語進步的第一步。就像是媽媽教小孩說話的時候也一樣，一定會指著眼前看到的東西說：「那個是狗，狗狗喔。」用這樣的方式一個一個來教單字。學習外語也是一樣，儘管知道許多艱深的文法，但是單字不懂的話就無法溝通。反過來說，能夠使用的單字量越多的話，訊息量也會增加，溝通也會變得更為流利順暢。

では、どのように単語を覚えたらいいのでしょうか。

那麼，要怎麼背單字呢？

（1）関係のある単語をまとめて覚える

一つ一つの単語をばらばらに覚えるより、テーマごとにまとめて覚えるほうが、効率よく覚えることができます。例えば「赤」とひとつの単語を覚えるのではなく、「色」という大きいテーマで、「青」、「緑」、「ピンク」…と、いっぺんに覚えてしまうことがお勧めです。この本はテーマごとに単語が分けてありますから、効率良く学習することができます。

(1) 將相關的單字一起記下來

與其一個一個單字分開來記，不如將相同主題的單字一起學較有效率。例如說，不要只記「紅色」一個字，我建議用「顏色」這樣的大主題，將「藍色」、「綠色」、「粉紅色」……等一起背起來。本書即是依主題將單字分類，所以會有好的學習成效。

（2）書くだけじゃだめ！「見て」、「聞いて」覚える

文字ばかりの辞書や単語の本を一冊買って、とにかく何度も何度も書いて、すべての単語を覚える方法もありますが、それができる人は少ないでしょう。それはその方法があまり良い方法ではないからです。単語を覚えるためにはイラストを使って、イメー

(2) 不能光靠書寫！要用「看」、「聽」來學習

有人用的方法是買一本很多文字的辭典或單字書，一遍又一遍地書寫後將所有單字背起來，但是會那樣做的人不多。因為那樣的方法並不是很好。要記單字的話，利用插圖、影像能有效幫

ジで覚えることが効果的です。この本では、わかりやすいイラストと日本語の単語を合わせて見ることができます。さらに、付属のディスクや音声ペンを使えば、ネイティブの日本語を聞くことができるので、耳からのインプットもできます。

助記憶。在本書中，可以搭配清晰易懂的插圖和日語單字一起學習。再者，如果使用隨書所附的光碟或點讀筆的話，你可以透過耳朵來接收資訊，聽聽母語人士所說的日語。

（3）実際に声を出して言ってみる

(3) 試著實際發出聲音

初級の人に特にお勧めしたい練習法は、何度も声に出して読むことです。この本には日常生活でそのまま使うことができる簡単な会話文がたくさん収録されています。単語も会話文も、ぜひ聞きながら声に出して読んでみてください。声に出して読むことは、記憶を助けます。それに、外国語の学習は「知っている、わかる」ということだけでは終わりません。次に「使える」というステップに進むことが大切です。いつも声に出して読んでいれば実際の場面で自然に発話することが可能です。

特別推薦初學者的練習方法是：要發出聲音來多唸幾次。本書中收錄了許多日常生活中可以直接運用的簡單對話。單字和對話也一樣，請試著一邊聽一邊唸出聲音來。發出聲音來唸的話，能夠幫助記憶。再者，學習外語不是只有「知道、理解」就達成了。接下來重要的是要能進入「能夠使用」的地步。常常發出聲音來唸的話，在實際的場合中就能自然地表達。

この本を使ってこの３つのポイントに気をつければ、単語の学習はばっちりです。また、この本の「輕鬆小品」のコーナーには、日本人の結婚式に参加するときのマナーや、日本の温泉や銭湯を利用する時に気をつけなければならないことなど、日本を旅行する人や留学を考えている人にも役に立つ情報がたくさんあります。

使用這本書時若能注意這三項要點的話，單字的學習是絕對沒有問題的。另外，本書的「輕鬆小品」單元包括了參加日本婚禮時的禮儀、泡日本的溫泉、澡堂時候需要注意的事情等，對於想去日本旅行和考慮留學的人提供了許多有用的資訊。

「単語をたくさん覚えて、上手に日本語を話したい。」そんなあなたのことを考えて、この本を作りました。ぜひあなたの日本語学習にこの本を役立ててください。

本書是為了「想背許多單字，還能說一口流利日語」的你所規劃製作的。請您善加利用本書來學習日語。

佐藤　生

筆者曾任日語補習班教師，教學方式生動活潑，
現任 LiveABC 日文編輯。

ユーザーズガイド 如何使用本書

圖解單字

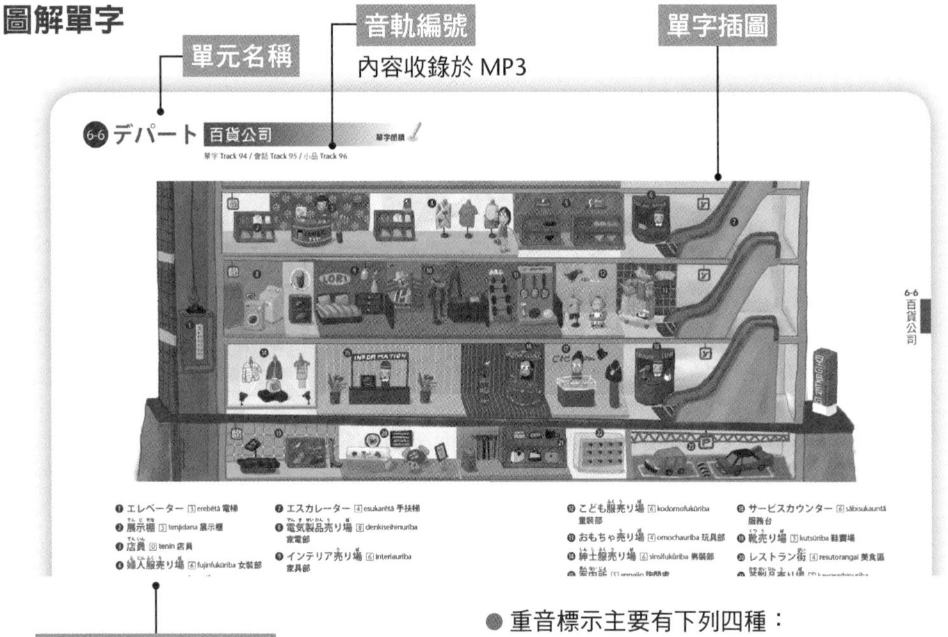

字彙標示方式說明：

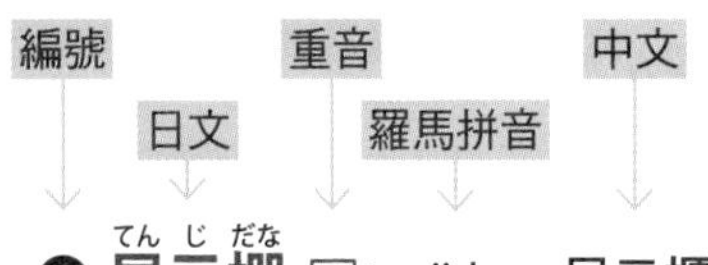

日文

- 字彙根據日本習慣用法來呈現漢字或假名。
- 在漢字、數字、英文上方以假名標示唸法。

重音

- 日文重音是指唸單字時，會在不同音節出現高低的音調。單字的音節數以所含假名數目為準，拗音、促音、長音均算一音節。像展示棚(てんじだな)有五個音節，ロッカー有四個音節，駐車場(ちゅうしゃじょう)有五個音節。
- 重音標示主要有下列四種：

1. 重音為 0 時，第一音節唸低音，第二音節以後唸高音，之後接助詞時音調持平。
2. 重音為 1 時，第一音節唸高音，第二音節以後唸低音。
3. 重音在最後一個音節時，第一音節唸低音，第二音節以後唸高音，之後接助詞時音調下降。
4. 音節為三個以上且重音在中間時，第一音節與重音後的音節唸低音，中間的音唸高音。

- チェックイン標示 4 3，表示重音在第四個或第三個假名上。服(ふく)を干(ほ)す標示 2 + 1，表示助詞(を)前服(ふく)的重音為 2，干(ほ)す的重音為 1。

羅馬拼音

- 促音的標示方式為後接子音重複一次。如チェックイン標示為 chekkuin，重複子音 k。
- 標有「^」符號者，表示該字為長音，例如ロッカー（rokkâ），ka 的音應拉長。
- 片語服(ふく)を干(ほ)す的標示方式為 fuku wo hosu。

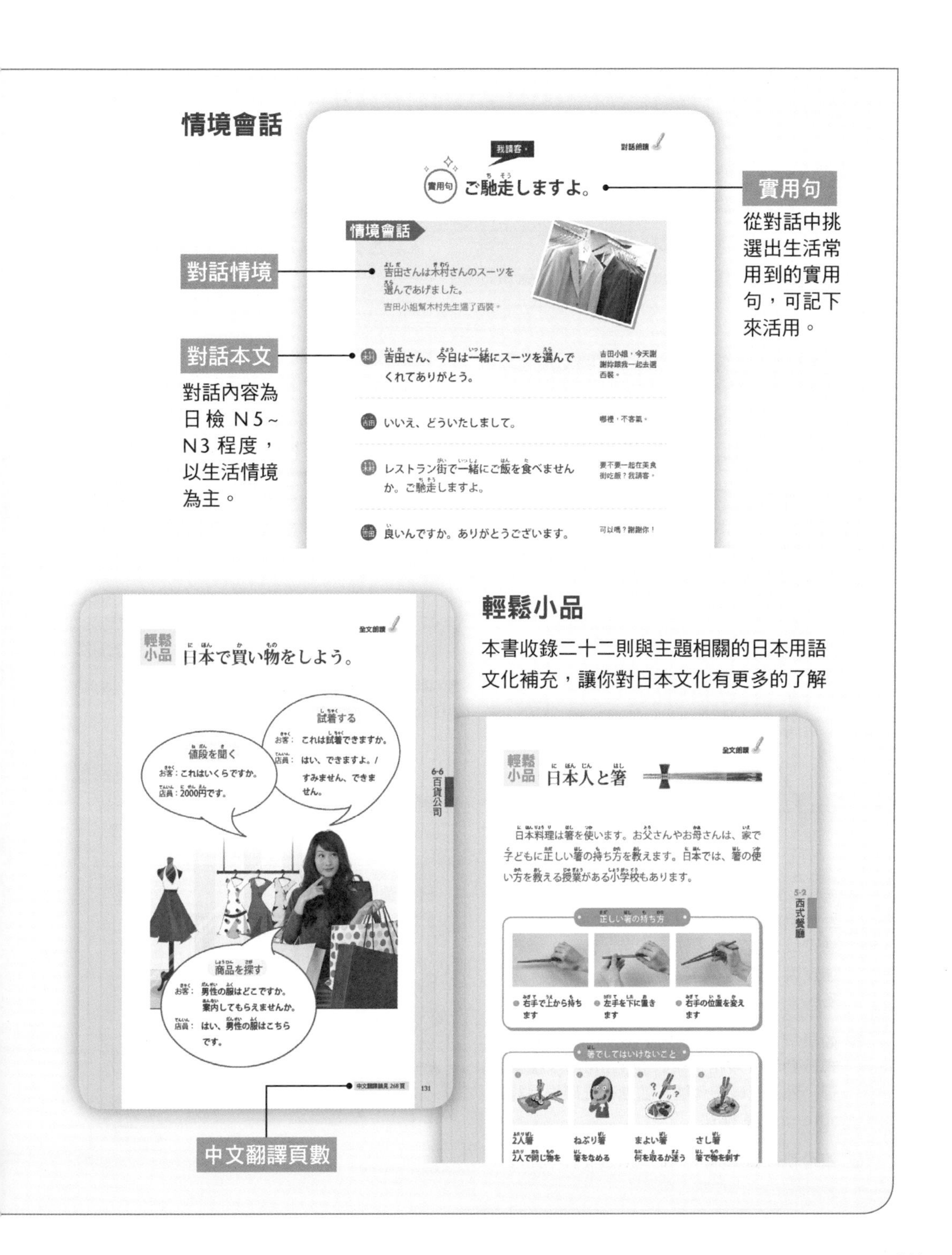
情境會話
實用句
ご馳走しますよ。
從對話中挑選出生活常用到的實用句，可記下來活用。
對話情境
吉田さんは木村さんのスーツを選んであげました。
吉田小姐幫木村先生選了西裝。
對話本文
對話內容為日檢 N5～N3 程度，以生活情境為主。
吉田さん、今日は一緒にスーツを選んでくれてありがとう。
吉田小姐，今天謝謝妳跟我一起去選西裝。
いいえ、どういたしまして。
哪裡，不客氣。
レストラン街で一緒にご飯を食べませんか。ご馳走しますよ。
要不要一起在美食街吃飯？我請客。
良いんですか。ありがとうございます。
可以嗎？謝謝你！
輕鬆小品
本書收錄二十二則與主題相關的日本用語文化補充，讓你對日本文化有更多的了解
日本で買い物をしよう。
試着する
お客：これは試着できますか。
店員：はい、できますよ。/すみません、できません。
値段を聞く
お客：これはいくらですか。
店員：2000円です。
商品を探す
お客：男性の服はどこですか。案内してもらえませんか。
店員：はい、男性の服はこちらです。
6-6 百貨公司
中文翻譯請見 268 頁
中文翻譯頁數
日本人と箸
日本料理は箸を使います。お父さんやお母さんは、家で子どもに正しい箸の持ち方を教えます。日本では、箸の使い方を教える授業がある小学校もあります。
正しい箸の持ち方
右手で上から持ちます
左手を下に置きます
右手の位置を変えます
箸でしてはいけないこと
2人箸
ねぶり箸
まよい箸
さし箸
5-2 西式餐廳

DVD-ROMの使(つか)い方(かた)　如何使用光碟

✓ 系統建議需求

【硬體】
- 處理器 Pentium 4 以上（或相容 PC 個人電腦之處理器 AMD、Celeron）
- 512 MB 記憶體
- 全彩顯示卡 800*600 DPI（16K 色以上）
- 硬碟需求空間 200 MB
- 16 倍速光碟機以上
- 音效卡、喇叭及麥克風（內建或外接）

光碟安裝程序

步驟一：進入中文視窗。

步驟二：將光碟片放進光碟機。

步驟三：本產品備有 Auto Run 執行功能，如果您的電腦支援 Auto Run 光碟程式自動執行規格，則將自動顯現【21 世紀情境式日語圖解字典《全新擴編版》】之安裝畫面。

❶ 若您的電腦已安裝過本公司產品，如【CNN 互動英語雜誌】或【Live 互動英語雜誌】，您可以直接點選「快速安裝」圖示，進行快速安裝；否則，請點選「安裝」圖示，進行安裝。

❷ 如果您的電腦無法支援 Auto Run 光碟程式自動執行規格，請打開 Windows 檔案總管，點選光碟機代號，並執行光碟根目錄的 autorun.exe 程式。

❸ 如果執行 autorun.exe 尚無法安裝本光碟，請進入本光碟的 setup 資料夾，並執行 setup.exe 檔案，即可進行安裝程式。

❹ 如果要移除【21 世紀情境式日語圖解字典《全新擴編版》】，請點選「開始」，選擇「設定」，選擇「控制台」，選擇「新增/移除程式」，並於清單中點選「21 世紀情境式日語圖解字典《全新擴編版》」，並執行「新增/移除」功能即可。

操作說明

點選執行，即可進入本光碟的學習內容，依序說明如下：

主畫面

主畫面共有 17 個圖示，其中含 14 個 Section，其餘分別為：LiveABC 網站、說明及離開的圖示。

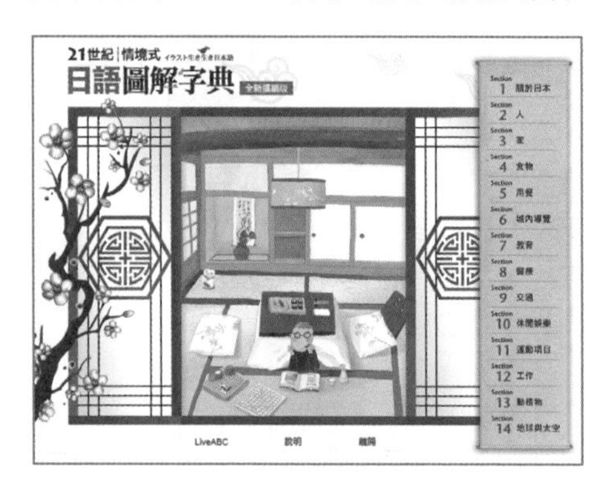

圖解學習

點選圖解介面列可進入學習畫面。本光碟的學習內容共分為三部份，分別為圖解字典、情境對話及輕鬆小品；您可由單元圖解中【Tools】的小圖示連結不同的學習類型。

工具列說明

按圖解畫面左下方的Tools，會出現此工具列。

目錄

點選「目錄」時，會出現目錄選單，您可點選想要學習的課程，進入該課學習。

情境會話

點選「情境會話」圖示，會進入會話練習的課程畫面。

輕鬆小品

點選「輕鬆小品」圖示，會進入課程畫面，在此單元我們將介紹日本的文化及用語等。

全部出現

點選「全部出現」圖示，該單元圖解中的單字，會以表單的方式出現。點選「Read」圖示，則會自動朗讀該單元所有的日文字彙；點選「Back」，則離開本功能。

逐一出現

點選「逐一出現」圖示，該單元圖解中的單字會伴隨著發音逐一出現。移動滑鼠則結束此功能。

反覆朗讀

點選「反覆朗讀」圖示，再點選任一單字，則會反覆播放該單字的發音。若想恢復一般狀態，只要再次點選本圖示即可。

錄音

1. 點選「錄音」圖示，打開錄音功能視窗。
2. 按鍵功能由左至右為：全選、錄音、停止／播放、暫停、播放原音。
3. 錄音步驟如下：
   (1) 點選要進行錄音的單字，並選擇是否要在錄音前播放原音。
   (2) 點選「錄音」鍵。
   (3) 請在電腦「播放原音」後，對著麥克風唸出字彙。
   (4) 完成該句錄音後，請按鍵盤上的「空白鍵」來結束錄音。
   (5) 點選「播放」鍵，即可聽到所錄的聲音。
4. 若您要中途結束錄音，請點選「停止」圖示。

聽力測驗

點選「聽力測驗」圖示，電腦將播放字彙的發音，請根據所聽到的發音，從圖片上點選正確的事物編號。螢幕上會立即顯示答對與否，您可反覆練習，直到記住所有字彙為止。

列印

點選「列印」圖示，畫面下方將出現列印控制鍵。您可選擇「全部列印」或「局部列印」；列印內容可選擇是否包括中文翻譯。

說明

點選「說明」圖示，進入「圖解學習」的輔助說明頁。您可藉由該頁，了解本片教學光碟的各項操作說明及用法。

情境會話

當您點選「情境會話」圖示，會進入對話練習的課程畫面。

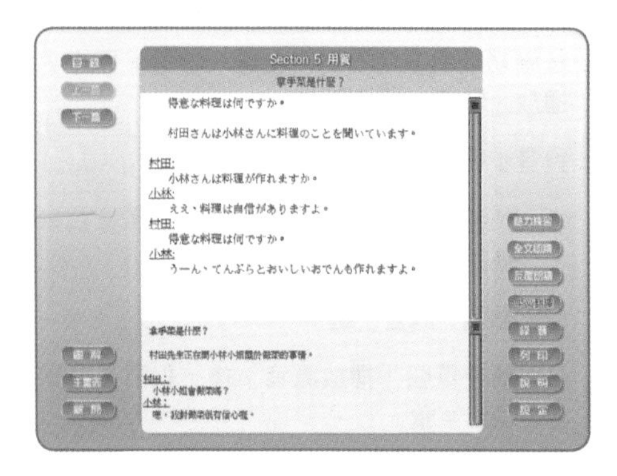

圖解

當你點選「圖解」圖示，會進入圖解字典的課程畫面。

村田:

當您點選課文中的人名，程式將自動朗讀此人的該段會話。

聽力練習

點選「聽力練習」圖示，電腦會自動朗讀本課內容，但不會顯示中文及日文。

全文朗讀

點選「全文朗讀」圖示，電腦將自動朗讀本場景對話，若您要中途停止播放，請再點選一次本圖示或在任意處點一下即可。

反覆朗讀

點選「反覆朗讀」圖示後，再選取任一句，電腦將反覆朗讀該句子，任一處按一下即可停止。

中文翻譯

點選「中文翻譯」圖示後，將於下方出現本場景之中文翻譯。當您點選中文翻譯框中的某句中文，則會朗讀相對應的日文句子；同樣地，點選內文中的任一句子，也會朗讀該句日文，並標示出其中文翻譯。

錄音

點選「錄音」圖示後，開啟錄音功能控制列。

1. 點選前方的方框（口）及可勾選要進行錄音的句子。當您選取最右方的「播放原音」圖示，則在進行錄音或播放錄音前，都將播放該段的原音。

2. 錄音步驟如下：

點選您要進行錄音的句子，並選擇是否要在錄音前播放原音。點選「錄音」鍵。請在電腦播放原音後，對著麥克風唸出您所選取的句子。當您完成該句錄音後，請按鍵盤上的空白鍵來結束錄音。點選「播放」鍵，即可聽到您所錄的聲音。

設定

若您要多次朗讀，選取「設定」圖示，將出現一控制視窗，您可在此設定反覆的間隔秒數及句子的反覆次數；也可在此調整播放音量大小。

漢字發音

當您想知道對話或文章中，某一漢字詞組的發音時，請將游標移至該漢字上，畫面上會出現黃色小方框，顯示該漢字的假名。

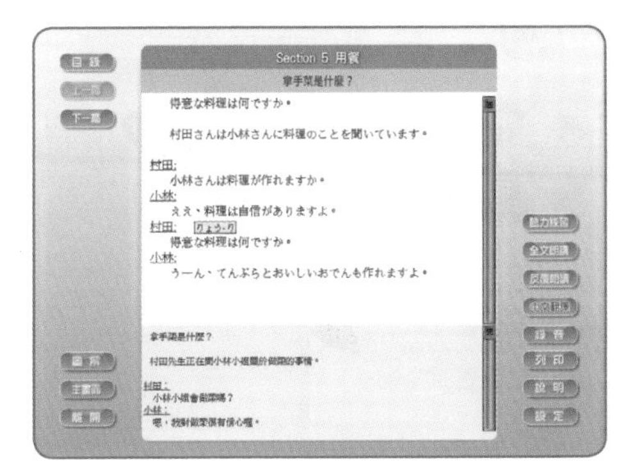

輕鬆小品

點選「輕鬆小品」圖示，會進入課程畫面，點選句子會有發音。

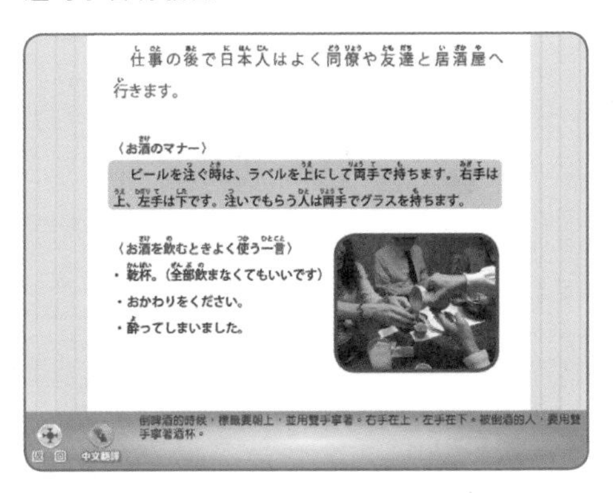

聽力 MP3

電腦互動光碟中含有單字朗讀、對話朗讀及全文朗讀 MP3 的內容，您可以放在 MP3 播放器聆聽，也可以將光碟放置於電腦中，從「我的電腦」點選您的光碟機，點選 MP3 資料夾即可看見 MP3 音檔，使用播放軟體來聆聽 MP3 內容。

點讀筆功能介紹

準備利用點讀筆學習前，請先將互動光碟裡的檔案安裝至點讀筆中，再點選封面上 MyVOICE 智慧筆 圖示，即可進入本書的內容學習。

點 單字朗讀 圖示，即依順序播放所有單字的發音。

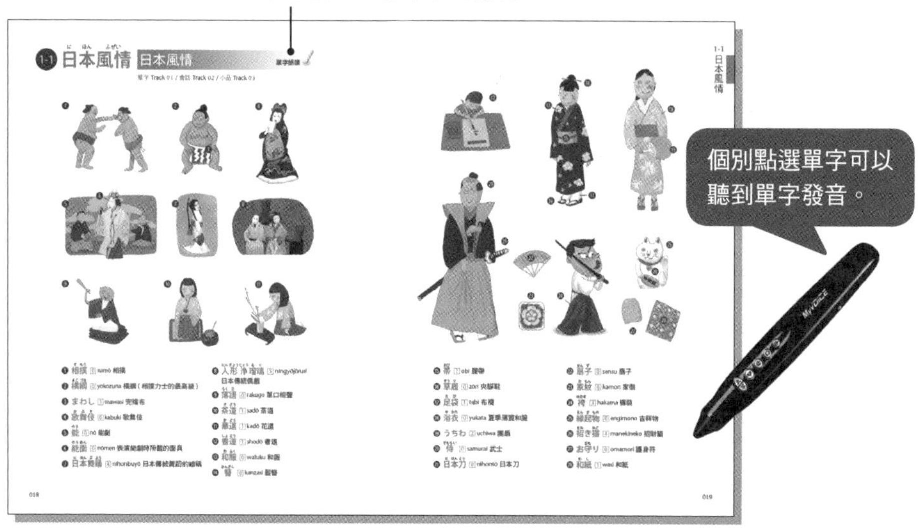

點 對話朗讀 圖示，即播放整篇文章的發音。

點 全文朗讀 圖示，即播放整篇文章的發音。

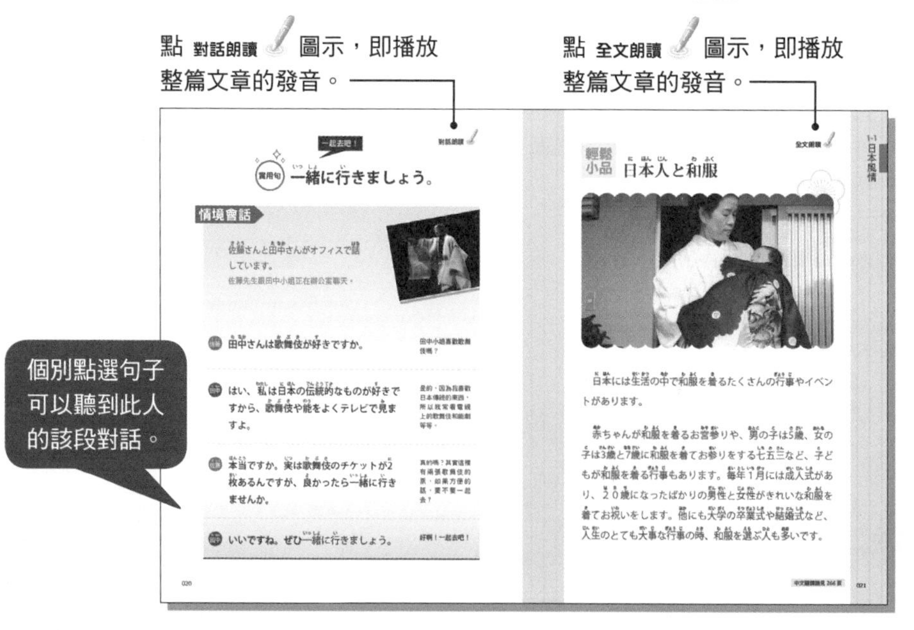

Section 01

日本国（にほんこく）

關於日本

1-1 日本風情（にほんふぜい） 日本風情

單字朗讀

單字 Track 01 / 會話 Track 02 / 小品 Track 03

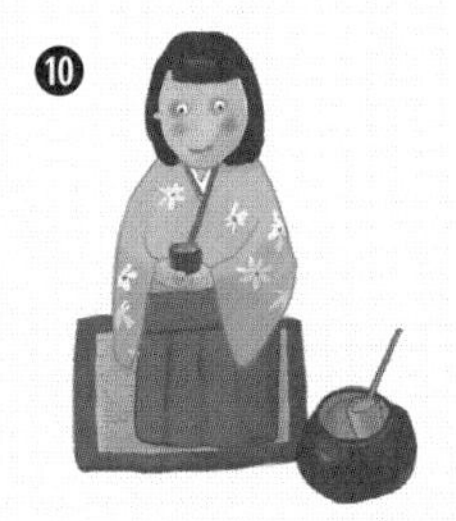

❶ **相撲**（すもう） [0] sumô 相撲

❷ **橫綱**（よこづな） [0] yokozuna 橫綱（相撲力士的最高級）

❸ **まわし** [3] mawasi 兜襠布

❹ **歌舞伎**（かぶき） [0] kabuki 歌舞伎

❺ **能**（のう） [0] nô 能劇

❻ **能面**（のうめん） [0] nômen 表演能劇時所戴的面具

❼ **日本舞踊**（にほんぶよう） [4] nihonbuyô 日本傳統舞蹈的總稱

❽ **人形 浄瑠璃**（にんぎょうじょうるり） [5] ningyôjôruri 日本傳統偶戲

❾ **落語**（らくご） [0] rakugo 單口相聲

❿ **茶道**（さどう） [1] sadô 茶道

⓫ **華道**（かどう） [1] kadô 花道

⓬ **書道**（しょどう） [1] shodô 書道

⓭ **和服**（わふく） [0] wafuku 和服

⓮ **簪**（かんざし） [0] kanzasi 髮簪

⑮ 帯（おび） 1 obi 腰帶

⑯ 草履（ぞうり） 0 zôri 夾腳鞋

⑰ 足袋（たび） 1 tabi 布襪

⑱ 浴衣（ゆかた） 0 yukata 夏季薄質和服

⑲ うちわ 2 uchiwa 團扇

⑳ 侍（さむらい） 0 samurai 武士

㉑ 日本刀（にほんとう） 0 nihontô 日本刀

㉒ 扇子（せんす） 0 sensu 扇子

㉓ 家紋（かもん） 0 kamon 家徽

㉔ 袴（はかま） 3 hakama 褲裝

㉕ 縁起物（えんぎもの） 0 engimono 吉祥物

㉖ 招き猫（まねきねこ） 4 manekineko 招財貓

㉗ お守り（まもり） 0 omamori 護身符

㉘ 和紙（わし） 1 wasi 和紙

一緒に行きましょう。

情境會話

佐藤さんと田中さんがオフィスで話しています。

佐藤先生跟田中小姐正在辦公室聊天。

佐藤	田中さんは歌舞伎が好きですか。	田中小姐喜歡歌舞伎嗎？
田中	はい、私は日本の伝統的なものが好きですから、歌舞伎や能をよくテレビで見ますよ。	是的，因為我喜歡日本傳統的東西，所以我常看電視上的歌舞伎和能劇等等。
佐藤	本当ですか。実は歌舞伎のチケットが2枚あるんですが、良かったら一緒に行きませんか。	真的嗎？其實這裡有兩張歌舞伎的票，如果方便的話，要不要一起去？
田中	いいですね。ぜひ一緒に行きましょう。	好啊！一起去吧！

全文朗讀

輕鬆小品 日本人と和服

日本には生活の中で和服を着るたくさんの行事やイベントがあります。

赤ちゃんが和服を着るお宮参りや、男の子は5歳、女の子は3歳と7歳に和服を着てお参りをする七五三など、子どもが和服を着る行事もあります。毎年１月には成人式があり、２０歳になったばかりの男性と女性がきれいな和服を着てお祝いをします。他にも大学の卒業式や結婚式など、人生のとても大事な行事の時、和服を選ぶ人も多いです。

中文翻譯請見 266 頁

1-2 四季の行事 四季行事

單字朗讀

單字 Track 04 / 會話 Track 05 / 小品 Track 06

❶

❹

❼

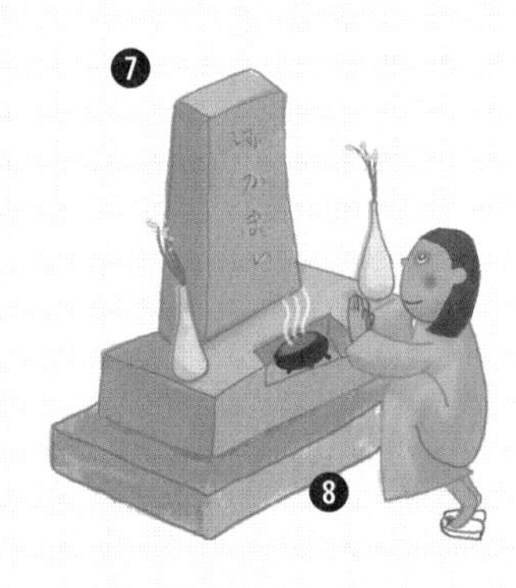

❶ 新年 [1] sinnen 新年

❷ 初詣 [3] hatsumôde 新年參拜

❸ お年玉 [0] otosidama 壓歲錢

❹ 花見 [0] hanami 賞花

❺ 和菓子 [2] wagasi 日式點心

❻ 弁当 [3] bentô 便當

❼ 中元 [0] chûgen 中元
（又稱為お盆 [2] obon 盂蘭盆）

❽ 墓参り [3] hakamairi 掃墓

❾ 夏祭り [3] natsumatsuri 夏季祭典

❿ 花火 [1] hanabi 煙火

⓫ 盆踊り [3] bonodori 盂蘭盆舞

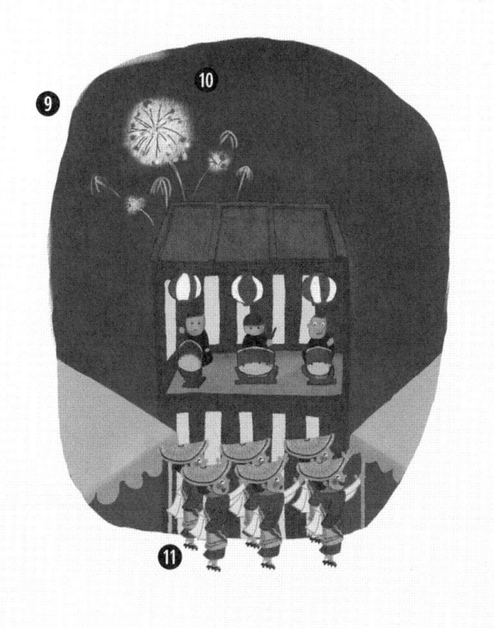

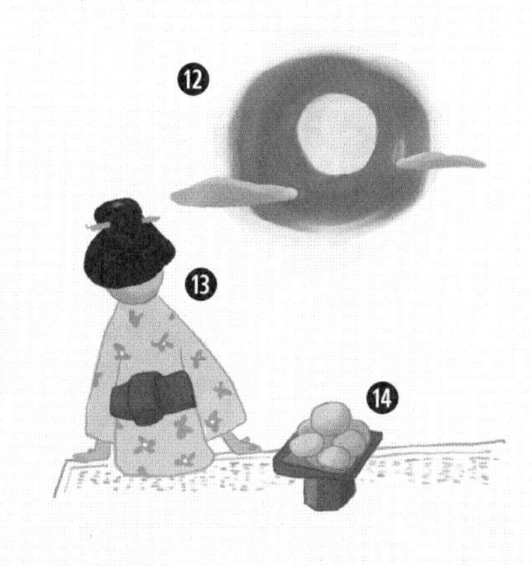

⑫ **中秋**（ちゅうしゅう） [0] chûshû 中秋

⑬ **月見**（つきみ） [0] tsukimi 賞月

⑭ **月見団子**（つきみだんご） [4] tsukimidango 日式糯米麻糬

⑮ **クリスマス** [3] kurisumasu 聖誕節（クリスマスイブ [6] kurisumasuibu 聖誕夜）

⑯ **クリスマスツリー** [7] kurisumasutsurî 聖誕樹

⑰ **イルミネーション** [4] iruminêshon 裝飾燈光

⑱ **プレゼント** [2] purezento 禮物

⑲ **お歳暮**（せいぼ） [0] oseibo 歲末（亦有歲末禮品的意思）

⑳ **大晦日**（おおみそか） [3] ômisoka 除夕

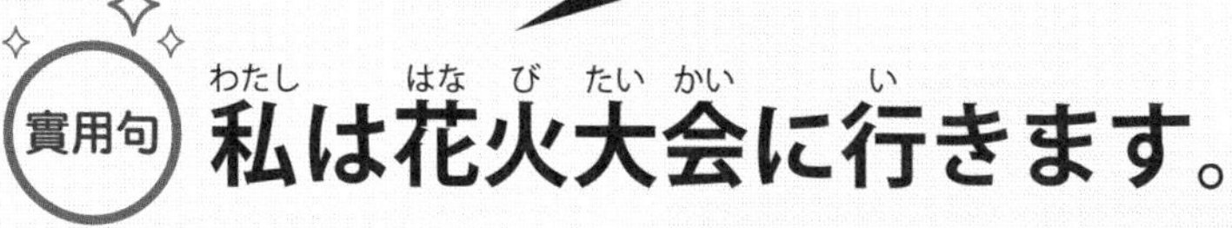

私は花火大会に行きます。

情境會話

木村さんと鈴木さんは休みのことについて話しています。

木村先生和鈴木小姐正在聊有關休假的事情。

木村	鈴木さん、来週の休みは何をしますか。	鈴木小姐，下禮拜休假要做什麼呢？
鈴木	私は花火大会に行きます。	我要去煙火大會。
木村	良いですね。誰と一緒に行きますか。	不錯啊。要跟誰一起去呢？
鈴木	子どもと一緒に行くつもりです。	我打算跟孩子一起去。

輕鬆小品 お花見(はなみ)

全文朗讀

日本人(にほんじん)は春(はる)になるとお花見(はなみ)をします。ピンク色(いろ)のきれいな桜(さくら)の木(き)の下(した)でたくさんの人(ひと)が友達(ともだち)や会社(かいしゃ)の同僚(どうりょう)、親戚(しんせき)とお酒(さけ)を飲(の)んだり、歌(うた)を歌(うた)ったりします。昼間(ひるま)にお花見(はなみ)をする人(ひと)も多(おお)いですが、最近(さいきん)は夜(よる)、夜桜(よざくら)を楽(たの)しむ人(ひと)もいます。

東京(とうきょう)にはお花見(はなみ)ができる場所(ばしょ)がたくさんあります。有名(ゆうめい)な所(ところ)では上野駅(うえのえき)の近(ちか)くにある上野恩賜公園(うえのおんしこうえん)があります。桜(さくら)の木(き)が約1200本(やくせんにひゃっぽん)あって、お花見(はなみ)の季節(きせつ)には約(やく)２００万人(ひゃくまんにん)の人(ひと)が桜(さくら)を見(み)に行(い)きます。

お花見(はなみ)の名所(めいしょ)は場所(ばしょ)を取(と)ることが難(むずか)しいので、前(まえ)の日(ひ)の夜(よる)や朝早(あさはや)くから場所(ばしょ)を取(と)りに行(い)くことがあります。会社(かいしゃ)でお花見(はなみ)をする場合(ばあい)、場所(ばしょ)を取(と)る仕事(しごと)はよく新入社員(しんにゅうしゃいん)がします。

中文翻譯請見 266 頁

1-3 日本地図 日本地圖

單字朗讀

單字 Track 07 / 會話 Track 08

❶ 北海道（ほっかいどう） [3] hokkaidô 北海道

❷ 本州（ほんしゅう） [1] honshû 本州

❸ 四国（しこく） [2][1] sikoku 四國

❹ 九州（きゅうしゅう） [1] kyûshû 九州

❺ 沖縄（おきなわ） [4] okinawa 沖繩

❻ 札幌（さっぽろ） [0] sapporo 札幌

❼ 仙台（せんだい） [1] sendai 仙台

❽ 東京（とうきょう） [0] tôkyô 東京

❾ 名古屋（なごや） [1] nagoya 名古屋

❿ 京都（きょうと） [1] kyôto 京都

⓫ 大阪（おおさか） [0] ôsaka 大阪

⓬ 神戸（こうべ） [1] kôbe 神戶

⓭ 広島（ひろしま） [0] hirosima 廣島

⓮ 福岡（ふくおか） [2] fukuoka 福岡

⓯ 長崎（ながさき） [2] nagasaki 長崎

⓰ 瀬戸内海（せとないかい） [3] setonaikai 瀨戶內海

⓱ 日本海（にほんかい） [2] nihonkai 日本海

⓲ 太平洋（たいへいよう） [3] taiheiyô 太平洋

⓳ 赤レンガ庁舎（あかレンガちょうしゃ） [6] akarengachôsha 札幌紅樓舊市政廳

⓴ 東京スカイツリー（とうきょうスカイツリー） [9] tôkyôsukaitsurî 東京晴空塔

㉑ 東京タワー（とうきょうタワー） [5] tôkyôtawâ 東京鐵塔

㉒ 富士山（ふじさん） [1] fujisan 富士山

㉓ 大阪城（おおさかじょう） [4] ôsakajô 大阪城

㉔ 金閣寺（きんかくじ） [1] kinkakuji 金閣寺

㉕ 阿蘇火山（あそかざん） [3] asokazan 阿蘇火山

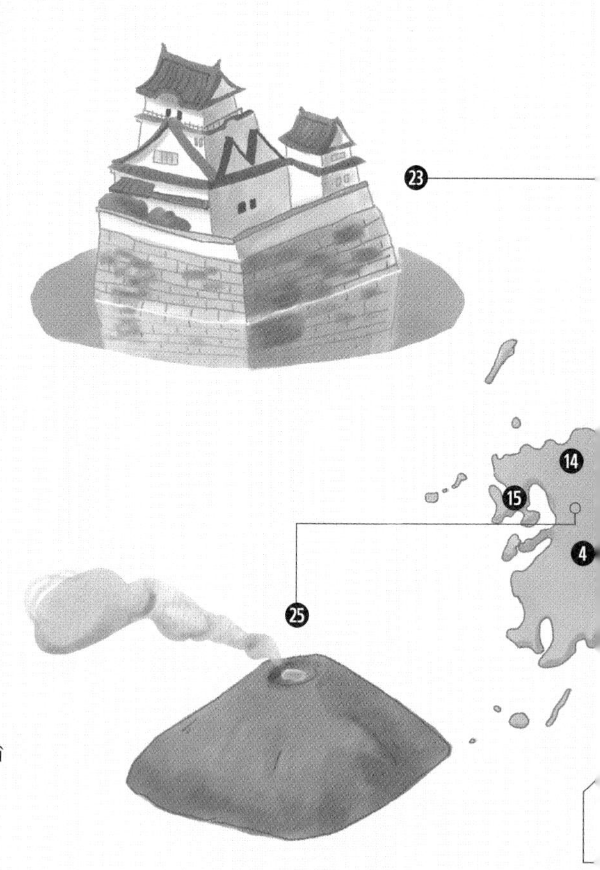

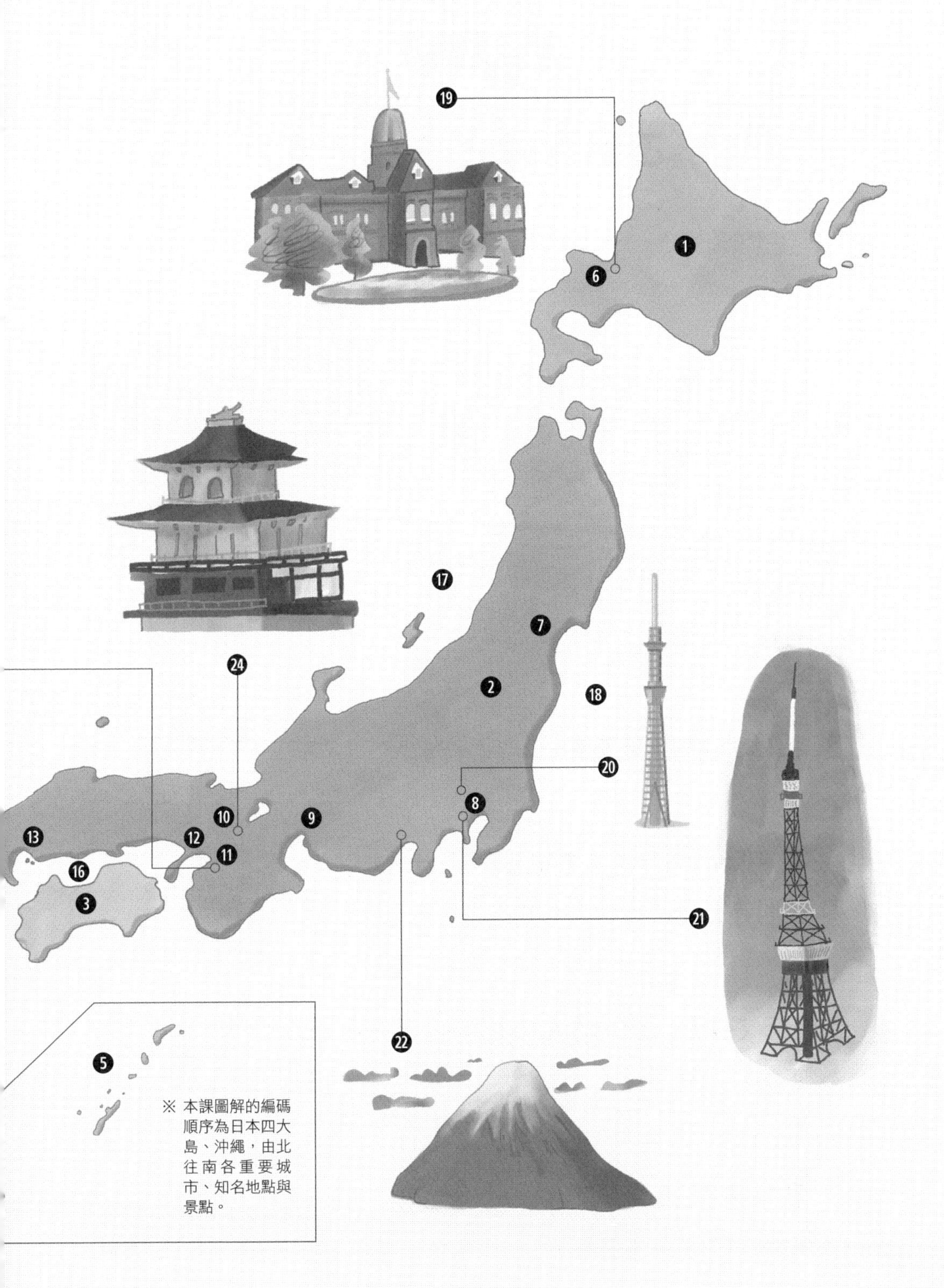

※ 本課圖解的編碼順序為日本四大島、沖繩，由北往南各重要城市、知名地點與景點。

ご出身(しゅっしん)はどちらですか。

情境會話

二人(ふたり)はお互(たが)いの出身地(しゅっしんち)を聞(き)いています。

兩個人正在互相詢問彼此是哪裡人。

田村(たむら)	ご出身(しゅっしん)はどちらですか。	你是哪裡人？
內藤(ないとう)	私(わたし)は京都(きょうと)出身(しゅっしん)です。	我是京都人。
田村(たむら)	京都(きょうと)はいいところですね。私(わたし)は去年(きょねん)、金閣寺(きんかくじ)を見(み)に行(い)きました。	京都是個好地方呢。我去年有去看過金閣寺。
內藤(ないとう)	そうですか。田村(たむら)さんの出身(しゅっしん)はどちらですか。	這樣子啊。田村小姐是哪裡人呢？
田村(たむら)	私(わたし)は東京(とうきょう)出身(しゅっしん)です。	我是東京人。

Section 02

人(ひと) 人

2-1 人(ひと)の一生(いっしょう) 人生階段

單字朗讀

單字 Track 09 / 會話 Track 10 / 小品 Track 11

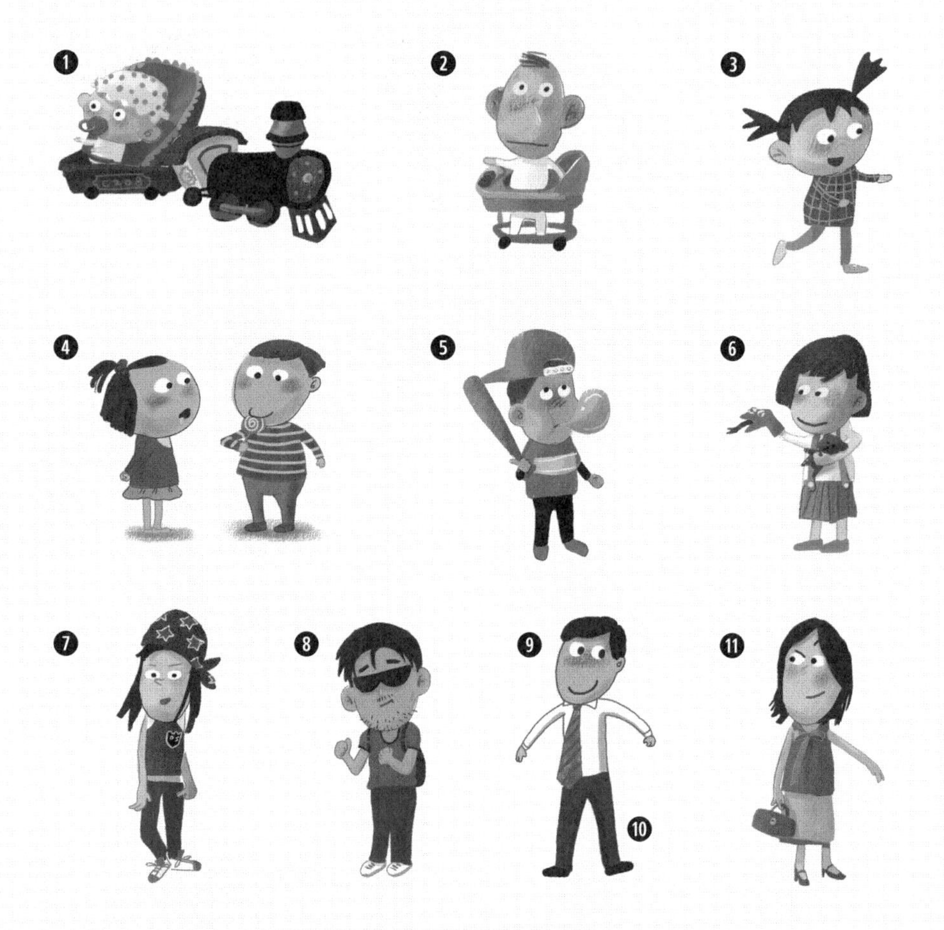

❶ 赤(あか)ちゃん [1] akachan 嬰兒

❷ 幼児(ようじ) [1] yôji 幼兒

❸ 子(こ)ども [0] kodomo 小孩

❹ 児童(じどう) [1] jidô 兒童

❺ 男(おとこ)の子(こ) [3] otokonoko 男孩

❻ 女(おんな)の子(こ) [3] onnanoko 女孩

❼ 少女(しょうじょ) [1] shôjo 少女
（少年(しょうねん) [0] shônen，合稱青少年(せいしょうねん) [3] seishônen）

❽ 若者(わかもの) [0] wakamono 年輕人

❾ 成人(せいじん) [0] seijin 成人（又稱為大人(おとな) [0] otona）

❿ 男性(だんせい) [0] dansei 男人
（又稱為男(おとこ)の人(ひと) [0] otokonohito）

⓫ 女性(じょせい) [0] josei 女人
（又稱為女(おんな)の人(ひと) [0] onnanohito）

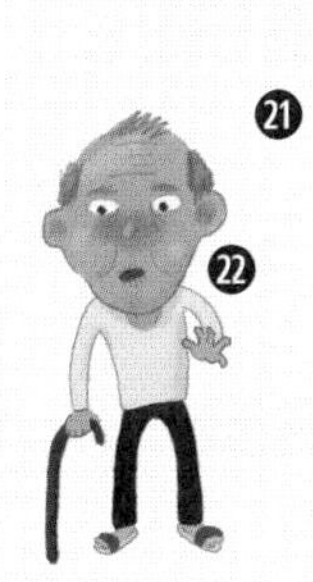

⑫ 結婚（けっこん）する ⓪ kekkonsuru 結婚

⑬ 結婚式（けっこんしき） ③ kekkonsiki 婚禮

⑭ ハネムーン ③ hanemûn 蜜月

⑮ 夫婦（ふうふ） ① fûfu 夫婦

⑯ 妊娠（にんしん）する ⓪ ninsinsuru 懷孕

⑰ 妊婦（にんぷ） ① ninpu 孕婦

⑱ 喧嘩（けんか）する ⓪ kenkasuru 吵架

⑲ 離婚（りこん）する ⓪ rikonsuru 離婚

⑳ 中年（ちゅうねん） ⓪ chûnen 中年人
（四十至六十歲稱為中高年（ちゅうこうねん） ③ chûkônen）

㉑ 老人（ろうじん） ⓪ rôjin 老年人

㉒ おじいさん ② ojîsan 老先生

㉓ おばあさん ② obâsan 老太太

㉔ 葬式（そうしき） ⓪ sôsiki 葬禮

㉕ 棺桶（かんおけ） ③ kanoke 棺材

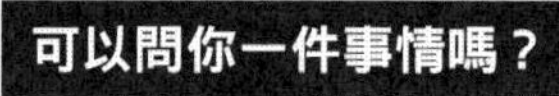

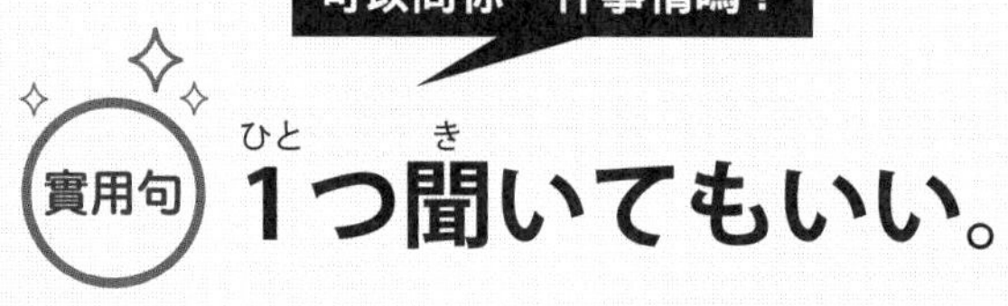

情境會話

卓也と静香は恋人です。

卓也和靜香是情侶。

静香 ねぇ、1つ聞いてもいい。結婚したら子どもは何人ほしい。

嘿，可以問你一件事情嗎？結婚以後你想要幾個小孩？

卓也 そうだな、2人ほしいな。静香はどう思う。

這個嘛，我想要兩個孩子。靜香覺得怎麼樣呢？

静香 私も2人ほしいな。男の子が良い。それとも、女の子が良い。

我也想要兩個孩子。你覺得男生好呢？還是女生好呢？

卓也 男の子と女の子、1人ずつほしいな。

我想要男孩和女孩各一個。

全文朗讀

輕鬆小品　結婚式に参加する時のマナー

日本で結婚式に参加するとき、どんなことに気をつけなければならないでしょうか。日本の結婚式には着る服や御祝儀で渡す金額など、参加者が守ったほうがいいマナーがいろいろあります。

〈服装〉

女性はよくドレスで参加しますが、肌があまり出ないドレスにしましょう。それから、白は花嫁の色なので着ないほうがいいです。また、結婚式ではみんなで一緒に食事をするので、香水のつけすぎもいけません。

男性は基本的にスーツを着ます。髪の毛はしっかりセットをして、きれいな靴で参加しましょう。おしゃれなシャツを着てもいいですが、派手すぎる色やシャツの前を開けるのはやめましょう。

〈御祝儀〉

ご祝儀の金額で選んではいけない数字があります。例えば「4」、「9」の数字は「死」、「苦」と同じ発音ですから使ってはいけません。また一番前の数字が偶数だと「割れる」「別れる」を連想させるため、これもやめた方がいいです。

友達だったら３万円ぐらいにする人が多いです。お札は必ずきれいで新しい物を選びましょう。

中文翻譯請見 266 頁

2-2 家系図（かけいず） 家譜

單字朗讀

單字 Track 12 / 會話 Track 13

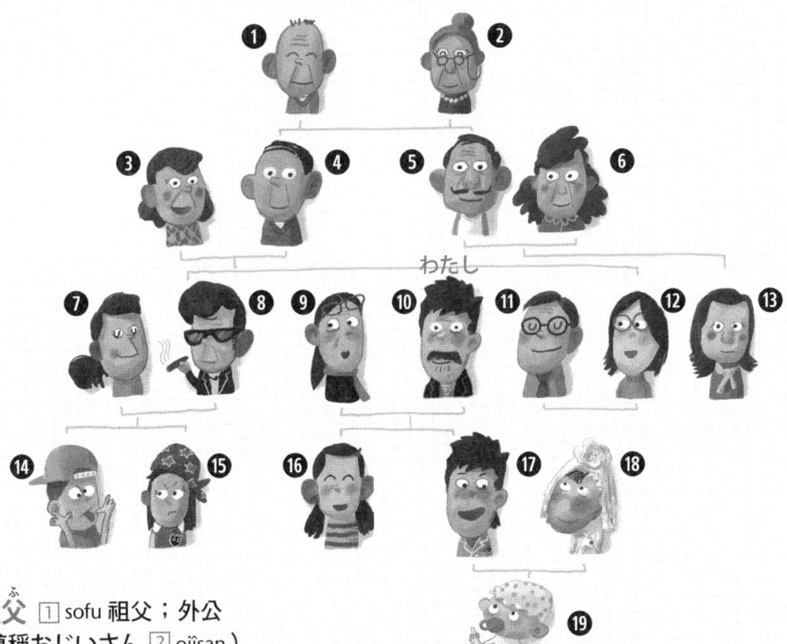

❶ 祖父（そふ） [1] sofu 祖父；外公
（尊稱おじいさん [2] ojîsan）

❷ 祖母（そぼ） [1] sobo 祖母；外婆
（尊稱おばあさん [2] obâsan）

❸ 母（はは） [1] haha 媽媽
（尊稱お母（かあ）さん [2] okâsan）

❹ 父（ちち） [1] [2] chichi 爸爸
（尊稱お父（とう）さん [2] otôsan）

❺ おじ [0] oji 伯父；叔父；舅舅
（尊稱おじさん [0] ojisan）

❻ おば [0] oba 伯母；嬸嬸；舅媽
（尊稱おばさん [0] obasan）

❼ 姉（あね） [0] ane 姊姊；嫂嫂
（尊稱お姉（ねえ）さん [2] onêsan）

❽ 兄（あに） [1] ani 哥哥；姊夫
（尊稱お兄（にい）さん [2] onîsan）

❾ 妻（つま） [1] tsuma 妻子（尊稱奥（おく）さん [1] okusan）

❿ 夫（おっと） [0] otto 丈夫
（尊稱旦那（だんな）さん [0] dannasan）

⓫ 弟（おとうと） [4] otôto 弟弟；妹夫
（尊稱弟（おとうと）さん [0] otôtosan）

⓬ 妹（いもうと） [4] imôto 妹妹；弟媳
（尊稱妹（いもうと）さん [0] imôtosan）

⓭ いとこ [2] [1] itoko 堂（表）兄弟姊妹
（尊稱いとこさん [1] itokosan）

⓮ 甥（おい） [0] oi 姪子；外甥
（尊稱甥御（おいご）さん [0] oigosan）

⓯ 姪（めい） [1] [2] mei 姪女；外甥女
（尊稱姪御（めいご）さん [0] meigosan）

⓰ 娘（むすめ） [3] musume 女兒
（尊稱娘（むすめ）さん [0] musumesan）

⓱ 息子（むすこ） [0] musuko 兒子
（尊稱息子（むすこ）さん [0] musukosan）

⓲ 嫁（よめ） [0] yome 媳婦
（尊稱お嫁（よめ）さん [0] oyomesan）

⓳ 孫（まご） [2] mago 孫子
（尊稱お孫（まご）さん [0] omagosan）

素敵ですね。

情境會話

田村さんと内藤さんは家の家事について話しています。

田村先生和內藤小姐正在聊關於家事的話題。

田村：内藤さん、元気がありませんね。どうしましたか。

內藤小姐。妳沒有精神呢。怎麼了嗎？

內藤：はぁ、田中さんはよく家の家事をしますか。

欸，田村先生經常做家事嗎？

田村：ええ、私は部屋の掃除や洗濯をしていますよ。でも私は料理が苦手ですから、料理はいつも妻や娘が作ってくれます。

是啊，我有打掃房間和洗衣服喔。但是因為我不擅長烹飪，所以煮飯的話通常是我太太和女兒來做。

內藤：素敵ですね。私の夫と息子は何も家事をしないから大変ですよ。田村さんの奥さんは幸せですね。

好棒喔！我丈夫和兒子什麼家事都不做，所以很辛苦喔。田村先生的太太真幸福呢。

2-3 帽子と靴 帽與鞋

單字朗讀

單字 Track 14 / 會話 Track 15

❶ 帽子 [0] bôsi 帽子的總稱

❷ キャップ [1][0] kyappu 棒球帽

❸ テンガロンハット [6] tengaronhatto 牛仔帽

❹ ニット帽 [3] nittobô 毛線帽

❺ ベレー帽 [2] berêbô 貝雷帽

❻ ヘルメット [1][3] herumetto 安全帽

❼ 靴下 [2][4] kutsusita 襪子

❽ 靴 [2] kutsu 鞋的總稱

❾ ブーツ [1] bûtsu 靴子

❿ サンダル [0][1] sandaru 涼鞋

⓫ 革靴 [0] kawagutsu 皮鞋

⓬ ハイヒール [3] haihîru 高跟鞋

⓭ 運動靴 [3] undôgutsu 運動鞋

⓮ キャンパスシューズ [5] kyanpasushûzu 帆布鞋

⓯ 下駄 [0] geta 木屐

⓰ ビーチサンダル [4] bîchisandaru 夾腳拖鞋

⓱ フィン [1] fin 蛙鞋

⓲ 雨靴 [0] amagutsu 雨鞋
（又稱為長靴 [0] nagagutsu）

わかりました。ありがとうございます。

情境會話

明日(あした)から旅行(りょこう)です。

明天起要去旅行。

佐藤(さとう)	明日(あした)からの社員旅行(しゃいんりょこう)が楽(たの)しみですね。	好期待明天開始的員工旅遊喔。
田中(たなか)	本当(ほんとう)ですね。そうだ佐藤(さとう)さん、明日(あした)そのハイヒールはやめた方(ほう)がいいですよ。	就是啊，對了，佐藤小姐，明天不要穿那個高跟鞋比較好喔。
佐藤(さとう)	そうですか。でもこのハイヒールは歩(ある)きやすいですよ。	是這樣嗎？但是這雙高跟鞋很好走呢。
田中(たなか)	明日(あした)は長(なが)い時間(じかん)歩(ある)くみたいですから、運動(うんどう)靴(ぐつ)のほうがいいと思(おも)います。	明天好像要走很長的一段時間，所以我覺得穿運動鞋比較好。
佐藤(さとう)	わかりました。ありがとうございます。	我知道了，謝謝。

2-4 体（からだ） 身體

單字朗讀

單字 Track 16 / 會話 Track 17

1. 頭（あたま） [3] atama 頭
2. まつげ [1] matsuge 眼睫毛
3. 目（め） [1] me 眼睛
4. 耳（みみ） [2] mimi 耳朵
5. 頬（ほお） [1] hô 臉頰
6. 首（くび） [0] kubi 頸部
7. 腕（うで） [2] ude 手臂
8. 腰（こし） [0] kosi 腰部
9. 手首（てくび） [1] tekubi 手腕
10. 手（て） [1] te 手
11. 指（ゆび） [2] yubi 手指
12. 尻（しり） [2] siri 屁股
13. 足（あし） [2] asi 腳；足部
14. 髪（かみ） [2] kami 頭髮
15. 額（ひたい） [0] hitai 額頭
16. 眉毛（まゆげ） [1] mayuge 眉毛
17. 鼻（はな） [0] hana 鼻子
18. 歯（は） [1] ha 牙齒
19. 口（くち） [0] kuchi 嘴巴
20. あご [2] ago 下巴
21. 胸（むね） [2] mune 胸部
22. 腹（はら） [2] hara 腹部
23. へそ [0] heso 肚臍
24. 太（ふと）もも [0] futomomo 大腿
25. 脳（のう） [1] nô 腦
26. 肺（はい） [0] hai 肺
27. 肝臓（かんぞう） [0] kanzô 肝
28. 心臓（しんぞう） [0] sinzô 心臟
29. 胃（い） [0] i 胃
30. 腸（ちょう） [1] chô 腸

喜歡什麼類型的女生呢？

どんな女性(じょせい)がタイプですか。

情境會話

2人(ふたり)はランチを食(た)べながら、好(す)きなタイプについて話(はな)しています。

兩個人一邊吃午餐，一邊聊喜歡的異性類型。

佐藤(さとう)：田中(たなか)さんはどんな女性(じょせい)がタイプですか。

田中先生喜歡什麼類型的女生呢？

田中(たなか)：私(わたし)は目(め)が大(おお)きくて、笑顔(えがお)が可愛(かわい)い人(ひと)が好(す)きです。佐藤(さとう)さんはどんな男性(だんせい)がタイプなんですか。

我喜歡大眼睛，而且笑容可愛的女生。佐藤小姐喜歡什麼類型的男生呢？

佐藤(さとう)：私(わたし)は背(せ)が高(たか)い男性(だんせい)が好(す)きです。手(て)や足(あし)が長(なが)い人(ひと)はかっこいいですから。

我喜歡身高高的男生。因為覺得手長腳長的人很帥。

田中(たなか)：へぇ、モデルのような人(ひと)が好(す)きなんですね。

噢，原來妳喜歡像模特兒那樣的人啊。

2-5 洋服（ようふく） 衣物

單字朗讀

單字 Track 18 / 會話 Track 19

❶ ワンピース ③ wanpîsu 連身裙

❷ ドレス ① doresu 禮服；洋裝

❸ ブラウス ② burausu 女性襯衫

❹ スカート ② sukâto 裙子

❺ パジャマ ① pajama 睡衣

❻ ブラジャー ② burajâ 胸罩

❼ パンツ ① pantsu 內褲

❽ スーツ ① sûtsu 套裝

❾ シャツ ① shatsu 襯衫

❿ チョッキ ⓪ chokki 背心

⓫ T（ティー）シャツ ⓪ thîshatsu T 恤

⓬ ズボン ②① zubon 褲子

⓭ ジーンズ ① jînzu 牛仔褲

⓮ 半（はん）ズボン ③ hanzubon 短褲

⓯ セーター ① sêtâ 毛衣

⓰ ジャケット ① jaketto 外套

⓱ コート ① kôto 大衣

そうですね。

情境會話

明日(あした)は部長(ぶちょう)の結婚式(けっこんしき)です。

明天是部長的婚禮。

木村(きむら)	明日(あした)の部長(ぶちょう)の結婚式(けっこんしき)、鈴木(すずき)さんも参加(さんか)しますか。	明天部長的婚禮，鈴木小姐也會參加嗎？
鈴木(すずき)	はい、参加(さんか)しますよ。でも何(なに)を着(き)るかまだ決(き)まっていなくて･･･。男性(だんせい)はいつもスーツを着(き)ればいいですから楽(らく)ですね。	是啊，我會參加啊。但是還沒決定穿什麼……。男生總是穿西裝就好了，很輕鬆呢。
木村(きむら)	そうですね。私(わたし)の妻(つま)はワンピースを着(き)ると言(い)っていましたよ。	也是。我妻子說她要穿連身裙呢。
鈴木(すずき)	あ、いいアイディアですね。私(わたし)もそうします。	啊，好主意！我也這麼穿好了。

2-6 アクセサリー 配件飾品

單字朗讀

單字 Track 20 / 會話 Track 21

❶ かばん [0] kaban 包包

❷ 財布(さいふ) [0] saifu 錢包

❸ マフラー [1] mafurâ 圍巾

❹ ネックレス [1] nekkuresu 項鍊

❺ ペンダント [1] pendanto 項墜

❻ ブレスレット [2] buresuretto 手鐲

❼ ヘアバンド [3] heabando 髮圈

❽ 腕時計(うでどけい) [3] udedokei 手錶

❾ リュック [1] ryukku 背包

❿ カフスボタン [4] kafusubotan 袖扣

⓫ ネクタイピン [3] nekutaipin 領帶夾

⓬ めがね [1] megane 眼鏡

⓭ サングラス [3] sungurasu 太陽眼鏡

⓮ バンダナ [0] bandana 頭巾

⓯ ブローチ [2] burôchi 胸針

⓰ イヤリング [1] iyaringu 耳環

⓱ ベルト [0] beruto 皮帶

⓲ 蝶(ちょう)ネクタイ [3] chônekutai 蝴蝶領結

⓳ ネクタイ [1] nekutai 領帶

⓴ 手袋(てぶくろ) [2] tebukuro 手套

那個要多少錢？

實用句 それはいくらですか。

情境會話

静香(しずか)さんは友達(ともだち)のプレゼントを探(さが)しています。

靜香小姐正在找朋友的生日禮物。

店員(てんいん)	プレゼントをお探(さが)しですか。	您在找禮物嗎？
静香(しずか)	はい、友達(ともだち)の誕生日(たんじょうび)プレゼントを探(さが)しているんですが・・・。	是，我正在找朋友的生日禮物……。
店員(てんいん)	プレゼントならこちらのブローチか、ブレスレットはどうですか。	生日禮物的話，這個胸針，或者手鐲怎麼樣？
静香(しずか)	良(い)いですね。それはいくらですか。	不錯啊，那個要多少錢？
店員(てんいん)	ブローチは2000円(にせんえん)、ブレスレットは3 500円(さんぜんごひゃくえん)です。	胸針是兩千元日幣，手鐲是三千五百元日幣。

2-7 情緒(じょうちょ)と動作(どうさ) 情緒和動作

單字朗讀

單字 Track 22 / 會話 Track 23

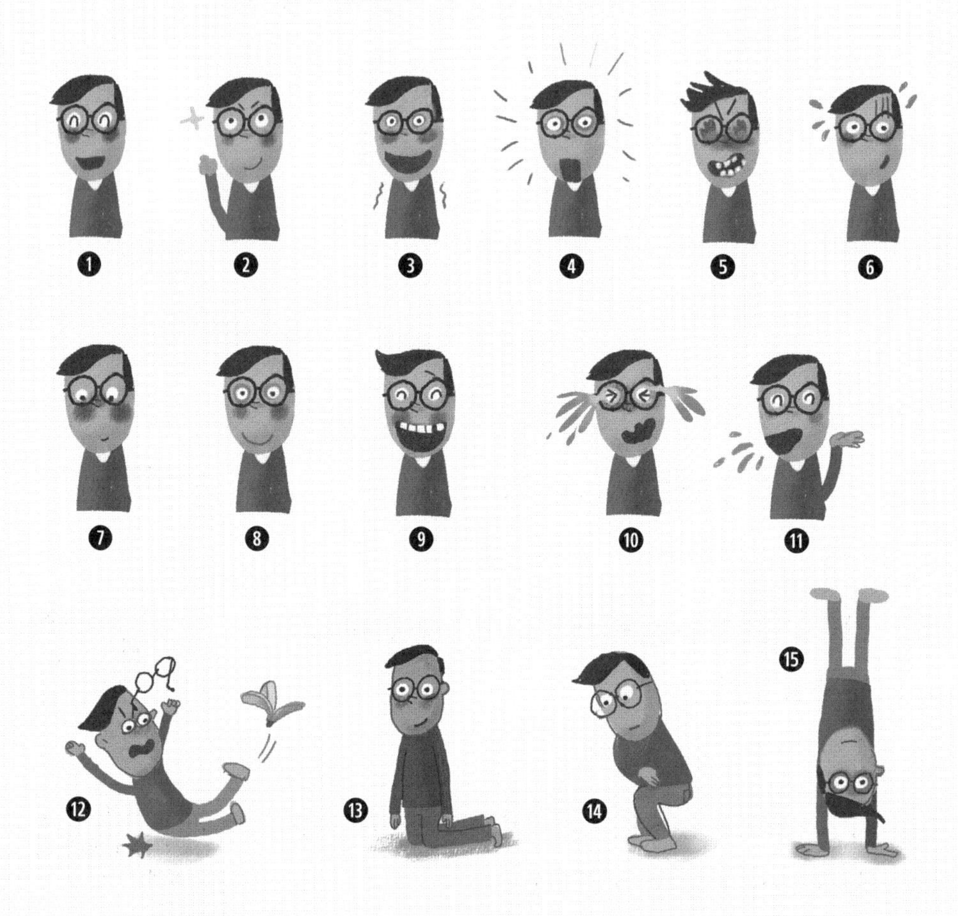

❶ 喜(よろこ)ぶ [3] yorokobu 高興

❷ 自信(じしん)がある [0]+[1] jisin ga aru 有自信

❸ 興奮(こうふん)する [0] kôfunsuru 興奮

❹ 驚(おどろ)く [3] odoroku 驚訝

❺ 怒(おこ)る [2] okoru 生氣

❻ ばつが悪(わる)い [0]+[2] batsu ga warui 尷尬

❼ 恥(は)ずかしがる [5] hazukasigaru 害羞

❽ 微笑(ほほえ)む [3] hohoemu 微笑

❾ 笑(わら)う [0] warau 笑

❿ 泣(な)く [0] naku 哭

⓫ 話(はな)す [2] hanasu 說話

⓬ 倒(たお)れる [3] taoreru 摔跤

⓭ 跪(ひざまず)く [4] hizamazuku 跪

⓮ 蹲(うずくま)る [4][0] uzukumaru 蹲

㉑ 走る（はしる） [2] hasiru 跑

㉒ 跳ぶ（とぶ） [0] tobu 跳

㉓ 座る（すわる） [0] suwaru 坐

㉔ 転ぶ（ころぶ） [0] korobu 跌倒

㉕ 寝転ぶ（ねころぶ） [3] nekorobu 躺臥

㉖ 俯けになる（うつむけになる） [0]+[1] utsumuke ni naru 俯臥

㉗ 仰向けになる（あおむけになる） [0]+[1] aomuke ni naru 仰臥

㉘ 這う（はう） [1] hau 爬

㉙ 跨ぐ（またぐ） [2] matagu 跨

㉚ あぐらをかく [0]+[1] agura wo kaku 盤腿

⑮ 逆立ち（さかだち） [0] sakadachi 倒立

⑯ 立つ（たつ） [1] tatsu 站立

⑰ 蹴る（ける） [1] keru 踢

⑱ 背負う（せおう） [2] seô 揹

⑲ 腰を伸ばす（こしをのばす） [0]+[2] kosi wo nobasu 伸懶腰

⑳ 歩く（あるく） [2] aruku 走

どうしてですか。

情境會話

静香(しずか)	あそこに座(すわ)っている男(おとこ)の子(こ)はずっと泣(な)いていますね。どうしてですか。	坐在那裡的男孩一直在哭。為什麼呢？
斉藤(さいとう)	ああ、さっき走(はし)っていましたから、転(ころ)んだのかも知(し)れませんね。	啊，因為他剛剛在奔跑，不曉得是不是跌倒了？
静香(しずか)	大丈夫(だいじょうぶ)ですかね。	沒問題嗎？
斉藤(さいとう)	心配(しんぱい)ありませんよ。見(み)てください。もう立(た)ちましたよ。	不用擔心。妳看，已經站起來了。

Section
03
いえ
家
家

3-1 家 家

單字朗讀

單字 Track 24 / 會話 Track 25 / 小品 Track 26

❶ ビル 1 biru 大樓

❷ エレベーター 3 erebêtâ 電梯

❸ 水泳プール 5 suieipûru 游泳池

❹ 塀 0 hei 圍牆

❺ 正門 0 seimon 大門
（又稱為表門 3 omotemon）

❻ 管理人 0 kanrinin 管理員
（又稱為警備員 3 keibîn）

❼ アパート 2 apâto 公寓

❽ ベランダ 0 beranda 陽台

❾ 近所 1 kinjo 鄰居
（又稱為隣人 0 rinjin）

❿ 屋上 0 okujô 頂樓

- ⓫ 階段（かいだん） 0 kaidan 樓梯
- ⓬ 呼び鈴（よびりん） 0 yobirin 門鈴
  （又稱為チャイム 1 chaimu）
- ⓭ 鍵（かぎ） 0 kagi 匙
- ⓮ 錠（じょう） 0 jô 門鎖
- ⓯ ドアノブ 0 doanobu 門把手
- ⓰ 物干し竿（ものほしざお） 4 monohosizao 竹竿
- ⓱ 車庫（しゃこ） 1 shako 車庫
  （又稱為ガレージ 2 1 garêji）
- ⓲ 庭（にわ） 0 niwa 院子
  （又稱為中庭（なかにわ） 0 nakaniwa）
- ⓳ 花壇（かだん） 1 kadan 花園
- ⓴ 郵便受け（ゆうびんうけ） 3 yûbinuke 信箱
  （又稱為ポスト 1 posuto）
- ㉑ 車道（しゃどう） 0 shadô 車道

哪裡，不客氣。

いいえ、どういたしまして。

情境會話

郵便配達員（ゆうびんはいたついん）が道（みち）を聞（き）いています。

郵差正在問路。

郵便配達員（ゆうびんはいたついん）	すみません、ＡＢＣ（エービーシー）ビルはどこですか。	不好意思，ABC 大樓在哪裡？
 佐藤（さとう）	ＡＢＣ（エービーシー）ビルはあのアパートの隣（となり）ですよ。	ABC 大樓在那棟公寓的旁邊。
 郵便配達員（ゆうびんはいたついん）	あの下（した）に警備員（けいびいん）がいるビルですね。どうもありがとうございました。	是下面有管理員的那棟大樓嗎？非常謝謝妳。
 佐藤（さとう）	いいえ、どういたしまして。	哪裡，不客氣。

輕鬆小品

日本人の家を訪問する時のマナー

他の人の家を訪問するとき、日本人はどんなことに気をつけているでしょう。

〈手土産〉

日本人は他の人の家を訪問するとき、よく簡単な手土産を持っていきます。手土産は食べ物にする人が多いです。相手の家に子どもがいる場合は、子どもが好きなお菓子を買って行ってもいいですね。でも、相手の家の近くで買うのは準備をしていないと思われますからやめましょう。

〈訪問する時間〉

相手の家を訪問するときは、必ず事前に約束をしてください。約束をしないで突然行ってはいけません。それから、約束の時間よりも早すぎてもいけません。個人の家へ行くときは5分くらい遅く行くといいです。

中文翻譯請見 267 頁

3-2 家（いえ）の外観（がいかん） 家的外觀

單字朗讀

單字 Track 27 / 會話 Track 28

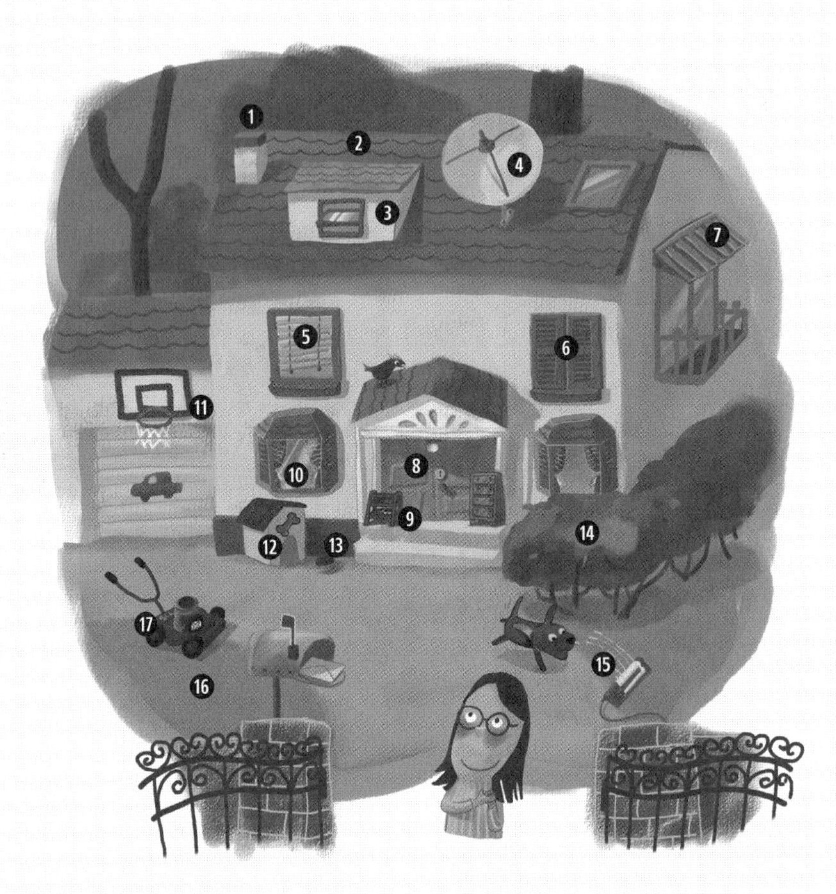

1. 煙突（えんとつ） [0] entotsu 煙囪
2. 屋根（やね） [1] yane 屋頂
3. 屋根裏部屋（やねうらべや） [0] yaneurabeya 閣樓
4. 衛星（えいせい）アンテナ [5] eiseiantena 衛星天線
5. ブラインド [0] buraindo 百葉窗
6. 窓（まど） [1] mado 窗戶
7. ひさし [0] hisasi 遮雨、遮陽棚
8. ドア [1] doa 門
9. 靴箱（くつばこ） [2] kutsubako 鞋櫃
10. カーテン [1] kâten 窗簾
11. バスケットゴール [6] basukettogôru 籃球架
12. 犬小屋（いぬごや） [0] inugoya 狗屋
13. 犬（いぬ）の餌（えさ） [0]+[2] inu no esa 狗飼料
14. 茂（しげ）み [0] sigemi 草木叢
15. スプリンクラー [3] supurinkurâ 灑水器
16. 芝生（しばふ） [0] sibafu 草皮
17. 芝刈（しばか）り機（き） [4] sibakariki 除草機

將來想住什麼樣的房子？

實用句 将来どんな家に住みたいですか。

情境會話

二人は将来住みたい家について話しています。

兩個人在聊關於將來想住的房子。

清水：佐藤さんは将来どんな家に住みたいですか。

佐藤小姐將來想住什麼樣的房子？

佐藤：やっぱり大きい家に住みたいです。それから、そこで犬を飼いたいです。

我還是想住大房子。然後想在裡面養狗。

清水：いいですね。では部屋は何部屋ほしいですか。

不錯啊。那你想要幾間房間呢？

佐藤：全部で五部屋はほしいですね。家族皆で住みたいですから。

我總共想要五間房間。因為我想跟所有家人住在一起。

3-3 リビング 客廳

單字朗讀

單字 Track 29 / 會話 Track 30

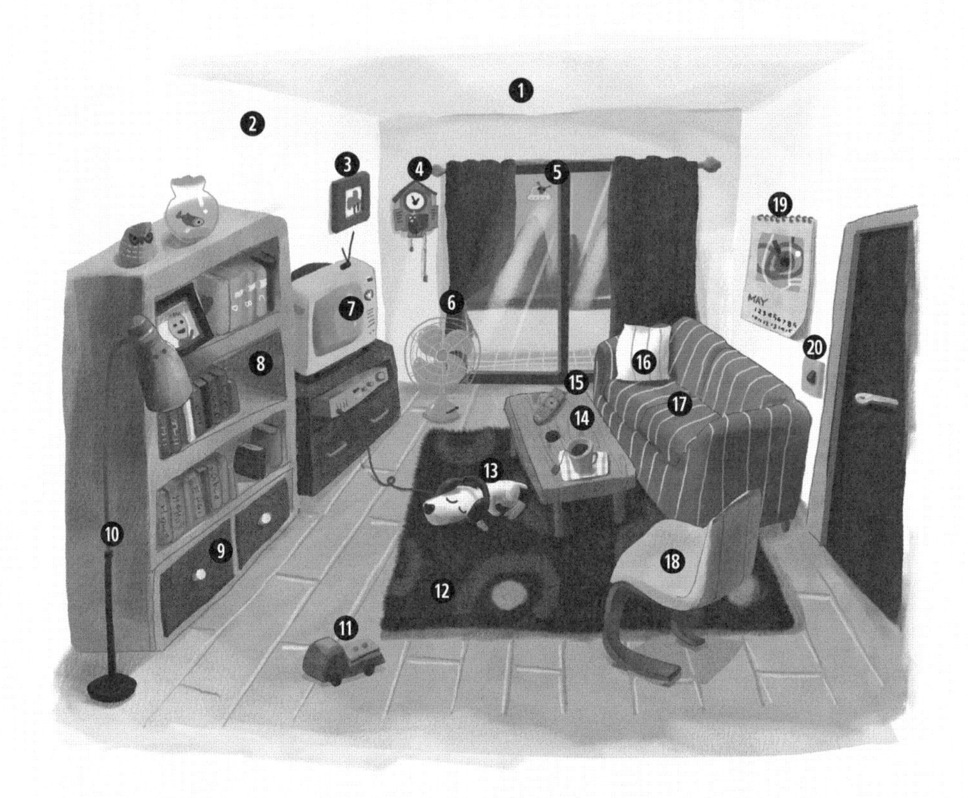

❶ 天井（てんじょう） [0] tenjô 天花板

❷ 壁（かべ） [0] kabe 牆壁

❸ 絵（え） [1] e 畫

❹ 時計（とけい） [0] tokei 時鐘

❺ UFO（ユーフォー） [1] yûfô 幽浮（不明飛行物體）

❻ 扇風機（せんぷうき） [3] senpûki 電風扇

❼ テレビ [1] terebi 電視

❽ 本棚（ほんだな） [1] hondana 書櫃

❾ 引き出し（ひきだし） [0] hikidasi 抽屜

❿ フロアランプ [4] furoaranpu 立燈

⓫ おもちゃ [2] omocha 玩具

⓬ じゅうたん [1] jûtan 地毯

⓭ ヘッドホン [3] heddohon 頭戴式耳機

⓮ テーブル [0] têburu 桌子

⓯ リモコン [0] rimokon 遙控器

⓰ クッション [1] kusshon 坐墊；靠枕

⓱ ソファー [1] sofâ 沙發

⓲ いす [0] isu 椅子

⓳ カレンダー [2] karendâ 月曆

⓴ スイッチ [2][1] suicchi 開關

つまらないものですが…。

情境會話

山下さんは引越しした川村さんの家に来ました。

山下小姐來到搬到新家的川村先生家。

山下：引越しおめでとうございます。これはつまらないものですが…。

恭喜您搬新家了！這個是一點小意思……。

川村：ありがとうございます。さぁ、どうぞ入ってください。

謝謝您。來，請進。

山下：広くていい部屋ですね。あっ、このソファーは新品ですか。

是寬敞的好房子呢。啊，這個沙發是新的嗎？

川村：はい、前のは古かったですから。ソファーとじゅうたん、それから本棚は新しい物を買いました。

是啊，因為之前的已經舊了，所以沙發、地毯還有書櫃是我新買的東西。

3-4 お風呂（ふろ）・トイレ 浴室和洗手間

單字朗讀

單字 Track 31 / 會話 Track 32

1. タイル [1] tairu 瓷磚
2. バスタオル [3] basutaoru 浴巾
3. タオル [1] taoru 毛巾
4. 鏡（かがみ） [3] kagami 鏡子
5. ひげそり [3][4] higesori 刮鬍刀
6. くし [2] kusi 梳子
（又稱為ヘアブラシ [3] heaburasi）
7. 歯磨き粉（はみがきこ） [4][3][0] hamigakiko 牙膏
8. 洗面台（せんめんだい） [0] senmendai 洗臉台
9. 蛇口（じゃぐち） [0] jaguchi 水龍頭
10. トイレットペーパー [6] toirettopêpâ 衛生紙
11. コンセント [1] konsento 插座
12. 便器（べんき） [1] benki 馬桶
13. ウォシュレット [1] woshuretto 免治馬桶
14. 排水口（はいすいこう） [0][3] haisuikô 排水孔
15. バスマット [3] basumatto 浴室踏墊
16. シャワーカーテン [4] shawâkâten 浴簾
17. シャワーヘッド [4] shawâheddo 蓮蓬頭
18. バスタブ [0] basutabu 浴缸

お願(ねが)いします。

情境會話

田中(たなか)さんが配管工(はいかんこう)に浴室(よくしつ)の修理(しゅうり)をお願(ねが)いしています。

田中小姐正在請水電工修理浴室。

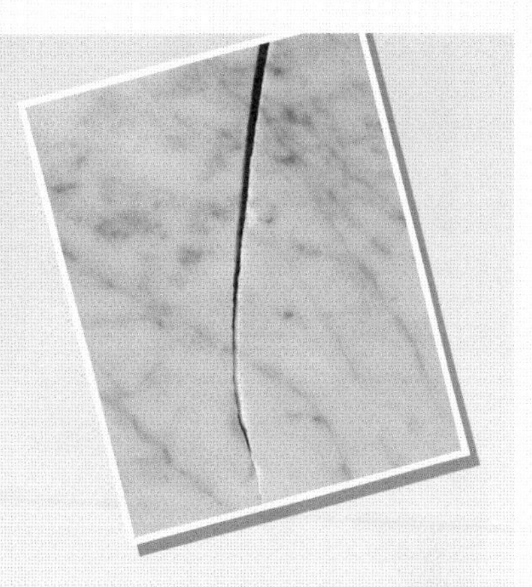

田中(たなか)	見(み)てください。あのライトの上(うえ)がひび割(わ)れているでしょう。	請看一下。那個電燈上面有裂痕對吧？
配管工(はいかんこう)	これはひどいですね。	這個很嚴重喔。
田中(たなか)	危(あぶ)なくないのか、本当(ほんとう)に心配(しんぱい)なんですよ。	我很擔心會不會有危險。
配管工(はいかんこう)	わかりました。見(み)てみましょう。	知道了。我看一下。
田中(たなか)	お願(ねが)いします。	麻煩你了。

3-5 寝室（しんしつ） 臥室

單字朗讀

單字 Track 33 / 會話 Track 34

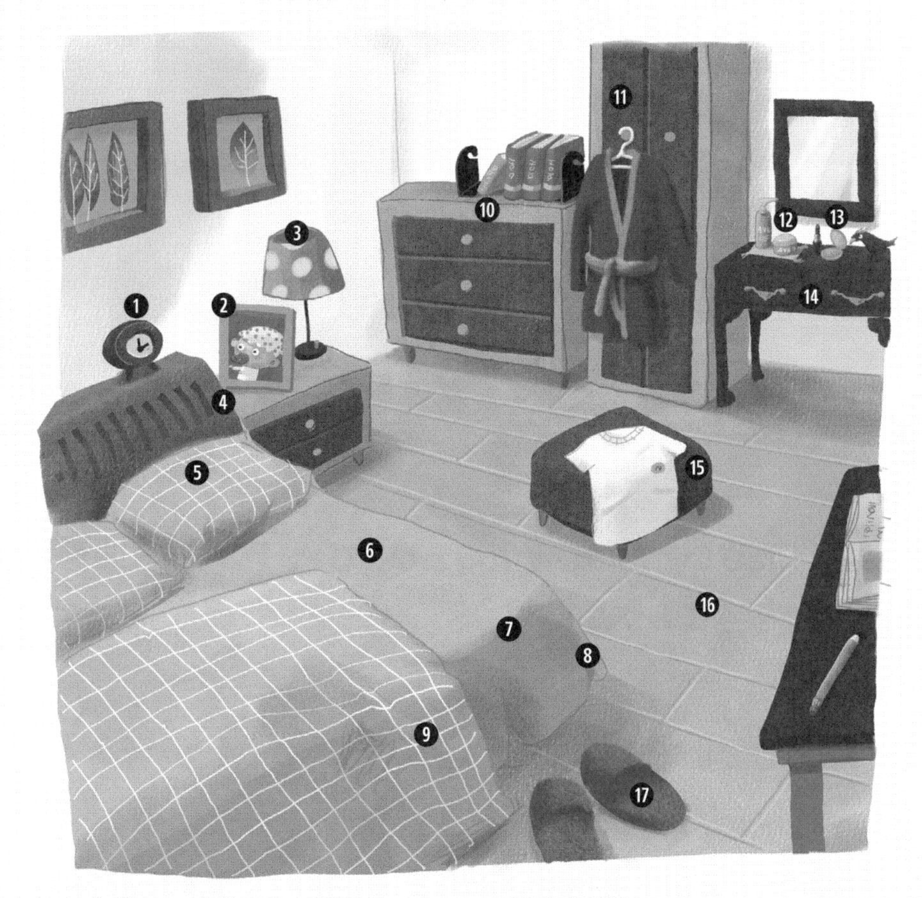

❶ 目覚まし時計（めざましどけい） [5] mezamasidokei 鬧鐘

❷ 写真立て（しゃしんたて） [2] shasintate 相框

❸ 電気スタンド（でんきスタンド） [5] denkisutando 檯燈

❹ ヘッドボードキャビネット [7] heddobôdokyabinetto 床頭櫃

❺ まくら [1] makura 枕頭

❻ ベッド [1] beddo 床

❼ マットレス [1] mattoresu 床墊

❽ シーツ [1] sîtsu 床單

❾ 掛け布団（かけぶとん） [3] kakebuton 被子

❿ たんす [0] tansu 衣櫃

⓫ 洋服だんす（ようふくだんす） [5] yôfukudansu 衣櫥

⓬ スキンケア用品（スキンケアようひん） [6] sukinkeayôhin 保養品

⓭ 化粧品（けしょうひん） [0] keshôhin 化妝品

⓮ 化粧台（けしょうだい） [0] keshôdai 梳妝台

⓯ 足のせ台（あしのせだい） [0] asinosedai 腳凳

⓰ 床（ゆか） [0] yuka 地板

⓱ スリッパ [1][2] surippa 室內拖鞋

お邪魔(じゃま)します。

情境會話

内藤(ないとう)さんは初(はじ)めて吉田(よしだ)さんの家(いえ)へ行(い)きました。

內藤先生第一次去吉田小姐家。

内藤(ないとう)	お邪魔(じゃま)します。わぁ、とてもきれいな部屋(へや)ですね。	打擾了。哇，很乾淨的房間喔。
吉田(よしだ)	ありがとうございます。私(わたし)はきれい好(ず)きですから。	謝謝。因為我很愛乾淨。
内藤(ないとう)	ピンクのベッドも可愛(かわい)いですね。でも少(すこ)し大(おお)きくありませんか。	粉紅色的床也很可愛。但是不是有點大？
吉田(よしだ)	あぁ、これは小(ちい)さいとき妹(いもうと)と一緒(いっしょ)に寝(ね)ていましたから。	啊啊，因為這是我小時候跟妹妹一起睡的。

3-6 和室（わしつ） 和室

單字朗讀

單字 Track 35 / 會話 Track 36

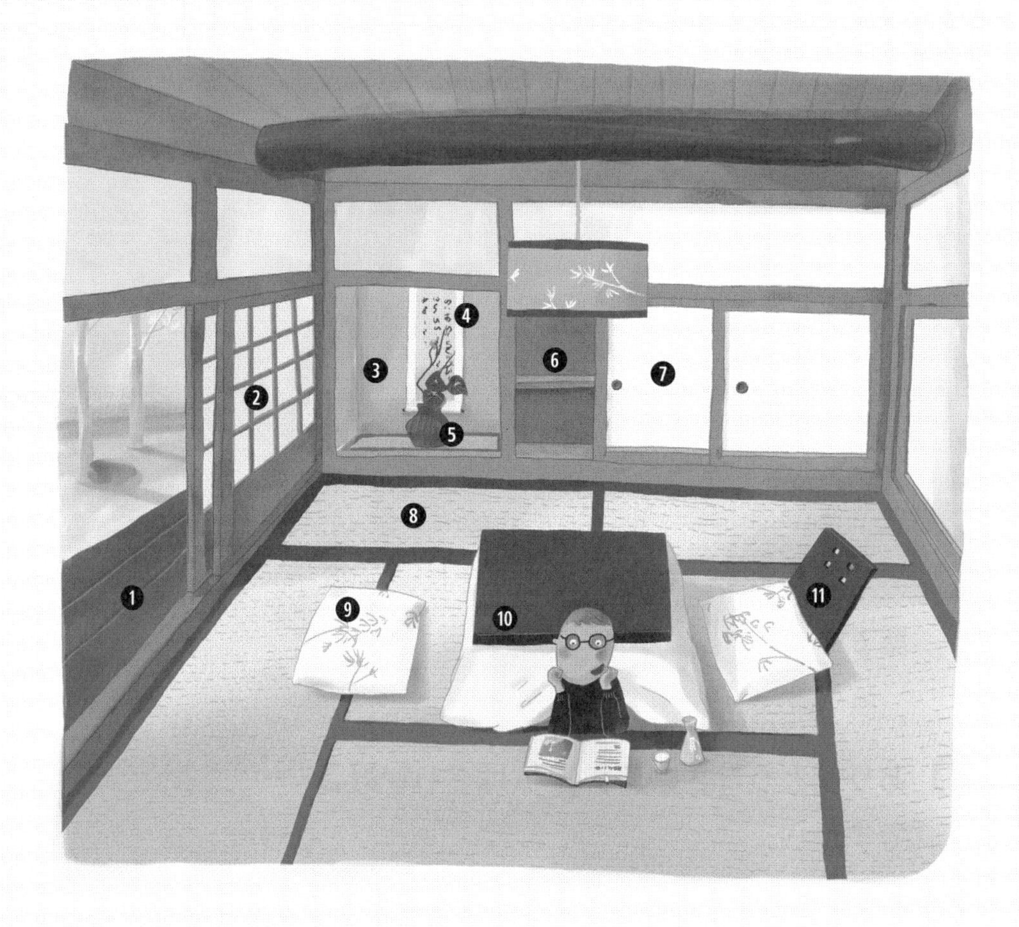

❶ 縁側（えんがわ） [0] engawa 簷下走廊

❷ 障子（しょうじ） [0] shôji 區分裡外、有木格的拉門

❸ 床の間（とこのま） [0] tokonoma 壁龕

❹ 掛け軸（かけじく） [2] kakejiku 掛軸

❺ 生け花（いけばな） [2] ikebana 日本花藝、插花

❻ 押入れ（おしいれ） [0] osîre 壁櫥

❼ 襖（ふすま） [0] [3] fusuma 壁櫥或隔間的拉門

❽ 畳（たたみ） [0] tatami 榻榻米

❾ 座布団（ざぶとん） [2] zabuton 坐墊

❿ こたつ [0] kotatsu 被爐

⓫ 座椅子（ざいす） [0] zaisu 和室座椅

我去端茶過來。

實用句 今お茶を持って来ますね。

情境會話

佐藤さんの家には大きい和室があります。

佐藤先生家有很大的和室。

清水	やっぱり畳は良いですね。落ち着きますよ。	還是榻榻米好啊。會讓心情平靜下來喔。
佐藤	どうぞ、そこの座椅子に座ってください。今お茶を持って来ますね。	請坐那邊的和室座椅。我去端茶過來。
清水	都会にこんなに大きい和室があるのは、珍しいですね。	在都市裡有這麼大的和室，很少見呢。
佐藤	そうですね。今は和室のない家も多いですからね。	是啊，現在很多房子都沒有和室了呢。

3-7 キッチン 廚房

單字朗讀

單字 Track 37 / 會話 Track 38

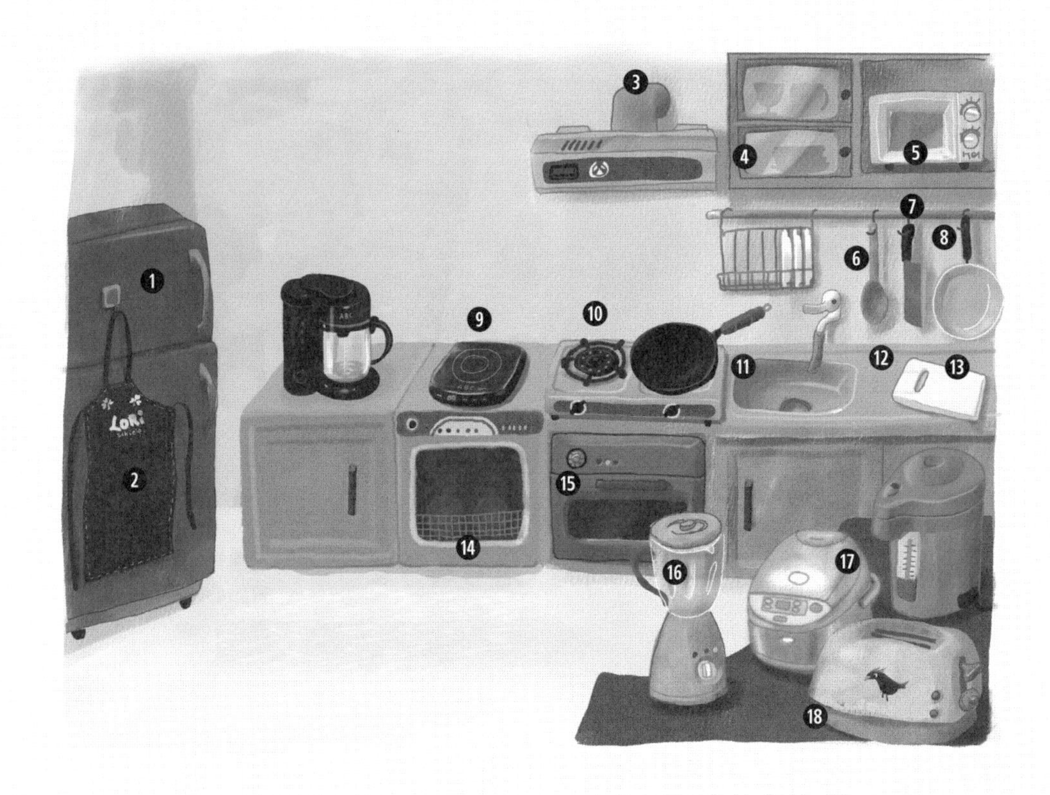

- ❶ 冷蔵庫（れいぞうこ） [3] reizôko 冰箱
- ❷ エプロン [1] epuron 圍裙
- ❸ 換気扇（かんきせん） [0] kankisen 抽油煙機
- ❹ 食器戸棚（しょっきとだな） [4] shokkitodana 碗櫃
- ❺ 電子レンジ（でんしレンジ） [4] densirenji 微波爐
- ❻ お玉（おたま） [2] otama 杓子
- ❼ 包丁（ほうちょう） [0] hôchô 菜刀
- ❽ フライパン [0] furaipan 平底鍋
- ❾ ＩＨヒーター（アイエイチヒーター） [6] aieichihîtâ 電磁爐
- ❿ ガスコンロ [3] gasukonro 瓦斯爐
- ⓫ 流し（ながし） [3] nagasi 水槽
- ⓬ 調理台（ちょうりだい） [0] chôridai 料理台
- ⓭ まな板（まないた） [0] [3] manaita 砧板
- ⓮ 食器洗い機（しょっきあらいき） [6] shokkiaraiki 洗碗機
- ⓯ オーブン [1] ôbun 烤箱
- ⓰ ミキサー [1] mikisâ 果汁機
- ⓱ 炊飯器（すいはんき） [3] suihanki 電子鍋
- ⓲ トースター [1] tôsutâ 烤麵包機

ごちそうさまでした。

情境會話

小林（こばやし）さんは村上（むらかみ）さんの家（いえ）でご飯（はん）を食（た）べました。

小林先生在村上小姐家吃飯。

小林（こばやし）：ごちそうさまでした。本当（ほんとう）においしかったです。食器（しょっき）はどこに置（お）いたらいいですか。

謝謝妳的招待。真的很好吃。餐具要放哪裡好呢？

村上（むらかみ）：流（なが）しに置（お）いといてください。後（あと）で食器洗（しょっきあら）い機（き）で洗（あら）いますから。

請放在水槽。我等一下會用洗碗機洗。

小林（こばやし）：手伝（てつだ）いますよ。わぁ、これは最新（さいしん）のＩＨ（アイエイチ）ヒーターですね。

我來幫忙。哇，這是最新的電磁爐耶。

村上（むらかみ）：はい、とても便利（べんり）ですよ。今日（きょう）の料理（りょうり）もそれで作（つく）りました。

是啊，很方便喔。今天的料理也是用那個做的。

3-8 キッチン用品（ようひん） 廚房用品

單字朗讀

單字 Track 39 / 會話 Track 40

1. コルク抜（ぬ）き 3 korukunuki 軟木塞拔
2. フライ返（がえ）し 4 furaigaesi 鍋鏟
3. 泡立（あわだ）て器（き） 4 awadateki 打蛋器（又稱為ホイッパー 2 hoippâ）
4. ティーポット 3 thîpotto 茶壺
5. オーブングローブ 6 ôbungurôbu 隔熱手套
6. マグカップ 3 magukappu 馬克杯
7. 栓抜（せんぬ）き 3 sennuki 開瓶器
8. アルミホイル 4 arumihoiru 鋁箔紙
9. タッパー 1 tappâ 保鮮盒（又稱為保存容器（ほぞんようき） 4 hozonyôki）
10. コップ 0 koppu 杯子
11. ラップ 1 rappu 保鮮膜
12. しゃもじ 1 shamoji 飯杓
13. 缶切（かんき）り 3 kankiri 開罐器
14. キッチンばさみ 5 kicchinbasami 廚房剪刀
15. ピーラー 1 pîrâ 削皮刀（又稱為皮剝（かわむ）き器 4 kawamukiki）
16. ふきん 1 2 fukin 抹布

いらっしゃいませ。

情境會話

山下(やました)さんはスーパーで買(か)い物(もの)をしています。

山下小姐正在超市買東西。

山下(やました)	すみません。	請問一下。
店員(てんいん)	はい、いらっしゃいませ。	是，歡迎光臨。
山下(やました)	このアルミホイルも半額(はんがく)ですか。	這個鋁箔紙也是半價嗎？
店員(てんいん)	はい、そうです。その棚(たな)の上(うえ)の商品(しょうひん)は他(ほか)のタッパーもキッチンばさみも全部(ぜんぶ)半額(はんがく)ですよ。	是的。那個櫃子上的商品，其他像保鮮盒，廚房用剪刀也全部都半價喔。
山下(やました)	わあ、安(やす)いですね。	哇，好便宜喔。

3-9 家電（かでん） 家電

單字朗讀

單字 Track 41 / 會話 Track 42

❶ 掃除機（そうじき） 3 sôjiki 吸塵器

❷ ドライヤー 0 2 doraiyâ 吹風機

❸ ヒーター 1 hîtâ 暖爐

❹ エアコン 0 eakon 冷氣
（又稱為クーラー 1 kûrâ）

❺ コーヒーメーカー 5 kôhîmêkâ 咖啡壺

❻ ポット 1 potto 熱水瓶

❼ 電話（でんわ） 0 denwa 電話

❽ DVD（ディーブイディー）プレーヤー 8 dîbuidîpurêyâ DVD 播放器

❾ ビデオ 1 bideo 錄放影機

❿ ステレオ 0 sutereo 音響

⓫ 洗濯機（せんたくき） 4 sentakuki 洗衣機

⓬ 衣類乾燥機（いるいかんそうき） 6 iruikansôki 乾衣機

⓭ アイロン 0 airon 熨斗

其他還需要什麼嗎？

對話朗讀

實用句 他(ほか)に何(なに)が必要(ひつよう)かな。

情境會話

太郎(たろう)は4月(しがつ)から1人暮(ひとりぐ)らしをします。

太郎四月開始要自己一個人住。

太郎(たろう)	他(ほか)に何(なに)が必要(ひつよう)かな。	其他還有需要什麼嗎？
恵美(えみ)	エアコンと洗濯機(せんたくき)はもう買(か)ったでしょう。ポットはある。	已經買了冷氣和洗衣機囉。有沒有熱水瓶？
太郎(たろう)	うん、ポットは実家(じっか)に2つ(ふた)あるから、それを使(つか)おうと思(おも)ってるんだ。	嗯，熱水瓶的話因為老家有兩台，所以就打算用那個。
恵美(えみ)	じゃあドライヤーはある。これから寒(さむ)くなるからあったほうがいいと思(おも)うよ。	然後有沒有吹風機？因為接下來會變冷，所以有的話會比較好喔。

3-10 生活雑貨（せいかつざっか） 生活雑貨

單字朗讀

單字 Track 43 / 會話 Track 44

❶ 洗顔乳液（せんがんにゅうえき） 5 sengannyûeki 洗面乳

❷ ヘアシャンプー 3 heashanpû 洗髮精

❸ ヘアコンディショナー 5 heakondishonâ 潤髮乳

❹ ボディーソープ 4 bodîsôpu 沐浴乳

❺ 石鹸（せっけん） 0 sekken 香皂

❻ スキンローション 4 sukinrôshon 身體乳液

❼ 綿棒（めんぼう） 1 menbô 棉花棒

❽ 爪切り（つめきり） 3 tsumekiri 指甲刀

❾ ティッシュペーパー 4 thisshupêpâ 面紙

❿ 香水（こうすい） 0 kôsui 香水

⓫ 体重計（たいじゅうけい） 0 taijûkei 體重計

⓬ 洗濯かご（せんたくかご） 4 sentakukago 洗衣籃

⓭ バスローブ 3 basurôbu 浴袍

⓮ シャワーキャップ 5 shawâkyappu 浴帽

⓯ 日焼け止めクリーム（ひやけどめクリーム） 7 hiyakedomekurîmu 防曬乳

⓰ くし 2 kusi 梳子

跟其他的有哪裡不一樣呢？

他の物と、どこが違いますか。

情境會話

清水さんはヘアシャンプーを探していますか。

清水小姐正在找洗髮精。

清水	このヘアシャンプーはどこのですか。	這是哪裡的洗髮精？
店員	こちらはドイツのヘアシャンプーです。	這個是德國的洗髮精。
清水	少し高いですね。他の物と、どこが違いますか。	有點貴，跟其他的有哪裡不一樣呢？
店員	こちらは全て自然のもので作られていますから、赤ちゃんでも使えますよ。	因為這全都是用天然的東西製造的，所以寶寶也可以用喔。

3-11 工具(こうぐ) 工具

單字朗讀

單字 Track 45 / 會話 Track 46

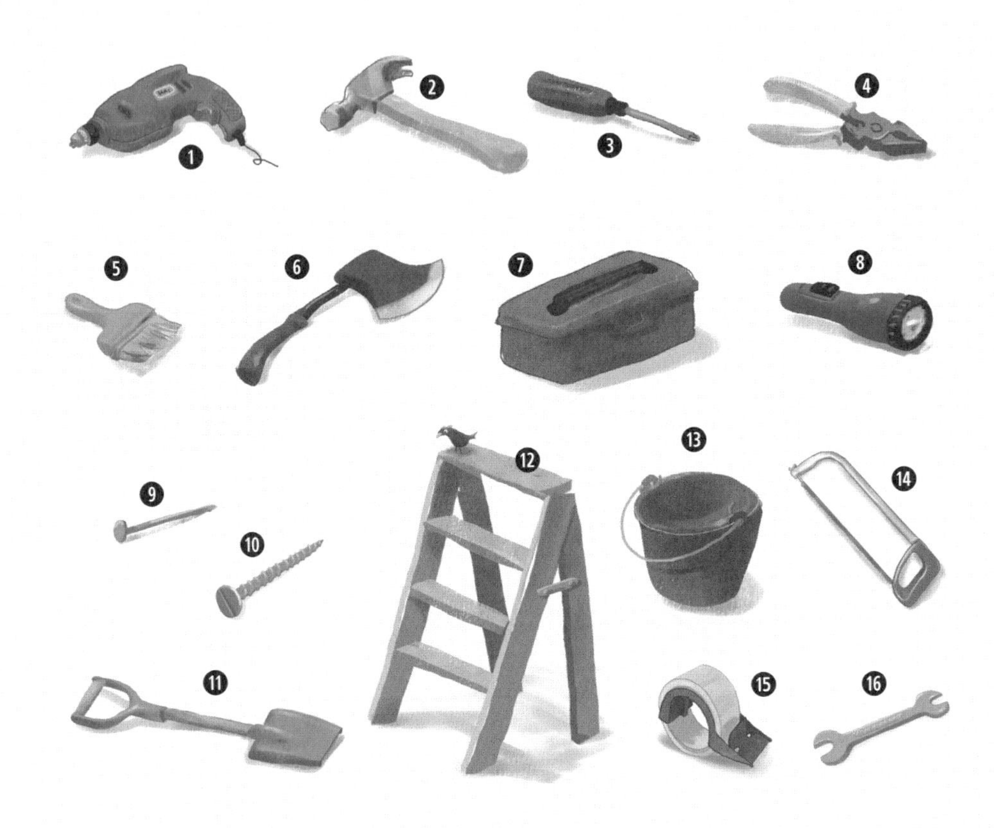

❶ 電気(でんき)ドリル [4] denkidoriru 電鑽

❷ ハンマー [1] hanmâ 榔頭

❸ ドライバー [0] doraibâ 螺絲起子

❹ ペンチ [1] penchi 鉗子

❺ ペイントブラシ [5] peintoburasi 油漆刷

❻ 斧(おの) [1] ono 斧頭

❼ 道具箱(どうぐばこ) [3] dôgubako 工具箱

❽ 懐中電灯(かいちゅうでんとう) [5] kaichûdentô 手電筒

❾ 釘(くぎ) [0] kugi 鐵釘

❿ ねじ [1] neji 螺絲（又稱為ボルト [0] boruto）

⓫ シャベル [1] shaberu 鏟子

⓬ 脚立(きゃたつ) [0] kyatatsu 矮梯

⓭ バケツ [0] baketsu 水桶

⓮ のこぎり [3] [4] nokogiri 鋸子

⓯ ガムテープ [3] gamutêpu 膠帶

⓰ スパナ [2] supana 扳手

がんばりましょう。

情境會話

2人は事務所の大掃除をしています。

兩個人正在辦公室做大掃除。

木村 事務所の大掃除は大変ですね。

辦公室大掃除真的很辛苦呢。

板橋 そうですね。でも後は床の掃除だけですからがんばりましょう。そこにバケツがありますから、それに水を入れてください。

對啊。不過，之後只剩下打掃地板而已，加油吧。那邊有水桶，就請把水倒進那裡。

木村 わかりました。あれっ、この椅子は危ないですね。

我知道了，啊，這個椅子好危險喔。

板橋 本当ですか。あぁ、これはねじを変える必要がありますね。道具箱からドライバーと新しいねじを取ってきます。

真的嗎？啊啊，這個需要換螺絲了。我去工具箱拿螺絲起子和新的螺絲來。

3-12 日々の生活 日常生活

單字朗讀

單字 Track 47 / 會話 Track 48

❶ 洗う 0 arau 洗

❷ 掃除する 0 sôjisuru 打掃清潔

❸ 掃く 1 haku（用掃把）掃地

❹ 洗濯する 0 sentakusuru 洗衣

❺ 服を干す 2＋1 fuku wo hosu 晾衣服

❻ 料理する 1 ryôrisuru 做菜

❼ 体を洗う 0＋0 karada wo arau 洗澡（又稱為シャワーを浴びる 1＋0 shawâ wo abiru）

❽ 休む 2 yasumu 休息（又稱為休憩する 0 kyûkeisuru）

❾ 寝る 0 neru 睡覺

❿ 起きる 2 okiru 起床

⓫ 歯を磨く 1＋0 ha wo migaku 刷牙

⓬ 顔を洗う 0＋0 kao wo arau 洗臉

⑬ トイレに行く 1+0 toire ni iku 上廁所

⑭ 食べる 2 taberu 吃

⑮ 飲む 1 nomu 喝

⑯ 着る 0 kiru 穿（上衣）

⑰ かぶる 2 kaburu 戴

⑱ 穿く 0 haku 穿（裙、褲、襪子）

⑲ 脱ぐ 1 nugu 脫（裙、褲、襪子）

⑳ 電話を掛ける 0+2 denwa wo kakeru 打電話

㉑ おしゃべりする 2 oshaberisuru 聊天

㉒ ごみを捨てる 2+0 gomi wo suteru 倒垃圾

㉓ 見る 1 miru 看

㉔ ゲームする 1 gêmusuru 玩遊戲

㉕ 新聞を読む 0+1 sinbun wo yomu 看報紙

㉖ 音楽を聞く 1+0 ongaku wo kiku 聽音樂

お疲(つか)れ様(さま)でした。

情境會話

今日(きょう)は金曜日(きんようび)、明日(あした)はお休(やす)みです。

今天是星期五，明天休假。

山田(やまだ)：お疲(つか)れ様(さま)でした。小島(こじま)さん、明日(あした)の休(やす)みは何(なに)をしますか。

辛苦你了。小島先生明天休假要做什麼呢？

小島(こじま)：妻(つま)と一緒(いっしょ)に映画(えいが)を見(み)ます。山田(やまだ)さんは。

跟妻子一起看電影。山田小姐呢？

山田(やまだ)：私(わたし)は最近(さいきん)仕事(しごと)が忙(いそが)しかったですから、家(いえ)でゆっくり休(やす)みたいです。でも、1人(ひとり)暮(ぐ)らしですから掃除(そうじ)したり、洗濯(せんたく)したりしなければなりませんね。

我最近工作很忙，所以想在家裡好好休息。但是，因為我是自己一個人住，所以還必須打掃跟洗衣服。

Section 04 食べ物

食物

4-1 スーパーマーケット 超市

單字朗讀

單字 Track 49 / 會話 Track 50

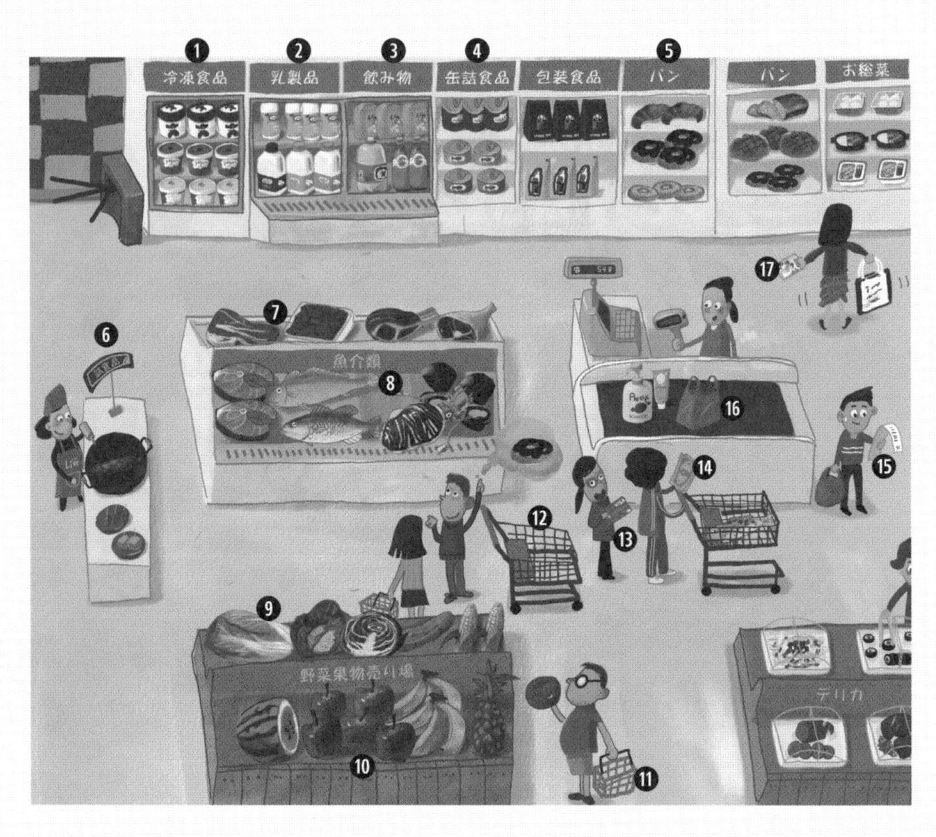

❶ 冷凍食品（れいとうしょくひん） [5] reitôshokuhin 冷凍食品

❷ 乳製品（にゅうせいひん） [3] nyûseihin 乳製品

❸ 飲み物（のみもの） [3] [2] nomimono 飲料

❹ 缶詰食品（かんづめしょくひん） [5] kanzumeshokuhin 罐頭食品

❺ パン [1] pan 麵包

❻ 試食品（ししょくひん） [0] sishokuhin 免費試吃品

❼ 肉類（にくるい） [2] nikurui 肉類

❽ 魚介類（ぎょかいるい） [2] gyokairui 海鮮類

❾ 野菜（やさい） [0] yasai 蔬菜

❿ 果物（くだもの） [2] kudamono 水果

⓫ 買い物かご（かいものかご） [4] kaimonokago 購物籃

⓬ カート [1] kâto 手推車

⓭ クレジットカード [6] kurejittokâdo 信用卡

⓮ 現金（げんきん） [3] genkin 現金

⓯ レシート [2] resîto 收據（又稱為領収書（りょうしゅうしょ） [0] ryôshûsho）

⓰ ビニール袋（ビニールぶくろ） [4] binîrubukuro 塑膠袋

⓱ メンバーズカード [6] menbâzukâdo 會員卡（又稱為会員（かいいん）カード [5] kaînkâdo）

歡迎再度光臨。

またどうぞお越し下さいませ。

情境會話

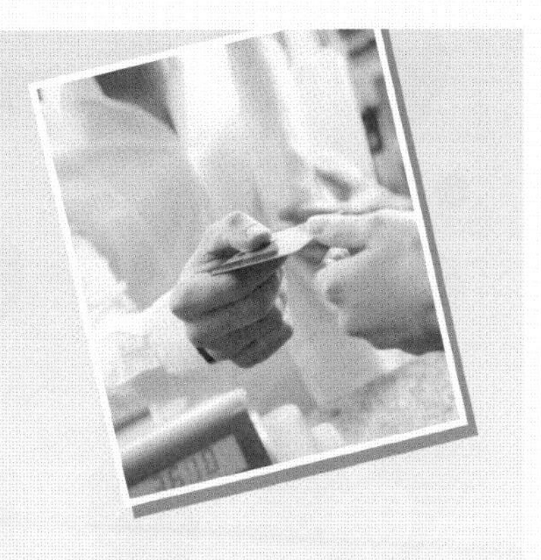

木村さんがスーパーでお会計をしています。

木村小姐正在超市結帳。

店員	メンバーズカードはお持ちですか。	有帶會員卡嗎？
木村	いいえ、ありません。	不，沒有帶。
店員	作りますか。	要辦嗎？
木村	いいえ、結構です。	不，不用了。
店員	では、こちらレシートです。ありがとうございました。またどうぞお越し下さいませ。	那麼，這邊是您的收據。謝謝您。歡迎再度光臨。

4-2 果物（くだもの） 水果

單字朗讀

單字 Track 51 / 會話 Track 52

❶ すもも [0] sumomo 李子

❷ いちご [0] ichigo 草莓

❸ さくらんぼ [0] sakuranbo 櫻桃

❹ キウイ [1] kiui 奇異果

❺ ぶどう [0] budô 葡萄

❻ マンゴー [1] mangô 芒果

❼ 桃（もも） [0] momo 桃子

❽ 柿（かき） [0] kaki 柿子

❾ 梨（なし） [2][0] nasi 梨子

❿ レモン [1][0] remon 檸檬

⓫ みかん [1] mikan 橘子

⓬ オレンジ [2] orenji 柳橙

⓭ りんご [0] ringo 蘋果

⓮ グレープフルーツ [6] gurêpufurûtsu 葡萄柚

⓯ メロン [1] meron 哈密瓜

⓰ バナナ [1] banana 香蕉

⓱ スイカ [0] suika 西瓜

⓲ パパイア [2] papaia 木瓜

⓳ ドリアン [1] dorian 榴槤

⓴ ライチ [1] raichi 荔枝

㉑ パイナップル [3] painappuru 鳳梨

最喜歡的水果是什麼？

實用句 一番好きな果物は何ですか。

情境會話

田村さんと武藤さんは社長のお見舞いに行きます。

田村小姐和武藤先生要去探望社長。

田村	社長が一番好きな果物は何ですか。	社長最喜歡的水果是什麼？
武藤	社長は前、ぶどうとみかんが大好きだと言っていましたよ。	社長之前說過他很喜歡葡萄和橘子喔。
田村	では、お見舞いの品はこの大きいぶどうとみかんにしましょう。	那麼探望時的慰問禮就帶這個大葡萄和橘子吧。
武藤	社長もきっと喜ぶと思いますよ。	我想社長一定會很開心的。

4-3 野菜（やさい） 蔬菜

單字朗讀

單字 Track 53 / 會話 Track 54

1. ニラ [0] nira 韭菜
2. ピーマン [1] pîman 青椒
3. カボチャ [0] kabocha 南瓜
4. とうもろこし [3] tômorokosi 玉米
5. さつまいも [0] satsumaimo 番薯
6. じゃがいも [0] jagaimo 馬鈴薯
7. カリフラワー [4] karifurawâ 花椰菜
8. 里（さと）いも [0] satoimo 小芋頭
9. れんこん [0] renkon 蓮藕
10. マッシュルーム [4] masshurûmu 蘑菇
11. しいたけ [1] sîtake 香菇
12. セロリ [1] serori 芹菜
13. にんじん [0] ninjin 紅蘿蔔
14. キュウリ [1] kyûri 黃瓜
15. たまねぎ [3] tamanegi 洋蔥
16. レタス [1] retasu 萵苣
17. キャベツ [1] kyabetsu 高麗菜
18. もやし [0] moyasi 豆芽菜
19. 白菜（はくさい） [3] [0] hakusai 大白菜
20. 大根（だいこん） [0] daikon 白蘿蔔
21. ごぼう [0] gobô 牛蒡
22. たけのこ [0] takenoko 竹筍
23. アスパラガス [4] asuparagasu 蘆筍
24. トマト [1] tomato 番茄
25. にんにく [0] ninniku 大蒜
26. 生姜（しょうが） [0] shôga 薑
27. 唐辛子（とうがらし） [3] tôgarasi 辣椒

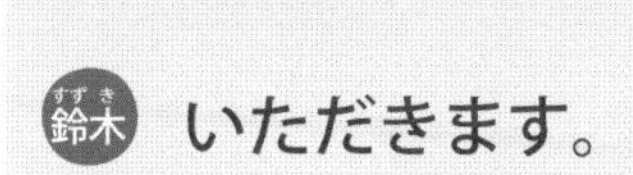

昼休み、2人は一緒にレストランで昼ごはんを食べています。

午休時間，兩個人正在餐廳吃午餐。

鈴木	いただきます。	開動了。
加藤	あっ、カレーの中にカボチャがありますね。	啊，咖哩裡面有南瓜呢。
鈴木	はい、珍しいですね。	嗯，很少見呢。
加藤	実は私、カボチャが苦手なんです…。	老實說我不太喜歡南瓜……。
鈴木	そうですか。じゃあ私のカツカレーと交換しましょうか。	這樣子啊。那要不要跟我的咖哩豬排飯交換？
加藤	いいんですか。ありがとうございます。	可以嗎？謝謝妳！

4-4 肉（にく） 肉

單字朗讀

單字 Track 55 / 會話 Track 56

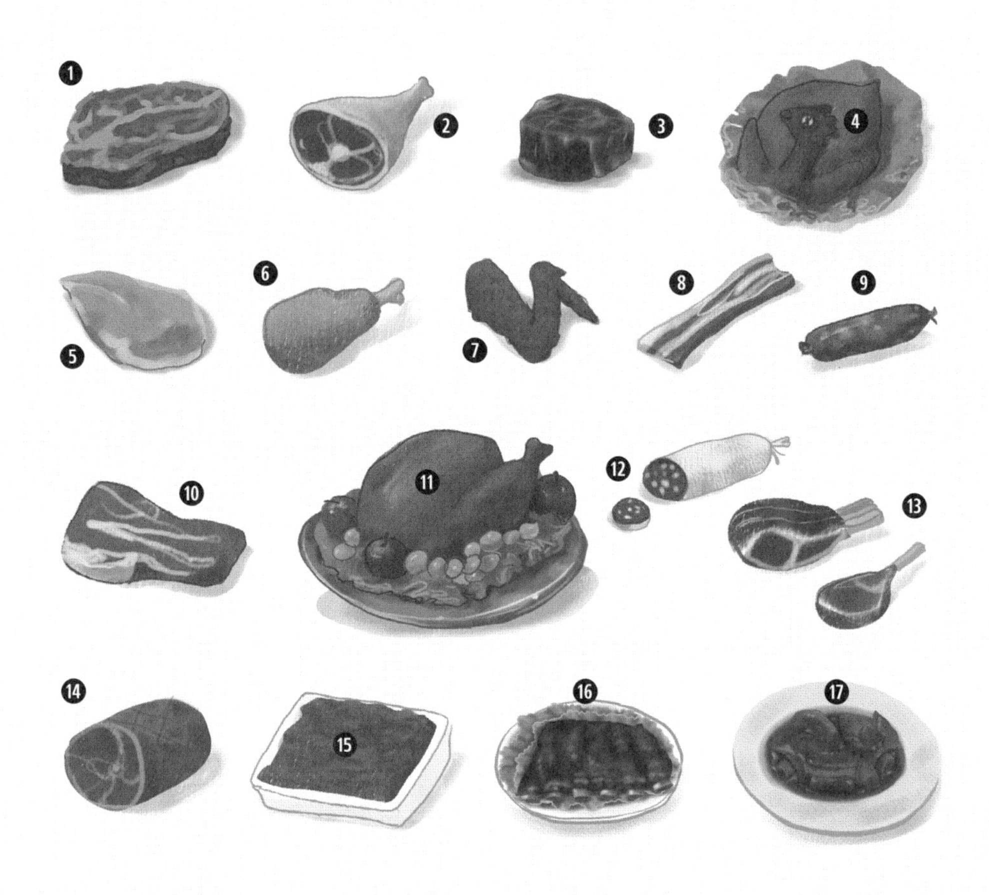

❶ マトン 1 maton 羊肉
（羔羊肉稱為ラム 1 ramu）

❷ 子羊（こひつじ）のもも肉（にく） 3 + 2 kohitsuji no momoniku 小羊腿

❸ 牛肉（ぎゅうにく） 0 gyûniku 牛肉

❹ 鶏肉（とりにく） 0 toriniku 雞肉

❺ 鶏胸肉（とりむねにく） 4 torimuneniku 雞胸肉

❻ 鶏（とり）もも肉（にく） 4 torimomoniku 雞腿

❼ 鶏（とり）の手羽先（てばさき） 0 + 0 tori no tebasaki 雞翅

❽ ベーコン 1 bêkon 培根

❾ ソーセージ 1 3 sôsêji 香腸

❿ 豚肉（ぶたにく） 0 butaniku 豬肉

⓫ 七面鳥（しちめんちょう） 0 sichimenchô 火雞

⓬ サラミ 1 0 sarami 義大利臘腸

⓭ ミートチョップ 4 mîtochoppu 肉排

⓮ ハム 1 hamu 火腿

⓯ 挽（ひ）き肉（にく） 0 hikiniku 絞肉

⓰ スペアリブ 4 supearibu 肋排

⓱ 豚足（とんそく） 4 tonsoku 豬腳

ちょっと高(たか)いですね。

情境會話

2人(ふたり)は明日(あした)のバーベキューの準備(じゅんび)をしています。

兩個人正在準備明天的烤肉。

木村(きむら)	このスペアリブはどうですか。	這個肋排怎麼樣？
山田(やまだ)	ちょっと高(たか)いですね。予算(よさん)は2万円(にまんえん)だけですから。もう少(すこ)しやすい肉(にく)にしましょう。	有一點貴喔。因為預算只有兩萬日幣，選比較便宜的肉吧。
木村(きむら)	じゃあ牛肉(ぎゅうにく)よりも豚肉(ぶたにく)か鶏肉(とりにく)のほうが良(い)いですね。	那麼跟牛肉比起來，還是買豬肉或雞肉比較好吧。
山田(やまだ)	そうですね。あっ、そこの鶏(とり)のもも肉(にく)は良(い)いですね。大(おお)きいし、値段(ねだん)も安(やす)いですから。	是啊。啊，那裡的雞腿很好喔。因為又大價錢也便宜。

4-5 生鮮魚介類（せいせんぎょかいるい） 海鮮

單字朗讀

單字 Track 57 / 會話 Track 58

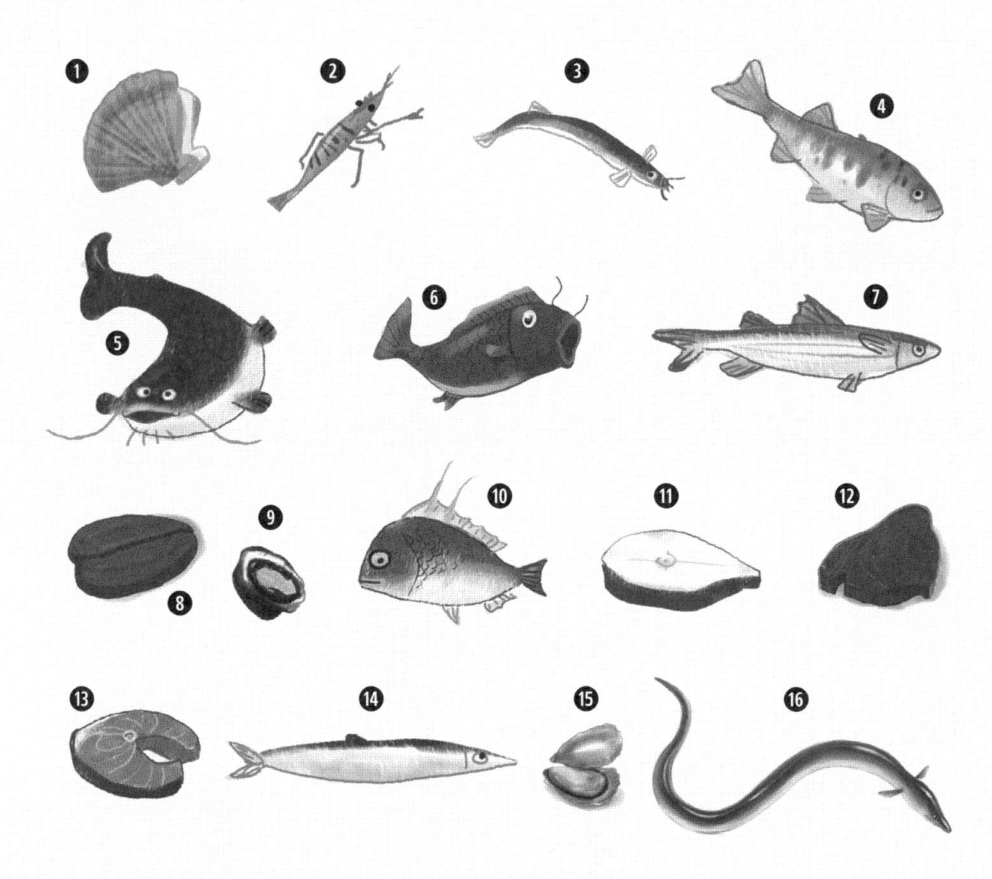

❶ ホタテ貝（がい） [3] hotategai 扇貝

❷ 海老（えび） [0] ebi 蝦子

❸ どじょう [0] dojô 泥鰍

❹ ます [0][2] masu 鱒魚

❺ 鯰（なまず） [0] namazu 鯰魚

❻ 鯉（こい） [1] koi 鯉魚

❼ ぼら [0] bora 烏魚

❽ カラスミ [0] karasumi 烏魚子

❾ あわび [1] awabi 鮑魚

❿ 鯛（たい） [1] tai 鯛魚

⓫ たらの刺身（さしみ） [1]+[3] tara no sasimi 鱈魚生魚片

⓬ マグロの刺身（さしみ） [0]+[3] maguro no sasimi 鮪魚生魚片

⓭ サーモンの刺身（さしみ） [1]+[3] sâmon no sasimi 鮭魚生魚片

⓮ さんま [0] sanma 秋刀魚

⓯ かき [1] kaki 牡蠣

⓰ ウナギ [0] unagi 鰻魚

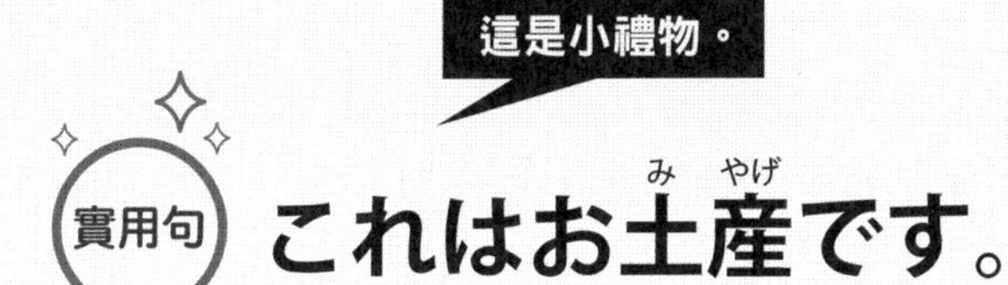

これはお土産(みやげ)です。

情境會話

村田(むらた)さんは先週(せんしゅう)台湾旅行(たいわんりょこう)へ行(い)きました。

村田小姐上個禮拜去台灣旅行。

佐藤(さとう)	台湾旅行(たいわんりょこう)はどうでしたか。	台灣旅行怎麼樣？
村田(むらた)	料理(りょうり)もおいしかったし、人(ひと)も親切(しんせつ)だったし、本当(ほんとう)に面白(おもしろ)かったです。はい、これはお土産(みやげ)です。	料理好吃，人又親切，真的很好玩。來，這是小禮物。
佐藤(さとう)	ありがとうございます。これは何(なん)ですか。	謝謝你，這是什麼？
村田(むらた)	台湾名産(たいわんめいさん)のカラスミです。おいしいですよ。	台灣的名產烏魚子。很好吃喔。

4-6 飲み物 飲料

單字朗讀

單字 Track 59 / 會話 Track 60

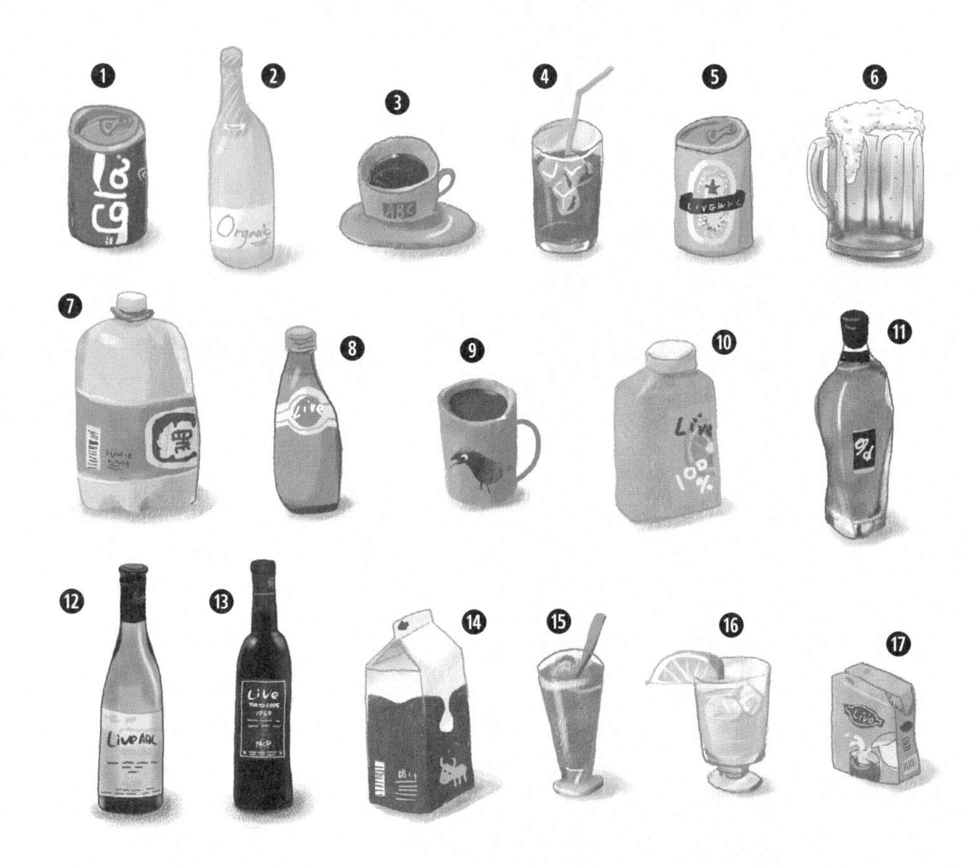

❶ コーラ ①kôra 可樂

❷ 有機ドリンク ⑤yûkidorinku 有機飲料

❸ コーヒー ③kôhî 咖啡

❹ アイスティー ④③aisuthî 冰紅茶

❺ ビール ①bîru 啤酒

❻ 生ビール ③namabîru 生啤酒

❼ ソーダ ①sôda 汽水

❽ ミネラルウォーター ⑤ mineraruwôtâ 礦泉水

❾ ホットココア ④hottokokoa 熱可可

❿ ジュース ①jûsu 果汁

⓫ ウイスキー ③②uisukî 威士忌

⓬ 白ワイン ③sirowain 白酒

⓭ 赤ワイン ③akawain 紅酒

⓮ 牛乳 ⓪gyûnyû 牛奶

⓯ スムージー ②sumûjî 雪泥果汁

⓰ レモン水 ②remonsui 檸檬水

⓱ ミルクティー ④③mirukuthî 奶茶

實用句

注文をお願いします。

情境會話

仕事が終わった後で、居酒屋でお酒を飲みます。

工作結束後在居酒屋喝酒。

山本：田中さん、今日は何を飲みますか。

田中先生，今天要喝什麼？

田中：私は生ビールを飲みます。山本さんは何にしますか。

我要喝生啤酒。山本小姐要什麼？

山本：私は赤ワインにします。まずは飲み物を注文しましょうか。

我要紅酒。要不要先點喝的東西呢？

田中：そうですね。すみません、注文をお願いします。

好啊，不好意思，我要點餐！

4-7 乳製品（にゅうせいひん） 乳製品

單字朗讀

單字 Track 61 / 會話 Track 62

❶ バター [1] batâ 奶油

❷ アイスクリーム [5] aisukurîmu 冰淇淋

❸ アイスキャンデー [4] aisukyandê 雪糕

❹ チーズ [1] chîzu 起司

❺ ヨーグルト [3] yôguruto 優格

❻ ヨーグルトドリンク [6] yôgurutodorinku 優酪乳

❼ クリームチーズ [5] kurîmuchîzu 奶油乳酪

❽ シャーベット [1] shâbetto 雪寶；冰凍果子露

❾ 低脂肪牛乳（ていしぼうぎゅうにゅう） [6] teisibôgyûnyû 低脂牛奶

❿ 無脂肪牛乳（むしぼうぎゅうにゅう） [5] musibôgyûnyû 脫脂牛奶

⓫ ヨーグルトアイス [6] yôgurutoaisu 優格冰

⓬ ホイップクリーム [5] hoippukurîmu 泡打奶油

⓭ 粉（こな）ミルク [3] konamiruku 奶粉

⓮ 練乳（れんにゅう） [0] rennyû 煉乳

⓯ ソフトクリーム [5] sofutokurîmu 霜淇淋

⓰ ミルクセーキ [4] mirukusêki 奶昔

一口(ひとくち)ちょうだい。

情境會話

今日(きょう)はとても暑(あつ)いです。

今天很熱。

愛子(あいこ)　お父(とう)さん、アイスクリーム食(た)べたい。

爸爸，我想吃冰淇淋。

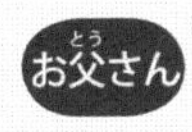

買(か)ってもいいよ。何味(なにあじ)が食(た)べたい。

好啊來買。妳想吃什麼口味？

ヨーグルト味(あじ)が良(い)い。お父(とう)さんも買(か)う。

優格口味的好了。爸爸也要買嗎？

お父(とう)さんはいいよ。愛子(あいこ)のを一口(ひとくち)ちょうだい。

爸爸不用。愛子的給我一口。

4-8 アジアのグルメ 亞洲美食

單字朗讀

單字 Track 63 / 會話 Track 64

❶ 韓国(かんこく)レストラン [5] kankokuresutoran 韓國餐廳

❷ 豆腐(とうふ)チゲ [4] tôfuchige 豆腐鍋

❸ ユッケジャン [3] yukkejan 牛排骨湯

❹ サムゲタン [3] samugetan 人蔘雞湯

❺ トッポギ [0] toppogi 辣炒年糕

❻ ビビンバ [2] bibinba 韓式拌飯

❼ キムチ [1] kimuchi 韓國泡菜

❽ 韓国風焼肉(かんこくふうやきにく) [7] kankokufûyakiniku 銅盤烤肉

❾ チヂミ [0] chijimi 海鮮煎餅

❿ キムチチャーハン [4] kimuchichâhan 泡菜炒飯

⓫ コチュジャン [2] kochujan 韓式辣椒醬

⓬ キムパプ [0] kimupapu 紫菜飯捲

⓭ 冷麺(れいめん) [1] reimen 韓式冷麵

⓮ 石焼(いしやき)ビビンバ [6] isiyakibibinba 石鍋拌飯

⓯ タイレストラン [3] tairesutoran 泰國餐廳

⓰ トムヤンクン [3] tomuyankun 酸辣湯

⓱ ナンプラー [1] nanpurâ 魚露

⓲ タイカレー [3] taikarê 泰式咖哩飯

⓳ 魚のレモン蒸し [0]+[0]
sakana no remonmusi 檸檬魚

⓴ シーフードサラダ [6] sîfûdosarada 涼拌海鮮

㉑ パッタイ [1] pattai 泰式炒河粉

㉒ 青パパイヤのサラダ [4]+[1]
aopapaiya no sarada 涼拌青木瓜

㉓ 海老のさつま揚げ [0]+[6] ebi no satsumâge
蝦餅

㉔ ベトナムレストラン [5]
betonamuresutoran 越南餐廳

㉕ バインセオ [2] bainseo 黃金煎餅
（又稱為ベトナム風お好み焼き [0]
betonamufûokonomiyaki）

㉖ バインミー [2] bainmî 越南三明治
（又稱為ベトナム風サンドイッチ [10]
betonamufûsandoicchi）

㉗ フォー [1] fô 越式河粉

㉘ バインチュン [2] bainchun 越南年粽
（又稱為ベトナム風ちまき [7]
betonamufûchimaki）

㉙ 揚げ春巻き [4] ageharumaki 炸春捲

㉚ 生春巻き [4] namaharumaki 生春捲

決定要點什麼菜了嗎？

實用句 ご注文(ちゅうもん)はお決(き)まりですか。

情境會話

村田(むらた)さんは韓国(かんこく)レストランに来(き)ました。

村田先生來到韓國餐廳。

店員(てんいん)	ご注文(ちゅうもん)はお決(き)まりですか。	決定要點什麼菜了嗎？
村田(むらた)	いいえ、まだです。お勧(すす)めの料理(りょうり)がありますか。	沒，還沒。有推薦的料理嗎？
店員(てんいん)	辛(から)いものが好(す)きでしたらキムチチャーハンがお勧(すす)めですよ。辛(から)くないものだったら、サムゲタンも人気(にんき)があります。	如果喜歡辣的話，我推薦泡菜炒飯。如果不吃辣的話，人蔘雞湯也很受歡迎。
村田(むらた)	じゃあ、サムゲタンを1つ下(くだ)さい。	那麼，請給我一份人蔘雞湯。

Section 05 食事（しょくじ） 用餐

5-1 日本料理屋（にほんりょうりや） 日式餐廳

單字朗讀

單字 Track 65 / 會話 Track 66 / 小品 Track 67

❶ のれん 0 noren 門簾

❷ 座敷（ざしき） 3 zasiki 鋪有榻榻米的日式房間

❸ ざるそば 0 zarusoba 日式涼麵

❹ 日本酒（にほんしゅ） 0 nihonshu 日本酒

❺ 徳利（とっくり） 0 tokkuri 酒瓶

❻ おちょこ 2 ochoko 酒杯

❼ 寿司（すし） 2 1 susi 壽司（漢字也寫成「鮨」或「鮓」）

❽ カツカレー 3 katsukarê 咖哩豬排飯

❾ お膳（ぜん） 0 ozen 餐盤

❿ ラーメン 1 râmen 拉麵

⓫ 丼（どんぶり） 0 donburi 蓋飯

⓬ すき焼（やき） 0 sukiyaki 壽喜燒

⓭ 定食（ていしょく） 0 teishoku 定食；套餐

⓮ 味噌汁（みそしる） 3 misosiru 味噌湯

⓯ てんぷら 0 tenpura 天婦羅（油炸蔬菜或海鮮）

⓰ 漬物（つけもの） 0 tsukemono 醬菜

⓱ 串焼き（くしや） 0 kusiyaki 串燒

⓲ しゃぶしゃぶ 0 shabushabu 涮涮鍋

⓳ 刺身（さしみ） 3 sasimi 生魚片

⓴ わさび 1 wasabi 山葵

㉑ 割り箸（わばし） 0 3 waribasi 日式免洗木筷

㉒ 箸置き（はしお） 2 3 hasioki 筷架

㉓ おしぼり 2 osibori 濕紙巾

㉔ 湯呑み（ゆの） 3 yunomi 茶杯

㉕ おでん 2 oden 關東煮

㉖ 茶碗蒸し（ちゃわんむ） 0 2 chawanmusi 茶碗蒸

3
4
5
6
7
8
9
10
11
12
13
14
15
16
17
18
19
20
21
22
23
24
25
26

拿手菜是什麼？

實用句 得意な料理は何ですか。

情境會話

村田さんは小林さんに料理のことを聞いています。

村田先生正在問小林小姐關於做菜的事情。

村田	小林さんは料理が作れますか。	小林小姐會做菜嗎？
小林	ええ、料理は自信がありますよ。	嗯，我對做菜很有信心喔。
村田	得意な料理は何ですか。	拿手菜是什麼？
小林	うーん、てんぷらとおいしいおでんも作れますよ。	嗯，我會做天婦羅，還會做好吃的關東煮喔。

輕鬆小品　日本人とお酒を飲もう

全文朗讀

仕事の後で日本人はよく同僚や友達と居酒屋へ行きます。

〈お酒のマナー〉

ビールを注ぐ時は、ラベルを上にして両手で持ちます。右手は上、左手は下です。注いでもらう人は両手でグラスを持ちます。

〈お酒を飲むときよく使う一言〉

- 乾杯。（全部飲まなくてもいいです）
- おかわりをください。
- 酔ってしまいました。

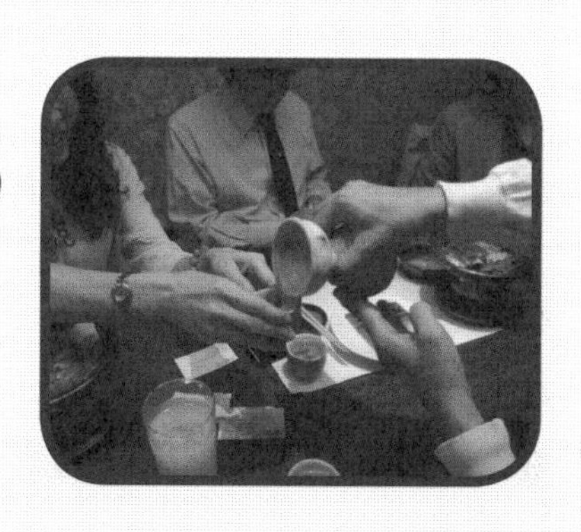

中文翻譯請見 267 頁

5-2 西洋(せいよう)レストラン 西式餐廳

單字朗讀

單字 Track 68 / 會話 Track 69 / 小品 Track 70

❶ 個室(こしつ) 0 kositsu 包廂（又稱為ＶＩＰ(ブイアイピー)ルーム 7 buiaipîrûmu）

❷ カウンター 0 kauntâ 吧台

❸ ウエイター 2 0 ueitâ 男服務生

❹ アイスペール 4 aisupêru 冰桶

❺ ティーポット 3 thîpotto 茶壺

❻ コーヒーポット 5 kôhîpotto 咖啡壺

❼ ウエイトレス 2 ueitoresu 女服務生

❽ テーブルクロス 5 têburukurosu 桌巾

❾ メニュー 1 menyû 菜單

❿ 胡椒挽き（こしょうひ） 2 koshôhiki 胡椒研磨器

⓫ ソルトシェーカー 4 sorutoshêkâ 鹽罐

⓬ 勘定書き（かんじょうが） 0 kanjôgaki 帳單

⓭ つまようじ 3 tsumayôji 牙籤

⓮ ランチョンマット 5 ranchonmatto 餐墊

⓯ ナプキン 1 napukin 餐巾

⓰ レジ 1 reji 結帳櫃檯

⓱ チップ箱（ばこ） 3 chippubako 小費箱

英語(えいご)がわかりますか。

情境會話

これから素敵(すてき)な西洋(せいよう)レストランで晩御飯(ばんごはん)を食(た)べます。

現在要在一間很棒的西式餐廳吃晚餐。

伊藤(いとう)：ここのメニューは全部(ぜんぶ)英語(えいご)ですね。

這裡的菜單全部都是英文呢。

田中(たなか)：そうですね。伊藤(いとう)さんは英語(えいご)がわかりますか。

是啊。伊藤小姐看得懂英文嗎？

伊藤(いとう)：いいえ、英語(えいご)はちょっと…。じゃあ、あそこのウエートレスに聞(き)きましょうか。

不，英文的話那個……。那麼，要不要問那裡的女服務生？

田中(たなか)：そうですね。人気(にんき)の料理(りょうり)を教(おし)えてもらいましょう。

好啊。請她告訴我們受歡迎的餐點。

全文朗讀

輕鬆小品 日本人と箸

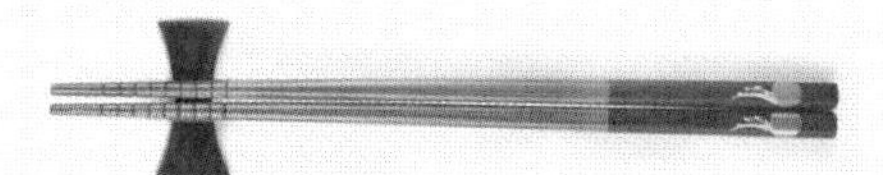

日本料理は箸を使います。お父さんやお母さんは、家で子どもに正しい箸の持ち方を教えます。日本では、箸の使い方を教える授業がある小学校もあります。

正しい箸の持ち方

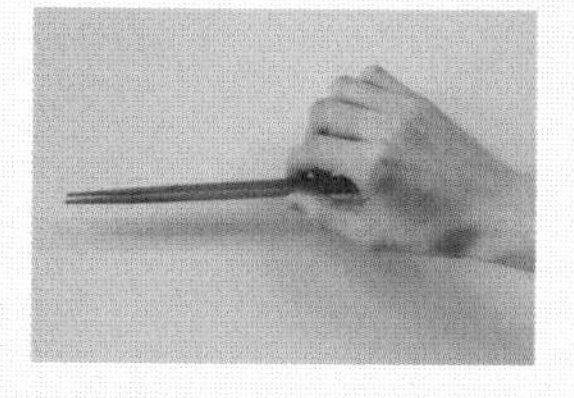

❶ 右手で上から持ちます

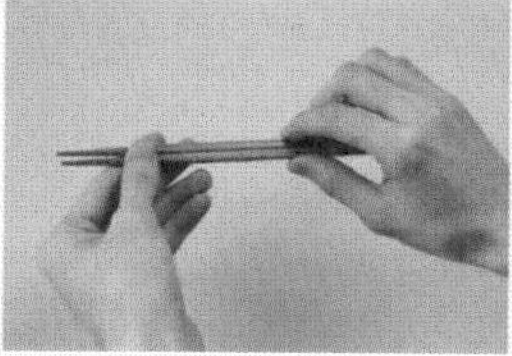

❷ 左手を下に置きます

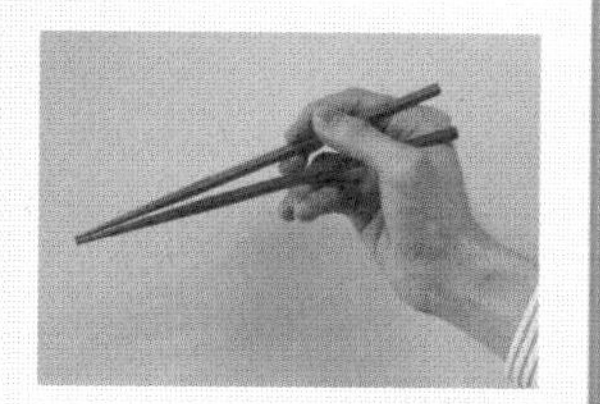

❸ 右手の位置を変えます

箸でしてはいけないこと

❶
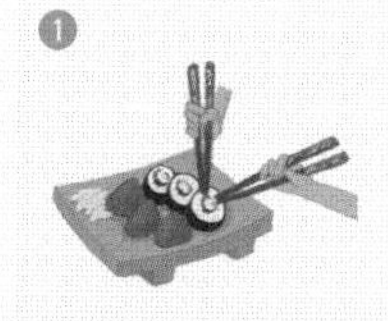

2人箸

2人で同じ物を持つ

❷

ねぶり箸

箸をなめる

❸

まよい箸

何を取るか迷う

❹
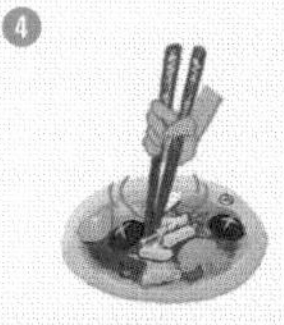

さし箸

箸で物を刺す

中文翻譯請見 267 頁

5-3 ファーストフード店（てん） 速食餐廳

單字朗讀

單字 Track 71 / 會話 Track 72 / 小品 Track 73

❶ 鉄板（てっぱん） 0 teppan 烤盤

❷ ピクルス 1 pikurusu 酸黃瓜

❸ ストロー 2 sutorô 吸管

❹ 紙袋（かみぶくろ） 3 kamibukuro 紙袋

❺ ホットケーキ 4 hottokêki 煎餅

❻ ピザ 1 piza 披薩

❼ チキンナゲット 4 chikinnagetto 雞塊

❽ ドーナツ 1 dônatsu 甜甜圈

❾ オニオンリング 5 onionringu 洋蔥圈

❿ クロワッサン 3 kurowassan 牛角麵包

⓫ テイクアウト 4 teikuauto 外帶

⓬ いす 0 isu 椅子

⓭ ハンバーガー 3 hanbâgâ 漢堡

⓮ ホットドッグ 4 hottodoggu 熱狗

⓯ フライドポテト 5 furaidopoteto 薯條

⓰ トレー 2 torê 餐盤

⓱ ベーグル 1 bêguru 貝果

⓲ フライドチキン 5 furaidochikin 炸雞

⓳ マフィン 1 mafin 鬆糕；馬芬蛋糕

⓴ ワッフル 1 waffuru 鬆餅

初めてです。

情境會話

ここは有名なファーストフード店です。

這裡是有名的速食餐廳。

佐藤 ここのハンバーガーはおいしそうですね。

這裡的漢堡看起來好好吃喔。

木村 えっ、来たことがありませんか。

咦，妳沒來過嗎？

佐藤 はい、初めてです。

嗯，是第一次。

木村 ここのハンバーガーは東京でとても有名ですよ。フライドポテトもおいしいですからぜひ食べてみてください。

這裡的漢堡在東京很有名喔。因為薯條也很好吃，請吃吃看。

輕鬆小品 フォーク並びと割り込み

日本人は買い物するときや、遊園地、おいしいレストランなどでよく並びます。ラーメンを食べるために2時間以上並ぶ人もいます。

〈フォーク並び〉

各レジの前にお客さんが1人いて、その後ろにお客さんが一列に並ぶのが「フォーク並び」です。ファーストフード店などで並ぶとき、日本人はよくフォーク並びをします。各レジの店員はお客さんの注文が終わったら、後ろの列の一番前の人を呼びます。

〈割り込み〉

ちゃんと列の後ろに並ばないで、列の途中に入る事を「割り込み」と言います。日本人はちゃんとルールを守らない人が好きではありませんから、気をつけましょう。

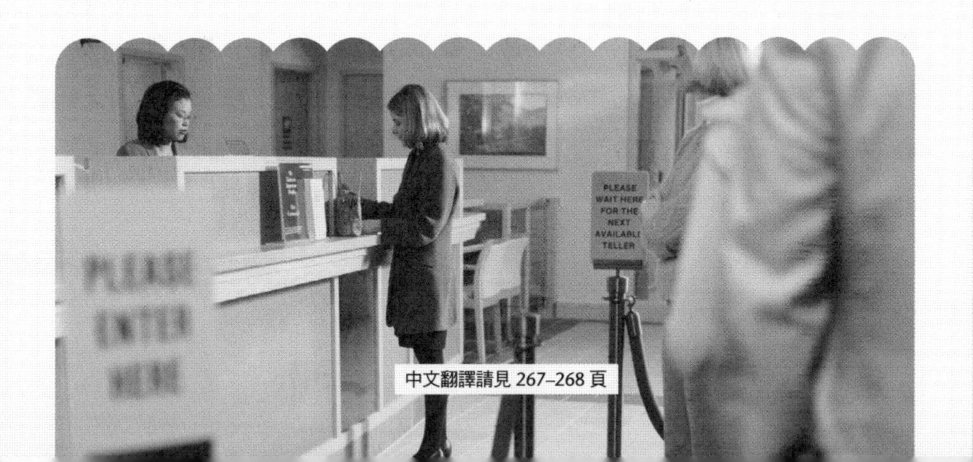

中文翻譯請見 267–268 頁

5-4 メニューと料理（りょうり） 菜單和料理

單字朗讀

單字 Track 74 / 會話 Track 75

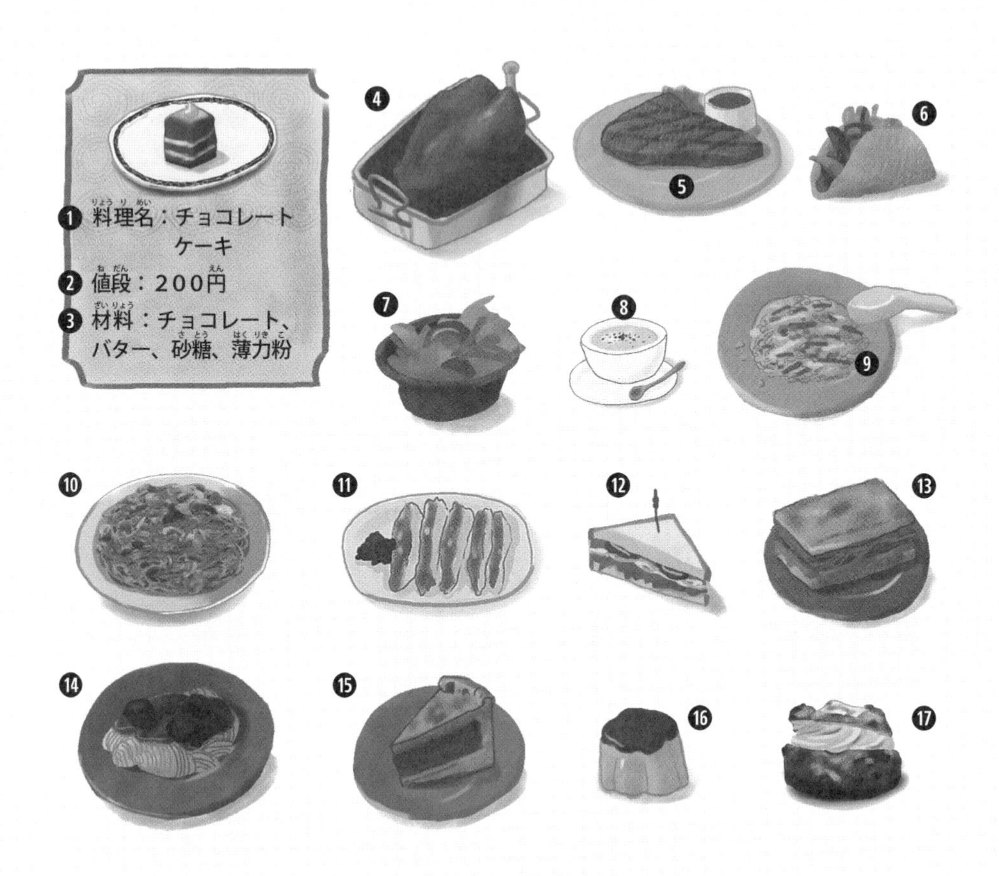

❶ 料理名（りょうりめい） 3 ryôrimei 餐點名稱

❷ 値段（ねだん） 0 nedan 價格

❸ 材料（ざいりょう） 3 zairyô 食材

❹ ローストチキン 5 rôsutochikin 烤雞

❺ ステーキ 2 sutêki 牛排

❻ タコス 1 takosu 墨西哥餅

❼ サラダ 1 sarada 沙拉

❽ スープ 1 sûpu 湯

❾ チャーハン 1 châhan 炒飯

❿ やきそば 0 yakisoba 炒麵

⓫ 餃子（ぎょうざ） 0 gyôza 餃子

⓬ サンドイッチ 4 sandoicchi 三明治

⓭ ラザニア 0 razania 義大利千層麵

⓮ スパゲッティ 3 supagetthi 義大利麵

⓯ アップルパイ 4 appurupai 蘋果派

⓰ プリン 1 purin 布丁

⓱ シュークリーム 4 shûkurîmu 泡芙

大変(たいへん)でしたね。

情境會話

山田(やまだ)さんがシュークリームの箱(はこ)を持(も)っています。

山田先生拿著泡芙的盒子。

伊藤(いとう)	そのシュークリームは駅前(えきまえ)の店(みせ)で買(か)いましたか。	那個泡芙是在站前的店買的嗎？
山田(やまだ)	はい、そうですよ。娘(むすめ)が食(た)べたいといいましたから。	是啊。因為我女兒說想吃。
伊藤(いとう)	良(い)いお父(とう)さんですね。でもこの店(みせ)は人気(にんき)がありますから、並(なら)んだでしょう。	真是好爸爸呢。但是這家店很受歡迎，是不是排隊排了很久？
山田(やまだ)	はい、だいたい３時間(さんじかん)ぐらい並(なら)びました。	嗯，大概排了三個鐘頭。
伊藤(いとう)	わぁ、大変(たいへん)でしたね。	哇，真是辛苦啊。

5-5 食器（しょっき） 餐具

單字朗讀 

單字 Track 76 / 會話 Track 77

❶ 箸（はし） 1 hasi 筷子

❷ フォーク 1 fôku 叉子

❸ サラダフォーク 4 saradafôku 沙拉叉

❹ スプーン 2 supûn 湯匙

❺ ティースプーン 4 thîsupûn 茶匙

❻ ステーキナイフ 5 sutêkinaifu 牛排刀

❼ バターナイフ 4 batânaifu 奶油刀

❽ 茶碗（ちゃわん） 0 chawan 碗

❾ ワイングラス 4 waingurasu 酒杯

❿ グラス 0 gurasu 水杯

⓫ 大皿（おおざら） 0 ôzara 大淺盤

⓬ 皿（さら） 0 sara 盤子

⓭ 小皿（こざら） 1 kozara 碟子

⓮ スーププレート 5 sûpupurêto 湯盤

⓯ デザートプレート 6 dezâtopurêto 點心盤

⓰ サラダプレート 5 saradapurêto 沙拉盤

何(なん)でご飯(はん)を食(た)べますか。

情境會話

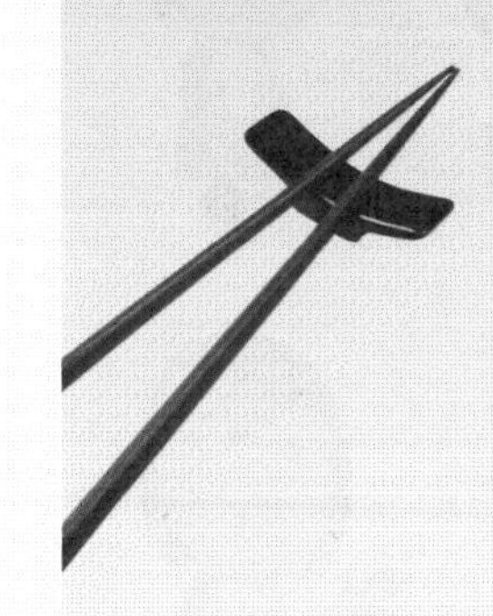

お互(たが)いの国(くに)が何(なに)を使(つか)ってご飯(はん)を食(た)べるかを話(はな)しています。

他們正在談論彼此的國家用什麼餐具吃飯。

佐藤(さとう)	トムさん、アメリカ人(じん)は何(なん)でご飯(はん)を食(た)べますか。	湯姆先生，美國人用什麼餐具吃飯？
トム	フォークとナイフで食(た)べます。日本人(にほんじん)は何(なん)で食(た)べますか。	用叉子和刀子吃飯。日本人用什麼吃飯呢？
佐藤(さとう)	日本人(にほんじん)は箸(はし)で食(た)べます。トムさんは箸(はし)が使(つか)えますか。	日本人是用筷子吃飯。湯姆先生會用筷子嗎？
トム	いいえ、箸(はし)は難(むずか)しいですから使(つか)えません。	不會，因為筷子很難拿，我不會用。

味道

單字朗讀

單字 Track 78 / 會話 Track 79

❶ 辛い（から）[2] karai 辣的

❷ 激辛（げきから）[0] gekikara 很辣的

❸ 甘い（あま）[2][0] amai 甜的

❹ 苦い（にが）[2] nigai 苦的

❺ すっぱい [3] suppai 酸的

❻ しょっぱい [3] shoppai 鹹的

❼ おいしい [3] oisî 好吃的

❽ まずい [2] mazui 難吃的

❾ さっぱりした [3] sapparisita 清淡地

❿ サクサクする [1] sakusakusuru 脆脆地（又稱為パリパリする [1] pariparisuru）

⓫ 爽やか（さわ）[2] sawayaka 清爽的

⓬ 気持ち悪い（きもちわる）[5] kimochiwaru 噁心的

⓭ 脂っこい（あぶら）[5] aburakkoi 油膩的

⓮ もたれる [3] motareru 難消化

ちょっと待(ま)って下(くだ)さい。

情境會話

小林(こばやし)さんは激辛(げきから)のラーメンを注文(ちゅうもん)しました。

小林小姐點了很辣的拉麵。

小林(こばやし)	このラーメンは辛(から)すぎます。食(た)べられませんよ。	這個拉麵太辣了，沒辦法吃。
内藤(ないとう)	激辛(げきから)を注文(ちゅうもん)したからですよ。水(みず)を飲(の)みますか。	因為妳點了很辣的啊。要不要喝水？
小林(こばやし)	はい、飲(の)みたいです。	嗯，我想喝。
内藤(ないとう)	ちょっと待(ま)って下(くだ)さい。水(みず)を入(い)れてきますから。	請稍等一下，我去倒水。

5-7 調味料（ちょうみりょう） 調味料

單字朗讀

單字 Track 80 / 會話 Track 81

❶ 氷砂糖（こおりざとう） 4 kôrizatô 冰糖

❷ 黒砂糖（くろざとう） 3 kurozatô 黑糖

❸ 塩（しお） 2 sio 鹽

❹ 胡椒（こしょう） 2 koshô 胡椒

❺ カレー粉（こ） 0 karêko 咖哩粉

❻ 鰹節（かつおぶし） 0 katsuobusi 柴魚

❼ 味噌（みそ） 1 miso 味噌

❽ みりん 0 mirin 味霖

❾ 油（あぶら） 0 abura 油

❿ オリーブオイル 5 orîbuoiru 橄欖油

⓫ 醤油（しょうゆ） 0 shôyu 醬油

⓬ ゴマ油（あぶら） 3 gomâbura 香油

⓭ バター 1 batâ 奶油

⓮ からし 0 karasi 黃芥末

⓯ ケチャップ 2 1 kecchapu 番茄醬

⓰ チリソース 3 chirisôsu 辣椒醬

あっそうだ。

情境會話

2人（ふたり）はスーパーで買（か）い物（もの）をしています。

兩個人正在超市買東西。

真一（しんいち）：家（いえ）の調味料（ちょうみりょう）はまだある。塩（しお）とか胡椒（こしょう）とか。

家裡的調味料還有嗎？像鹽啊，胡椒啊？

亜美（あみ）：塩（しお）は買（か）ったばかりだからまだあるでしょう。あっそうだ。味噌（みそ）がもうすぐなくなるよ。

鹽才剛買，所以還有喔。啊對了，味噌快沒囉。

真一（しんいち）：よし、じゃあ味噌（みそ）を買（か）って帰（かえ）ろう。

好，那麼買味噌回家吧。

5-8 料理法（りょうりほう） 烹調方式

單字朗讀

單字 Track 82 / 會話 Track 83

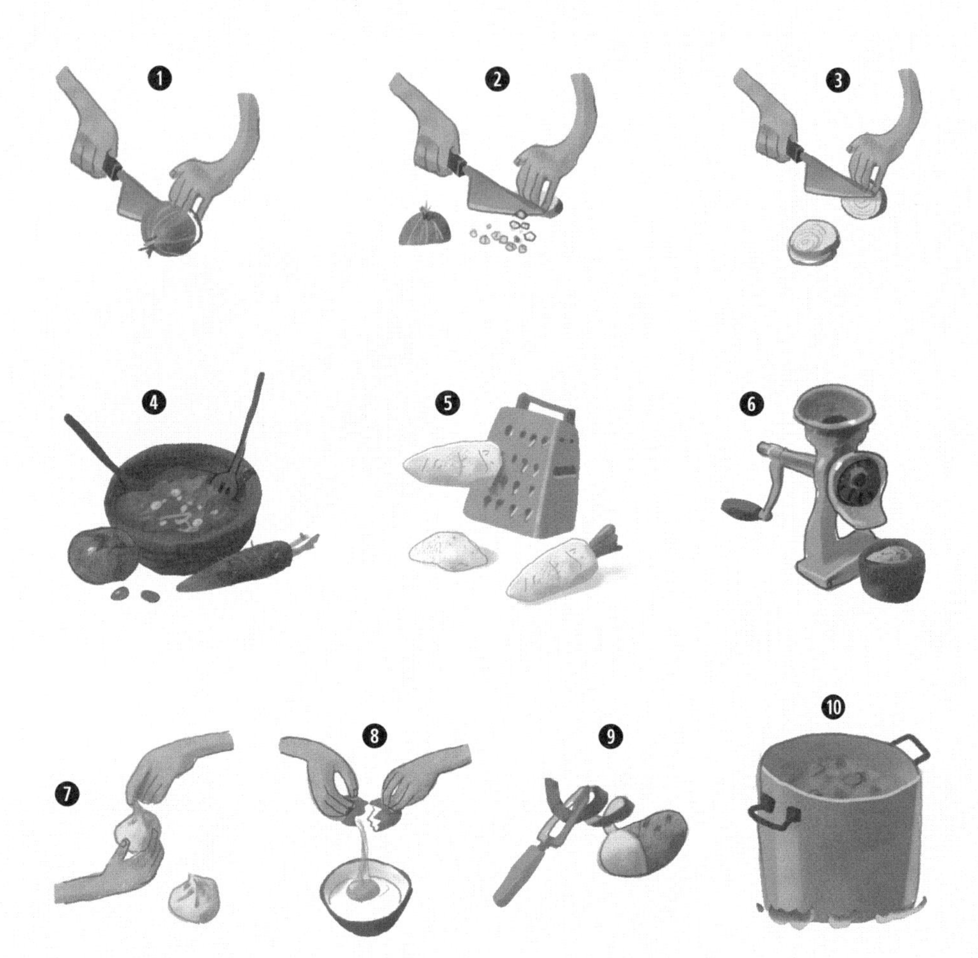

❶ 切（き）る [1] kiru 切

❷ 刻（きざ）む [0] kizamu 剁

❸ 薄（うす）く切（き）る [4] usukukiru 切薄片

❹ 混（ま）ぜ合（あ）わせる [5] mazeawaseru 拌勻

❺ おろす [2] orosu 磨成泥狀

❻ 挽（ひ）く [0] hiku 磨碎

❼ 包（つつ）む [2] tsutsumu 包

❽ 割（わ）る [0] waru 打破

❾ 剥（む）く [0] muku 削皮

❿ 煮（に）る [0] niru 煮

⓫ 沸（わ）かす [0] wakasu 煮沸

⓬ ゆでる [2] yuderu 燙

⓭ 煮(に)詰(つ)める [3] nitsumeru 燉

⓮ 煮(に)込(こ)む [2] nikomu 滷

⓯ 燻製(くんせい)にする [0]+[0] kunsei ni suru 燻

⓰ 漬(つ)ける [0] tsukeru 醃漬

⓱ 焼(や)く [0] yaku 烤；煎

⓲ いためる [3] itameru 炒

⓳ 揚(あ)げる [0] ageru 油炸

⓴ 蒸(む)す [1] musu 蒸

㉑ バーベキュー [3] bâbekyû 燒烤

㉒ 撒(ま)く [1] maku 灑

實用句　これでいい。

情境會話

お母(かあ)さんがキッチンで料理(りょうり)をしています。
媽媽正在廚房煮飯。

健一(けんいち)	お母(かあ)さん手伝(てつだ)うよ。	媽，我來幫妳。
お母(かあ)さん	ありがとう。じゃあまず、その大根(だいこん)をおろして。	謝謝，那麼先把那個蘿蔔磨成泥。
健一(けんいち)	わかった。これでいい。	我知道了，是這樣子嗎？
お母(かあ)さん	そうそう。次(つぎ)はその魚(さかな)を焼(や)くから、この包丁(ほうちょう)で切(き)ってね。	對了，因為接下來要煎那條魚，所以用這把菜刀切。

Section 06

街(まち)めぐり

城內導覽

6-1 都市（とし） 城市

單字朗讀

單字 Track 84 / 會話 Track 85

❶ 家電量販店（かでんりょうはんてん） 6 kadenryôhanten 電器行

❷ コンビニ 0 konbini 便利商店

❸ レストラン 1 resutoran 餐廳（又稱為食堂（しょくどう） 0 shokudô）

❹ 銀行（ぎんこう） 0 ginkô 銀行

❺ 診療所（しんりょうじょ） 5 sinryôjo 診所

❻ 郵便局（ゆうびんきょく） 3 yûbinkyoku 郵局

❼ 自動販売機（じどうはんばいき） 6 jidôhanbaiki 自動販賣機

❽ ホテル 1 hoteru 飯店

❾ 家具屋（かぐや） 2 kaguya 家具行

❿ スポーツジム 5 supôtsujimu 健身房

⓫ 本屋（ほんや） 1 honya 書店

⓬ 薬屋（くすりや） 0 kusuriya 藥局

⓭ 映画館（えいがかん） 3 eigakan 電影院

⓮ 警察署（けいさつしょ） 5 0 keisatsusho 警察局

⓯ おもちゃ屋（や） 0 omochaya 玩具店

⓰ パン屋（や） 1 panya 麵包店

⓱ 美容院（びよういん） 2 biyôin 美容院

⓲ 消火栓（しょうかせん） 0 shôkasen 消防栓

對話朗讀

如果有任何不懂的事情都可以問我。

わからないことがあったら何(なん)でも聞(き)いてください。

情境會話

木村(きむら)さんは橋本(はしもと)さんを案内(あんない)しています。

木村先生正在為橋本小姐做導覽。

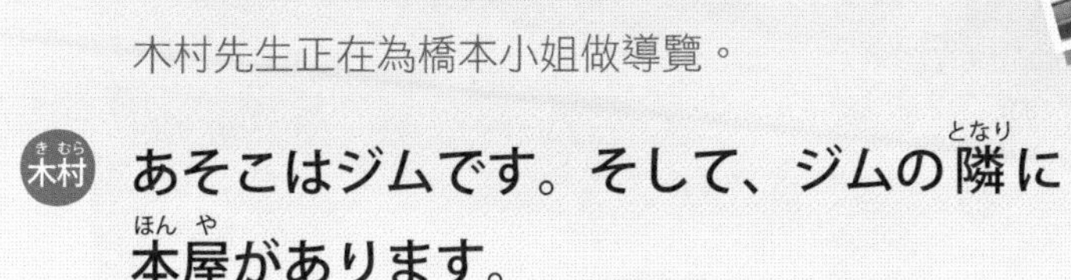

木村(きむら)：あそこはジムです。そして、ジムの隣(となり)に本屋(ほんや)があります。

那裡是健身房，然後，健身房的旁邊有書店。

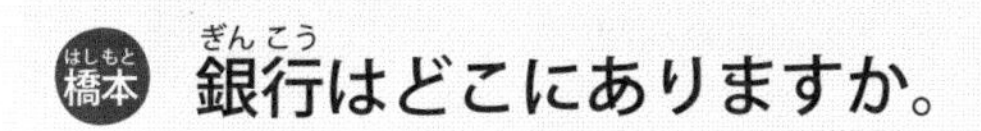

橋本(はしもと)：銀行(ぎんこう)はどこにありますか。

銀行在哪裡？

木村(きむら)：銀行(ぎんこう)は郵便局(ゆうびんきょく)とコンビニの間(あいだ)にありますよ。

銀行在郵局和便利商店之間。

橋本(はしもと)：木村(きむら)さん、今日(きょう)はどうもありがとうございました。

木村先生，今天真的非常謝謝你。

木村(きむら)：いえいえ、わからないことがあったら何(なん)でも聞(き)いてください。

哪裡，如果有任何不懂的事情都可以問我。

6-1 城市

6-2 街（まち） 街景

單字朗讀

單字 Track 86 / 會話 Track 87

❶ 歩道橋（ほどうきょう） [0] hodôkyô 天橋

❷ 角（かど） [1] kado 轉角處

❸ 道路標識（どうろひょうしき） [4] dôrohyôsiki 道路標示

❹ 地下鉄の入り口（ちかてつのいりぐち） [0]+[0] chikatetsu no iriguchi 地鐵入口

❺ バス停（てい） [0] basutei 公車站牌

❻ ガソリンスタンド [6] gasorinsutando 加油站

❼ 高速道路（こうそくどうろ） [5] kôsokudôro 高速公路

❽ 大通り（おおどおり） [3] ôdôri 大馬路

❾ 横断歩道（おうだんほどう） [5] ôdanhodô 行人穿越道

❿ 交差点（こうさてん） [0][3] kôsaten 十字路口

⓫ 街灯（がいとう） [0] gaitô 路燈

⓬ 信号（しんごう） [0] singô 紅綠燈

⓭ 歩道（ほどう） [0] hodô 人行道

⓮ 地下道（ちかどう） [2] chikadô 地下道

⓯ パーキングエリア [6] pâkingueria 停車格

そこの信号(しんごう)で止(と)めてください。

情境會話

加藤(かとう)さんはタクシーに乗(の)りました。

加藤小姐搭了計程車。

加藤(かとう)	そこの信号(しんごう)で止(と)めてください。	請停在那邊的紅綠燈。
運転手(うんてんしゅ)	はい、ありがとうございました。	是，謝謝您。
 加藤(かとう)	いくらですか。	多少錢？
 運転手(うんてんしゅ)	1,200円(せんにひゃくえん)です。	一千兩百元日幣。

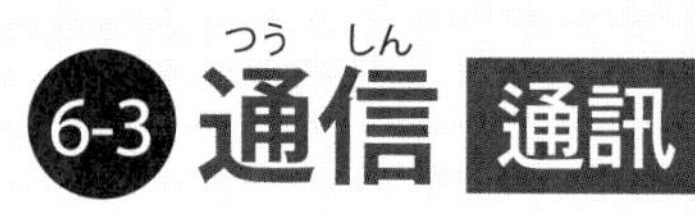

6-3 通信（つうしん） 通訊

單字朗讀

單字 Track 88 / 會話 Track 89

1. 郵便配達員（ゆうびんはいたついん） [8] yûbinhaitatsuin 郵差
2. ポスト [1] posuto 郵筒
3. 小包（こづつみ） [2] kozutsumi 包裹
4. 速達（そくたつ） [0] sokutatsu 快遞
5. 手紙（てがみ） [0] tegami 信件
6. 差出人（さしだしにん） [0] sasidasinin 寄件人
7. 受取人（うけとりにん） [0] uketorinin 收件人
8. 宛て先（あてさき） [0] atesaki 收件人住址
9. 郵便番号（ゆうびんばんごう） [5] yûbinbangô 郵遞區號
10. 切手（きって） [0] kitte 郵票
11. 消印（けしいん） [0] kesiin 郵戳
12. 封筒（ふうとう） [0] fûtô 信封
13. 航空便（こうくうびん） [0] [3] kôkûbin 航空信
14. 船便（ふなびん） [0] funabin 海運
15. 葉書（はがき） [0] hagaki 明信片
16. Eメール（イー） [3] îmêru 電子郵件
17. 携帯電話（けいたいでんわ） [5] keitaidenwa 手機
18. 公衆電話（こうしゅうでんわ） [5] kôshûdenwa 公共電話

對話朗讀

什麼時候會送到對方手上呢？

いつ相手(あいて)に届(とど)きますか。

情境會話

佐藤(さとう)さんがコンビニで小包(こづつみ)を出(だ)しています。

佐藤先生正在在便利商店寄包裹。

佐藤(さとう)：この小包(こづつみ)を速達(そくたつ)で出(だ)したいです。

這個包裹我想用快遞寄。

店員(てんいん)：はい、わかりました。この紙(かみ)の差出人(さしだしにん)と受取人(うけとりにん)のところを書(か)いてください。

是，知道了。請您填寫這張紙上寄件人和收件人的地方。

佐藤(さとう)：はい、これはいつ相手(あいて)に届(とど)きますか。

好，這個什麼時候會送到對方手上呢？

店員(てんいん)：速達(そくたつ)ですから、明日(あした)の朝(あさ)届(とど)きますよ。

因為是快遞，所以明天早上會送到喔。

6-4 警察（けいさつ）と消防（しょうぼう） 警察與消防

單字朗讀

單字 Track 90 / 會話 Track 91

❶ 交番（こうばん） [0] kôban 派出所；駐警

❷ 警察署（けいさつしょ） [5][0] keisatsusho 警察局

❸ 刑事（けいじ） [1] keiji 刑警

❹ 交通警察（こうつうけいさつ） [5] kôtsûkeisatsu 交通警察

❺ 泥棒（どろぼう） [0] dorobô 小偷

❻ 警察（けいさつ） [0] keisatsu 警察

❼ 笛（ふえ） [0] fue 口哨

❽ バッジ [1] bajji 警徽

❾ 銃（じゅう） [1] jû 配槍

❿ 警棒（けいぼう） [0] keibô 警棍

⓫ 手錠（てじょう） [0] tejô 手銬

⓬ 警察犬（けいさつけん） [0] keisatsuken 警犬

⓭ 白（しろ）バイ [0] sirobai 警用摩托車

⓮ パトカー [3][2] patokâ 巡邏車

⓯ 通報（つうほう） [0] tsûhô 報警

⓰ 消防署（しょうぼうしょ） [5][0] shôbôsho 消防局

⓱ 消防自動車（しょうぼうじどうしゃ） [6] shôbôjidôsha 消防車

⓲ 消防士（しょうぼうし） [3] shôbôsi 消防員

もしもし、警察署（けいさつしょ）ですか。

情境會話

家（いえ）の前（まえ）に変（へん）な人（ひと）がいます。

家前面有個奇怪的人。

川田（かわだ）	もしもし、警察署（けいさつしょ）ですか。	喂，是警察局嗎？
警察（けいさつ）	はい、東京警察署（とうきょうけいさつしょ）です。どうしましたか。	是，東京警察局。怎麼了嗎？
川田（かわだ）	家（いえ）の前（まえ）にずっと変（へん）な人（ひと）がいます。もしかしたら泥棒（どろぼう）かもしれません。	我家前面一直有個奇怪的人，有可能是小偷。
警察（けいさつ）	わかりました。すぐパトカーが向（む）かいますから。少（すこ）し待（ま）って下（くだ）さい。	明白了，馬上派巡邏車過去，請稍等一下。

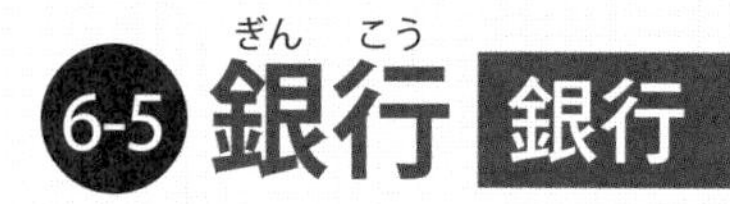

6-5 銀行(ぎんこう) 銀行

單字朗讀

單字 Track 92 / 會話 Track 93

❶ 防犯(ぼうはん)カメラ ⑤ bôhankamera 監視器

❷ 硬貨(こうか) ① kôka 硬幣

❸ お札(さつ) ⓪ osatsu 紙鈔

❹ 金庫(きんこ) ① kinko 保險箱

❺ 貸(か)し金庫(きんこ) ③ kasikinko 出租保險箱

❻ 引(ひ)き出(だ)し ⓪ hikidasi 提款

❼ 非常(ひじょう)ベル ④ hijôberu 警鈴

❽ 両替(りょうがえ) ⓪ ryôgae 兌幣

❾ 貯金(ちょきん) ⓪ chokin 存款

❿ 現金自動支払機(げんきんじどうしはらいき) ③+⑥ genkin jidôsiharaiki 自動櫃員機（又稱為ＡＴＭ(エーティーエム)⑤ êthîemu）

⓫ 警備員(けいびいん) ③ keibîn 警衛

⓬ 現金輸送車(げんきんゆそうしゃ) ⑥ genkinyusôsha 運鈔車

⓭ 印鑑(いんかん) ⓪③ inkan 印鑑

⓮ キャッシュカード ④ kyasshukâdo 提款卡

⓯ 為替証書(かわせしょうしょ) ④ kawaseshôsho 匯票

⓰ 小切手(こぎって) ② kogitte 支票

⓱ 預金通帳(よきんつうちょう) ④ yokintsûchô 存摺

使用方法很簡單嗎？

實用句 使(つか)い方(かた)は簡単(かんたん)ですか。

情境會話

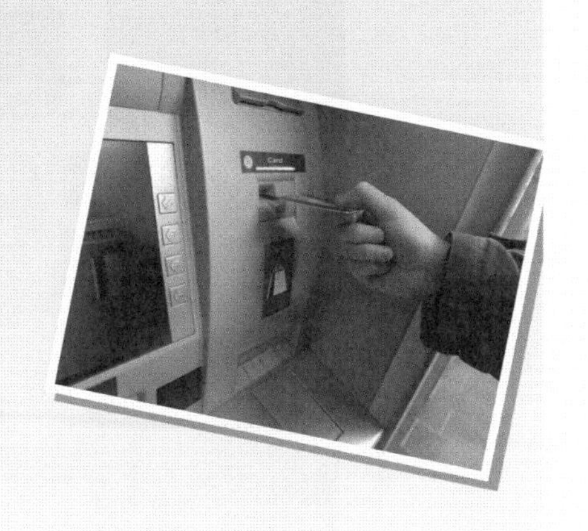

田中(たなか)さんはお金(かね)を引(ひ)き出(だ)したいです。

田中先生想提款。

田中(たなか)：すみません。現金(げんきん)を引(ひ)き出(だ)したいんですが…。

不好意思，我想要提款……。

銀行員(ぎんこういん)：お引(ひ)き出(だ)しでしたら、あちらのＡＴＭ(エーティーエム)のほうが早(はや)いですよ。

您要提款的話，用那裡的自動提款機比較快喔。

田中(たなか)：そうですか。使(つか)い方(かた)は簡単(かんたん)ですか。

這樣子啊，使用方法很簡單嗎？

銀行員(ぎんこういん)：ええ、とても簡単(かんたん)ですよ。私(わたし)が使(つか)いながらご説明致(せつめいいた)しますね。

是，很簡單喔，我一邊操作一邊為您做說明。

6-6 デパート 百貨公司

單字朗讀

單字 Track 94 / 會話 Track 95 / 小品 Track 96

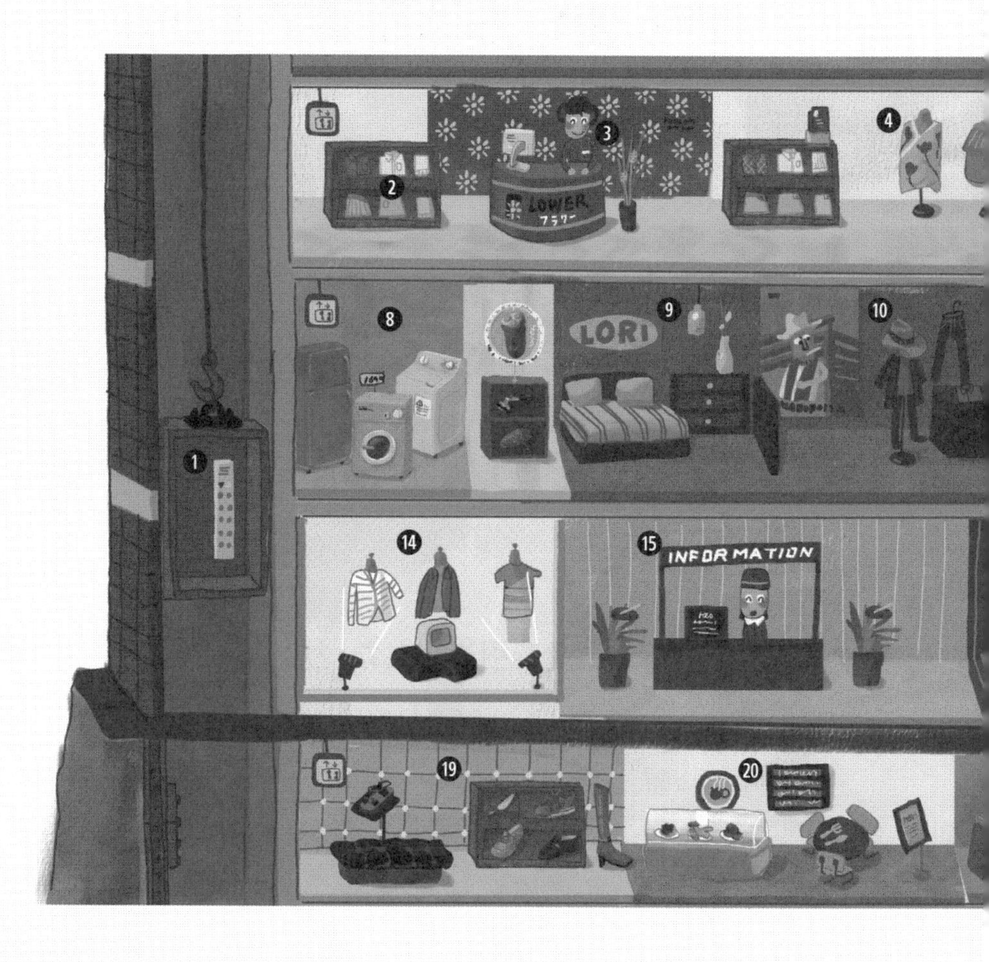

❶ エレベーター [3] erebêtâ 電梯

❷ 展示棚(てんじだな) [3] tenjidana 展示櫃

❸ 店員(てんいん) [0] tenin 店員

❹ 婦人服売り場(ふじんふくうりば) [6] fujinfukûriba 女裝部

❺ ランジェリー売り場(うりば) [6] ranjerîuriba 內衣部

❻ 遺失物取扱所(いしつぶつとりあつかいじょ) [3]+[0] isitsubutsu toriatsukaijo 失物招領處

❼ エスカレーター [4] esukarêtâ 手扶梯

❽ 電気製品売り場(でんきせいひんうりば) [8] denkiseihinuriba 家電部

❾ インテリア売り場(うりば) [6] interiauriba 家具部

❿ ヤングファッション売り場(うりば) [8] yangufasshonuriba 青少年服飾部

⓫ スポーツ用品売り場(ようひんうりば) [9] supôtsuyôhinuriba 運動器材部

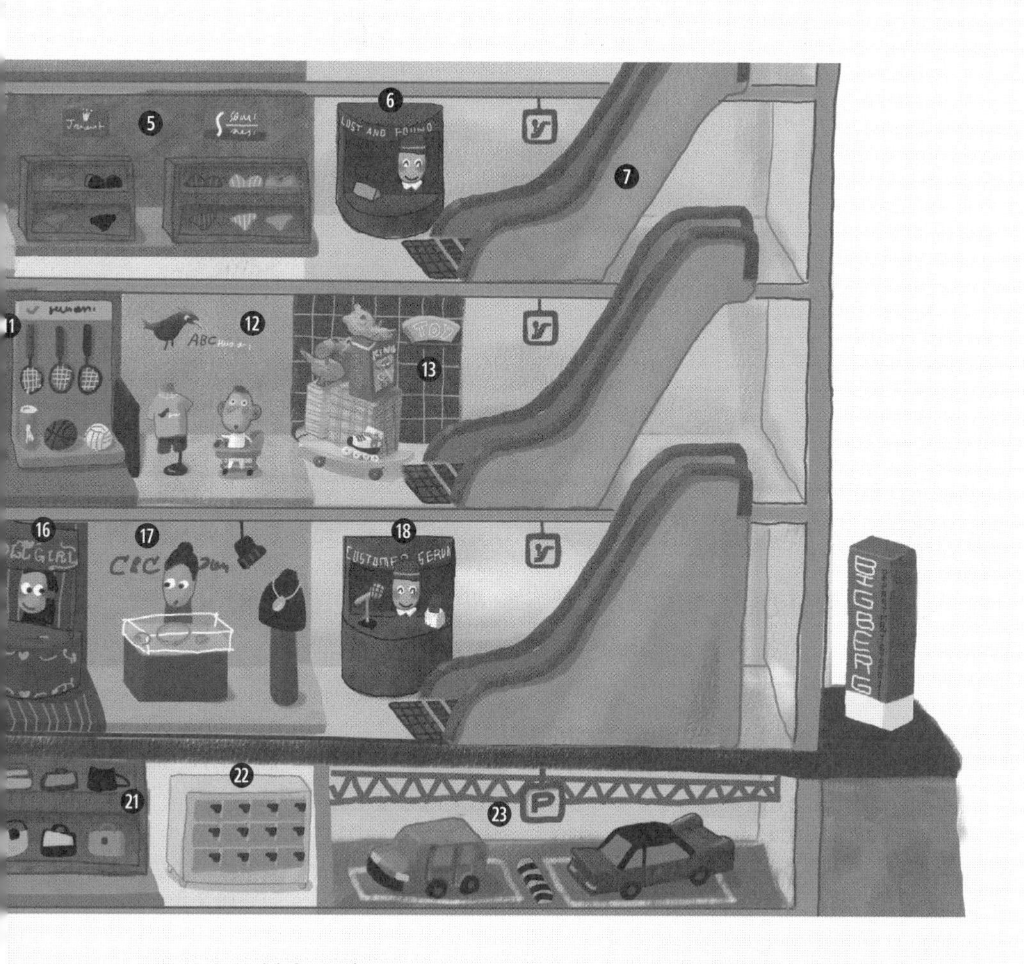

⑫ **こども服売り場** [6] kodomofukûriba 童裝部

⑬ **おもちゃ売り場** [4] omochauriba 玩具部

⑭ **紳士服売り場** [6] sinsifukûriba 男裝部

⑮ **案内所** [5] annaijo 詢問處

⑯ **化粧品売り場** [7] keshôhinuriba 化妝品部

⑰ **宝石売り場** [5] hôsekiuriba 珠寶部

⑱ **サービスカウンター** [6] sâbisukauntâ 服務台

⑲ **靴売り場** [3] kutsûriba 鞋賣場

⑳ **レストラン街** [4] resutorangai 美食區

㉑ **革製品売り場** [7] kawaseihinuriba 皮件部

㉒ **ロッカー** [1] rokkâ 置物櫃

㉓ **駐車場** [0] chûshajô 停車場

我請客。

實用句 ご馳走しますよ。

情境會話

吉田さんは木村さんのスーツを選んであげました。

吉田小姐幫木村先生選了西裝。

木村：吉田さん、今日は一緒にスーツを選んでくれてありがとう。

吉田小姐，今天謝謝妳跟我一起去選西裝。

吉田：いいえ、どういたしまして。

哪裡，不客氣。

木村：レストラン街で一緒にご飯を食べませんか。ご馳走しますよ。

要不要一起在美食街吃飯？我請客。

吉田：良いんですか。ありがとうございます。

可以嗎？謝謝你！

木村：もちろんですよ。では、あそこのエレベーターで下へ行きましょう。

當然啊，那麼從那邊的電梯下去吧。

全文朗讀

輕鬆小品 日本で買い物をしよう。

試着する

お客：これは試着できますか。

店員：はい、できますよ。/ すみません、できません。

値段を聞く

お客：これはいくらですか。

店員：2000円です。

商品を探す

お客：男性の服はどこですか。案内してもらえませんか。

店員：はい、男性の服はこちらです。

中文翻譯請見 268 頁

6-7 ホテル 飯店

單字朗讀

單字 Track 97 / 會話 Track 98

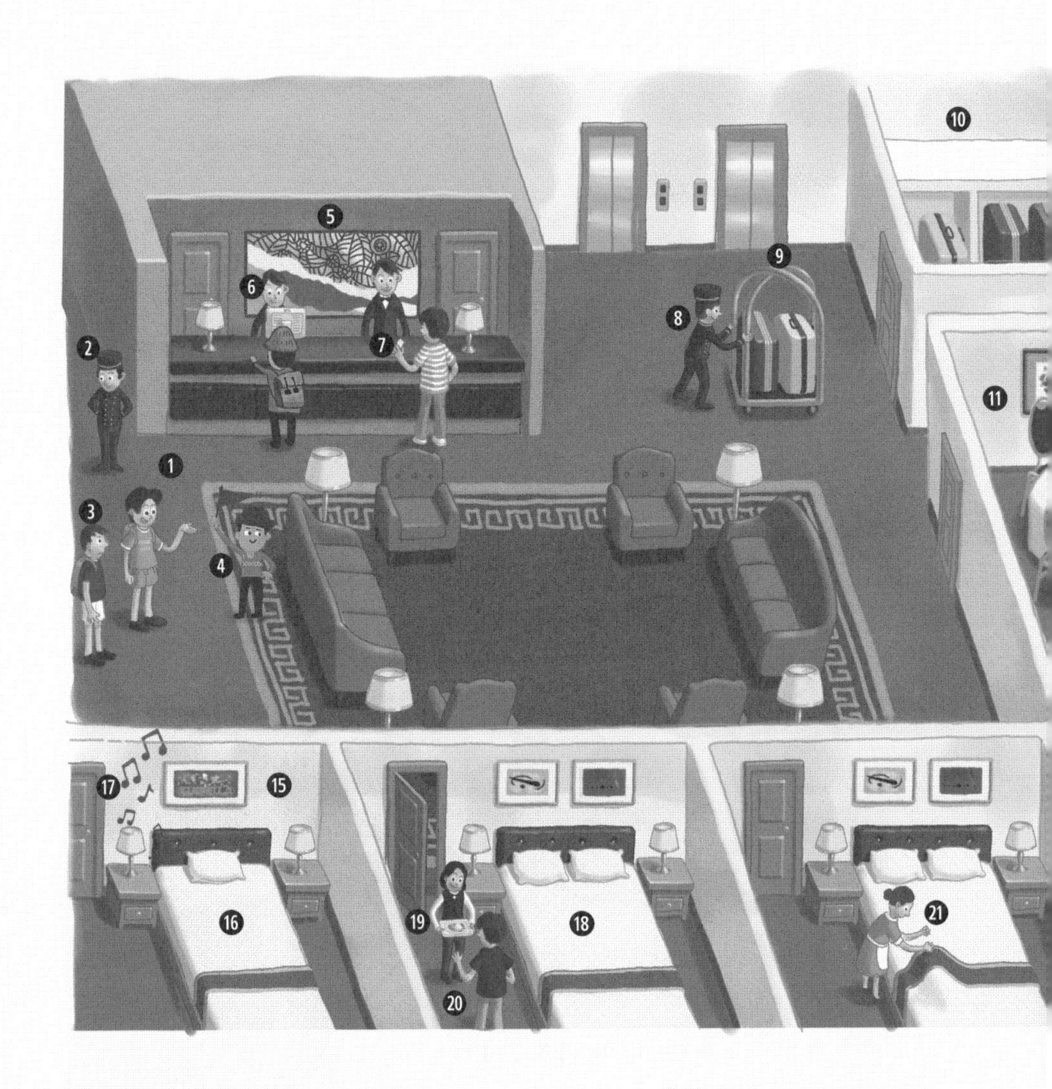

❶ ロビー 1 robî 大廳

❷ ドアマン 2 doaman 門房

❸ ツアー団体（だんたい） 4 tsuâdantai 旅行團

❹ ガイド 1 gaido 導遊

❺ フロント 0 furonto 櫃檯

❻ チェックイン 4 3 chekkuin 登記

❼ チェックアウト 4 chekkuauto 退房

❽ ベルマン 2 beruman 行李員

❾ カート [1] kâto 行李推車

❿ 荷物一時預かり所 [1]+[0]
nimotsu ichijiazukarijo 行李寄放處

⓫ 宴会場 [0] enkaijô 宴會廳
（又稱為ホール [1] hôru）

⓬ 浴槽 [0] yokusô 浴缸

⓭ サウナルーム [4] saunarûmu 三溫暖

⓮ プール [1] pûru 游泳池

⓯ 部屋 [2] heya 客房
（又稱為客室 [0] kyakusitsu）

⓰ シングルルーム [5] singururûmu
單人房

⓱ モーニングコールサービス [9]
môningukôrusâbisu 起床服務

⓲ ツインルーム [4] tsuinrûmu 雙人房

⓳ ルームサービス [4] rûmusâbisu
客房服務

⓴ 客 [0] kyaku 房客

㉑ ルームクリーニング [5]
rûmukurîningu 客房清掃

㉒ ビジネスセンター [5] bijinesusentâ
商務中心

㉓ スポーツジム [5] supôtsujimu
健身中心

㉔ ランニングマシン [7] ranningumasin
跑步機

沒事吧？

實用句 大丈夫（だいじょうぶ）ですか。

情境會話

2人（ふたり）はバスでホテルへ来（き）ました。

兩個人搭公車來到飯店。

西川（にしかわ） やっと着（つ）きましたね。足（あし）が痛（いた）くなりましたよ。

終於到了。我的腳都痛了。

北村（きたむら） 大丈夫（だいじょうぶ）ですか。バスの中（なか）は狭（せま）かったですよね。

妳沒事吧？公車裡面很狹窄吧。

西川（にしかわ） わぁ、とても広（ひろ）いホテルですね。スポーツジムやプールもありますよ。

哇，很寬敞的飯店呢。有健身中心還有游泳池等等呢！

北村（きたむら） 本当（ほんとう）にすごいですね。あっ、まずフロントでチェックインをしましょうか。

真的很棒呢。啊，先去櫃檯登記住房吧。

Section 07

教育（きょういく）

教育

7-1 学校（がっこう） 學校

單字朗讀

單字 Track 99 / 會話 Track 100 / 小品 Track 101

❶ 小学校（しょうがっこう） [3] shôggakô 小學

❷ 理事（りじ） [1] riji 董事

❸ 校長（こうちょう） [0] kôchô 校長

❹ 下校（げこう）する [0] gekôsuru 放學

❺ 幼稚園（ようちえん） [3] yôchien 幼稚園

❻ 私立学校（しりつがっこう） [4] siritsugakkô 私立學校

❼ 新入生（しんにゅうせい） [3] sinnyûsei 新生

❽ 授業（じゅぎょう）が終（お）わる [1]+[0] jugyô ga owaru 下課

❾ 登校（とうこう）する [0] tôkôsuru 上學

❿ 高校（こうこう） [0] kôkô 高中
（又稱為高等学校（こうとうがっこう） [5] kôtôgakkô）

⓫ 公立学校（こうりつがっこう） [5] kôritsugakkô 公立學校

⓬ 先輩（せんぱい） [0] senpai 學長；學姐

⓭ 学年（がくねん） [0] gakunen 年級

⓮ 後輩（こうはい） [0] kôhai 學弟；學妹

⑮ 同窓生(どうそうせい) 3 dôsôsei 校友

⑯ 中学(ちゅうがく) 1 chûgaku 國中
（又稱為中学校(ちゅうがっこう) 3 chûgakkô）

⑰ 転校する(てんこう) 0 tenkôsuru 轉學

⑱ 大学(だいがく) 0 daigaku 大學

⑲ 学士(がくし) 1 gakusi 學士

⑳ 修士(しゅうし) 1 shûsi 碩士

㉑ 博士(はかせ) 1 hakase 博士

㉒ 院長(いんちょう) 1 inchô 院長
（又稱為学院長(がくいんちょう) 3 gakuinchô）

㉓ 学科主任(がっかしゅにん) 4 gakkashunin 系主任
（又稱為学部長(がくぶちょう) 3 gakubuchô）

㉔ 大学院(だいがくいん) 4 daigakuin 研究所

㉕ 教授(きょうじゅ) 0 kyôju 教授

㉖ 予備校(よびこう) 0 yobikô 補習班（又稱為塾(じゅく) 1 juku）

㉗ 授業(じゅぎょう)をする 1＋0 jugyô wo suru 授課（學生上課稱為授業(じゅぎょう)を受(う)ける 1＋2 jugyô wo ukeru）

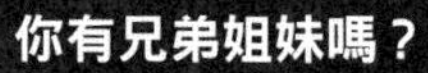

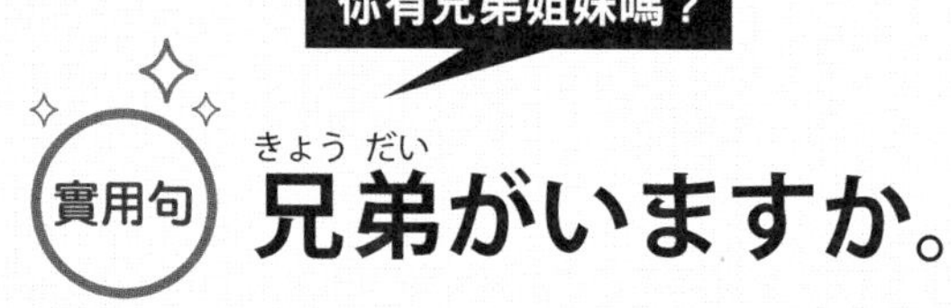

兄弟の話をしています。

兩個人正在講兄弟姐妹的事。

木村 兄弟がいますか。

你有兄弟姐妹嗎？

村上 はい、いますよ。3人兄弟です。弟は大学院で勉強しています。それから、妹は中学生です。木村さんは兄弟がいますか。

有啊、我們兄弟姐妹有三人。我弟弟在研究所唸書。然後我妹是國中生。木村小姐有兄弟姐妹嗎？

木村 はい、弟が1人います。弟は今高校生ですよ。

有，我有一個弟弟。我弟現在是高中生。

輕鬆小品 数字と時間の勉強

全文朗讀

〈数字〉

1	2	3	4	5	6
いち	に	さん	し/よん	ご	ろく
7	8	9	10	20	30
しち/なな	はち	く/きゅう	じゅう	にじゅう	さんじゅう
40	50	60	70	80	90
よんじゅう	ごじゅう	ろくじゅう	ななじゅう/しちじゅう	はちじゅう	きゅうじゅう
100	1000	10000	100000	100万	1億
ひゃく	せん	いちまん	じゅうまん	ひゃくまん	いちおく

※注意：40、90の読み方はよんじゅう、きゅうじゅうです。

〈時間〉

じゅうじじゅっぷん

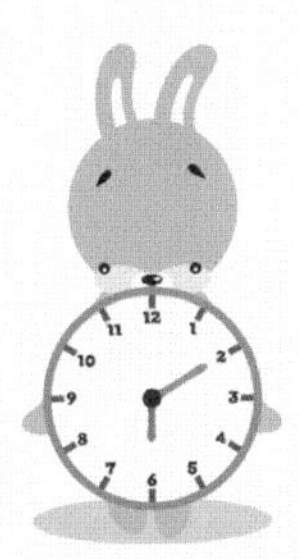

ろくじじゅっぷん

〈～時〉

1時 いちじ	2時 にじ	3時 さんじ	4時 よじ	5時 ごじ	6時 ろくじ
7時 しちじ	8時 はちじ	9時 くじ	10時 じゅうじ	11時 じゅういちじ	12時 じゅうにじ

〈～分、～分〉

1分 いっぷん	2分 にふん	3分 さんぷん	4分 よんぷん	5分 ごふん	6分 ろっぷん
7分 ななふん/しちふん	8分 はっぷん	9分 きゅうふん	10分 じゅっぷん	15分 じゅうごふん	30分 さんじゅっぷん

7-2 キャンパス 校園

單字朗讀

單字 Track 102 / 會話 Track 103 / 小品 Track 104

1. 運動場（うんどうじょう） 0 undôjô 運動場
2. トラック 2 torakku 跑道
3. バスケットコート 6 basukettokôto 籃球場
4. 銅像（どうぞう） 0 dôzô 銅像
5. 校門（こうもん） 0 kômon 校門
6. 掲示板（けいじばん） 0 keijiban 布告欄
7. 事務室（じむしつ） 2 jimusitsu 辦公室
8. 校長室（こうちょうしつ） 3 kôchôsitsu 校長室
9. ロッカー 1 rokkâ 置物櫃
10. 講堂（こうどう） 0 kôdô 禮堂

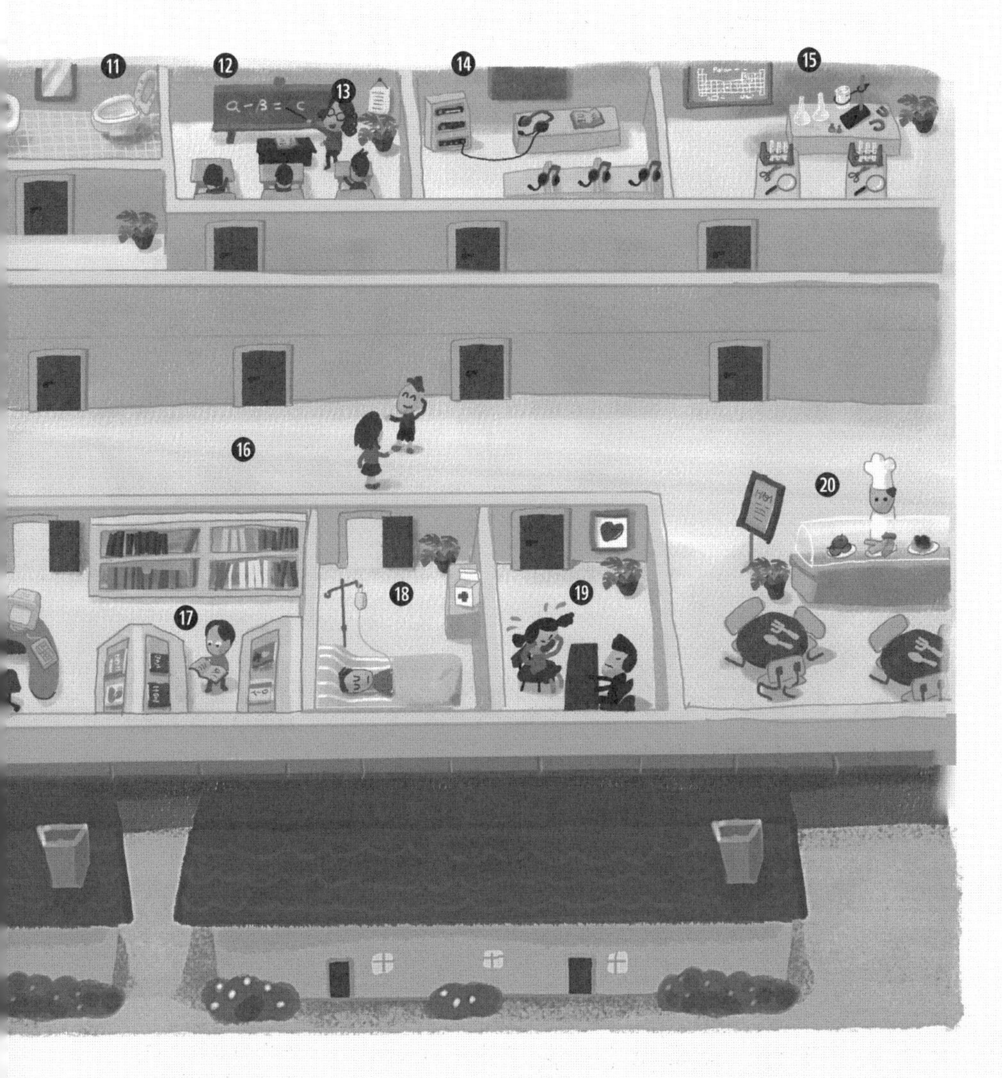

⑪ トイレ 1 toire 洗手間

⑫ 教室（きょうしつ） 0 kyôsitsu 教室

⑬ 教師（きょうし） 1 kyôsi 教師

⑭ 視聴覚教室（しちょうかくきょうしつ） 6 sichôkakukyôsitsu 視聽教室

⑮ 化学実習室（かがくじっしゅうしつ） 6 kagakujisshûsitsu 化學實驗室

⑯ 廊下（ろうか） 0 rôka 走廊

⑰ 図書館（としょかん） 2 toshokan 圖書館

⑱ 保健室（ほけんしつ） 2 hokensitsu 保健室

⑲ 相談室（そうだんしつ） 3 sôdansitsu 輔導室

⑳ カフェテリア 3 kafeteria 自助餐廳

おはようございます。

情境會話

朝(あさ)の授業(じゅぎょう)が始(はじ)まりました。

早上的課開始了。

先生(せんせい)	皆(みな)さん、おはようございます。あれ、小林(こばやし)さんどうしましたか。	大家早安。咦，小林同學怎麼了嗎？
小林(こばやし)	先生(せんせい)、頭(あたま)が痛(いた)いです。	老師，我的頭很痛。
先生(せんせい)	大丈夫(だいじょうぶ)ですか。保健室(ほけんしつ)で休(やす)んでもいいですよ。	有沒有事啊？也可以去保健室休息喔。
小林(こばやし)	はい、少(すこ)し休(やす)んできます。	好，我去稍作休息一下。

輕鬆小品

数式の読み方

全文朗讀

基本的な数式の読み方を覚えておくと、いろいろな時に役に立ちます。

足し算

8＋8＝16

(8足す8は１６)

8－7＝1

(8引く7は1)

掛け算

8×8＝64

(8掛ける8は６４)

8÷8＝1

(8割る8は1)

分数

1/2

(２分の１)

百分率

5%

(ごぱーせんと)

中文翻譯請見 268 頁

7-3 教室（きょうしつ） 教室

單字朗讀

單字 Track 105 / 會話 Track 106

❶ 黒板（こくばん） ⓪ kokuban 黑板

❷ 時間割（じかんわり） ⓪ jikanwari 功課表

❸ 黒板消し（こくばんけし） ③ kokubankesi 板擦

❹ チョーク ① chôku 粉筆

❺ マイク ① maiku 麥克風

❻ 消しゴム（けしゴム） ⓪ kesigomu 橡皮擦

❼ 下敷（したじき） ⓪ sitajiki 墊板

❽ 筆箱（ふでばこ） ⓪ fudebako 鉛筆盒

❾ 机（つくえ） ⓪ tsukue 書桌

❿ 教科書（きょうかしょ） ③ kyôkasho 教科書

⓫ プロジェクター ③ purojekutâ 投影機

⓬ 放送装置（ほうそうそうち） ⑤ hôsôsôchi 廣播設備

⓭ 地球儀（ちきゅうぎ） ② chikyûgi 地球儀

時間(じかん)になりました。

情境會話

授業(じゅぎょう)で練習(れんしゅう)テストをしています。

課堂上正在進行練習考。

先生(せんせい) 皆(みな)さん、時間(じかん)になりました。練習(れんしゅう)テストは終(お)わりです。田中(たなか)さん、どうでしたか。

各位，時間到了。練習考結束囉。田中同學，怎麼了呢？

田中(たなか) とても難(むずか)しかったです。

題目很難呢！

先生(せんせい) 一番上(いちばんうえ)の問題(もんだい)がわかりましたか。

最上面的問題你弄懂了嗎？

田中(たなか) はい、わかりました。

是，我懂了。

先生(せんせい) では、そこにチョークがありますから、黒板(こくばん)に答(こた)えを書(か)いてください。

那麼，那裡有粉筆，請把答案寫在黑板上。

7-4 図書館（としょかん） 圖書館

單字朗讀

單字 Track 107 / 會話 Track 108 / 小品 Track 109

❶ 貸出口（かしだしぐち） [0] kasidasiguchi 借書處

❷ 本（ほん）を借（か）りる [1]+[0] hon wo kariru
借書（續借稱為貸出期間（かしだしきかん）の延長（えんちょう）をする [5]+[0]+[0] kasidasikikan no enchô wo suru）

❸ 図書（としょ）カード [3] toshokâdo 借書證
（又稱為貸出（かしだし）カード [5] kasidasikâdo）

❹ 司書（ししょ） [1] sisho 圖書管員
（又稱為図書館員（としょかんいん） [3] toshokanin）

❺ 返却口（へんきゃくぐち） [4] henkyakuguchi 還書處

❻ 本（ほん）を返（かえ）す [1]+[1] hon wo kaesu 還書

❼ 書名（しょめい） [0] shomei 書名

❽ 作者（さくしゃ） [1] sakusha 作者

❾ 出版社（しゅっぱんしゃ） [3] shuppansha 出版社

❿ 返却期限切（へんきゃくきげんぎ）れ [0] henkyakukigengire 過期

⓫ 本棚（ほんだな） [1] hondana 書架

⓬ 小説（しょうせつ） [0] shôsetsu 小說

⓭ 定期刊行物（ていきかんこうぶつ） [6] teikikankôbutsu 期刊

⓮ 検索（けんさく）する [0] kensakusuru 檢索

⑮ 洋書（ようしょ） [0] yôsho 外文書

⑯ 歷史書（れきししょ） [4] rekisisho 歷史書

⑰ 辞典（じてん） [0] jiten 辭典（又稱為辞書（じしょ） [1] jisho）

⑱ 百科事典（ひゃっかじてん） [4] hyakkajiten 百科全書

⑲ 雑誌（ざっし） [0] zassi 雜誌

⑳ 新聞紙（しんぶんし） [3] sinbunsi 報紙

㉑ 論文（ろんぶん） [0] ronbun 論文

㉒ 絵本（えほん） [2] ehon 畫冊（又稱為図鑑（ずかん） [0] zukan）

㉓ 書庫（しょこ） [1] shoko 書庫

㉔ 表紙（ひょうし） [0] hyôsi 封面

㉕ 裏表紙（うらびょうし） [3] urabyôsi 封底

㉖ スキャナー [2] sukyanâ 掃瞄機

㉗ 閲覧室（えつらんしつ） [3] etsuransitsu 閱覽室

㉘ 複写室（ふくしゃしつ） [3] fukushasitsu 影印室
（又稱為コピールーム [4] kopîrûmu）

㉙ コピー機（き） [2] kopîki 影印機

情境會話

伊藤さんは借りたい本があります。

伊藤先生想借書。

司書：今晩は。何かお探しですか。
晚安。您在找什麼嗎？

伊藤：すみません。本を探しているんですが…。
請問一下，我在找書……。

司書：書名か作者の名前がわかりますか。
您知道書名或者是作者的名字嗎？

伊藤：はい、ここにメモがあります。
是，這裡有便籤。

司書：この本は小説の本棚にありますよ。あのコピー機の隣です。
這本書在小說類的書架上。在那台影印機旁邊。

全文朗讀

輕鬆小品

日本語と中国語の面白い違い

この日本語の中国語の意味は何ですか。

_____ 1. 日本語の「走る」は中国語の_____。

(A) 走 (B) 跑 (C) 跳

_____ 2. 日本語の「娘」は中国語の_____。

(A) 母親 (B) 阿姨 (C) 女兒

_____ 3. 日本語の「泥棒」は中国語の_____。

(A) 小偷 (B) 棉花棒 (C) 電線桿

_____ 4. 日本語の「先生」は中国語の_____。

(A) 男人 (B) 老師 (C) 先生

_____ 5. 日本語の「自動車」は中国語の_____。

(A) 汽車 (B) 腳踏車 (C) 電車

_____ 6. 日本語の「面白い」は中国語の_____。

(A) 臉很白 (B) 有趣 (C) 擔心

中文翻譯請見 268 頁

7-5 文房具（ぶんぼうぐ） 文具

單字朗讀

單字 Track 110 / 會話 Track 111

1. クリップ [2][1] kurippu 迴紋針
2. 万年筆（まんねんひつ） [3] mannenhitsu 鋼筆
3. ボールペン [0] bôrupen 原子筆
4. シャープペンシル [4] shâpupensiru 自動鉛筆
5. 画鋲（がびょう） [0] gabyô 圖釘
6. クレヨン [2] kureyon 蠟筆
7. サインペン [2] sainpen 彩色筆；簽字筆
8. マーカー [1] mâkâ 麥克筆
9. パレット [2][1] paretto 調色盤
10. 絵の具（えのぐ） [0] enogu 顏料
11. ルーズリーフ [4] rûzurîfu 活頁紙
12. ファイル [1] fairu 文件夾
13. ホッチキス [1] hocchikisu 釘書機
14. ノート [1] nôto 筆記本
15. はさみ [2] hasami 剪刀
16. ものさし [3][4] monosasi 尺
17. 修正液（しゅうせいえき） [3] shûseieki 修正液
18. 鉛筆削り（えんぴつけずり） [5] enpitsukezuri 削鉛筆機
19. のり [2] nori 膠水
20. セロハンテープ [5] serohantêpu 膠帶

そんなことありませんよ。

情境會話

佐藤(さとう)さんは整理(せいり)が上手(じょうず)です。

佐藤小姐很擅長整理。

山下(やました)：佐藤(さとう)さんの机(つくえ)はいつもきれいですね。

佐藤小姐的桌子總是很乾淨呢。

佐藤(さとう)：いいえ、そんなことありませんよ。

哪裡，沒那回事。

山下(やました)：どうやって整理(せいり)をしていますか。教(おし)えてください。

妳都怎麼整理的呢？請教我。

佐藤(さとう)：えーと、資料(しりょう)は全部(ぜんぶ)そのファイルに入(い)れます。それから、マーカーやボールペンはその棚(たな)、ものさしやホチキスなどは箱(はこ)に入(い)れています。

嗯，把資料全部都放進那個資料夾。然後，麥克筆，原子筆等放那個櫃子，尺和釘書機之類的話則放到盒子裡。

7-6 カレンダー 月曆

單字朗讀

單字 Track 112 / 會話 Track 113

❶ 一月（いちがつ） 4 ichigatsu 一月

❷ 二月（にがつ） 3 0 nigatsu 二月

❸ 三月（さんがつ） 1 sangatsu 三月

❹ 四月（しがつ） 3 0 sigatsu 四月

❺ 五月（ごがつ） 1 gogatsu 五月

❻ 六月（ろくがつ） 4 0 rokugatsu 六月

❼ 七月（しちがつ） 4 0 sichigatsu 七月

❽ 八月（はちがつ） 4 0 hachigatsu 八月

❾ 九月（くがつ） 1 kugatsu 九月

❿ 十月（じゅうがつ） 4 jûgatsu 十月

⓫ 十一月（じゅういちがつ） 6 jûichigatsu 十一月

⓬ 十二月（じゅうにがつ） 5 0 jûnigatsu 十二月

⓭ 日曜日（にちようび） 3 nichiyôbi 星期日

⓮ 月曜日（げつようび） 3 getsuyôbi 星期一

⓯ 火曜日（かようび） 2 kayôbi 星期二

⓰ 水曜日（すいようび） 3 suiyôbi 星期三

⓱ 木曜日（もくようび） 3 mokuyôbi 星期四

⓲ 金曜日（きんようび） 3 kinyôbi 星期五

⓳ 土曜日（どようび） 2 doyôbi 星期六

⓴ 祝祭日（しゅくさいじつ） 3 shukusaijitsu 國定假日

實用句 誕生日(たんじょうび)は何月(なんがつ)ですか。

情境會話

2人(ふたり)はお互(たが)いの誕生日(たんじょうび)を聞(き)いています。

兩個人正在問對方的生日。

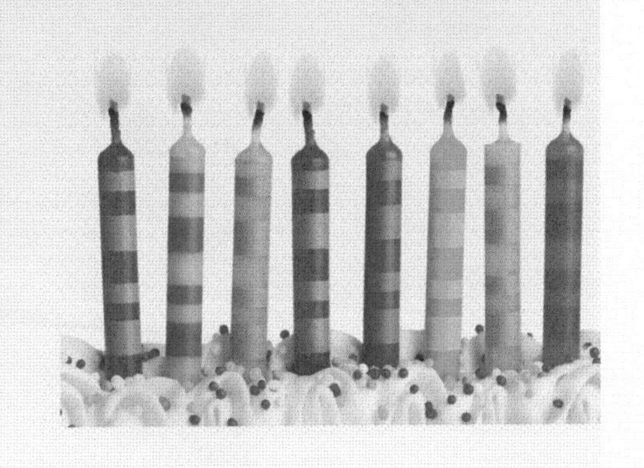

高橋(たかはし)	誕生日(たんじょうび)は何月(なんがつ)ですか。	你的生日是幾月？
山田(やまだ)	8月(はちがつ)です。高橋(たかはし)さんは何月(なんがつ)ですか。	八月，高橋小姐是幾月？
高橋(たかはし)	私(わたし)は5月(ごがつ)です。	我是五月。
山田(やまだ)	えっ、来月(らいげつ)ですね。何日(なんにち)ですか。	咦，是下個月喔。幾號呢？
 高橋(たかはし)	26日(にじゅうろくにち)です。	二十六號。

7-7 色(いろ) 顏色

單字朗讀

單字 Track 114 / 會話 Track 115

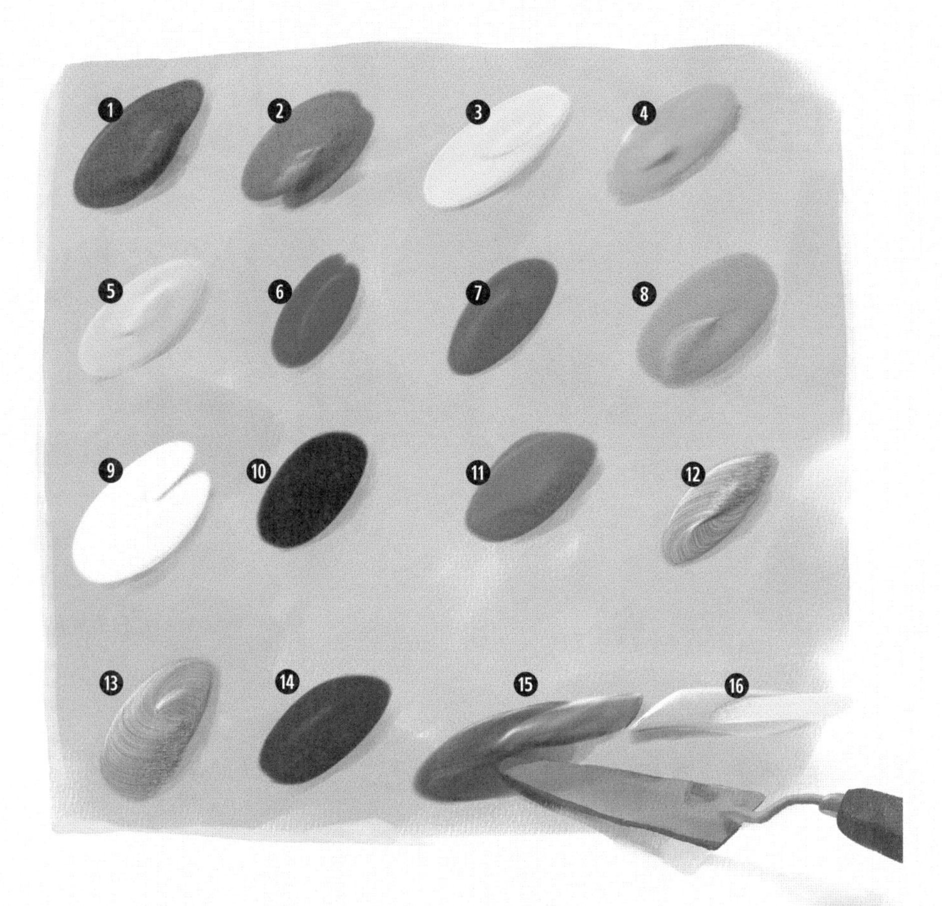

❶ 赤(あか) 1 aka 紅色

❷ オレンジ色(いろ) 0 orenjiiro 橙色

❸ 黄色(きいろ) 0 kiiro 黃色

❹ 緑(みどり) 1 midori 綠色

❺ 水色(みずいろ) 0 mizuiro 淡藍色

❻ 青(あお) 1 ao 藍色

❼ 紫(むらさき) 2 murasaki 紫色

❽ ピンク 1 pinku 粉紅色

❾ 白(しろ) 1 siro 白色

❿ 黒(くろ) 1 kuro 黑色

⓫ 灰色(はいいろ) 0 haîro 灰色

⓬ 銀色(ぎんいろ) 0 giniro 銀色

⓭ 金色(きんいろ) 0 kiniro 金色

⓮ 茶色(ちゃいろ) 0 chairo 咖啡色

⓯ 濃(こ)い 1 koi 深色

⓰ 薄(うす)い 0 2 usui 淺色

いらっしゃいませ。

情境會話

彼(かれ)は花屋(はなや)で花(はな)を選(えら)んでいます。

他正在花店選花。

店員(てんいん)	いらっしゃいませ。	歡迎光臨。
高橋(たかはし)	この花(はな)をください。リボンは何色(なにいろ)がありますか。	請給我這種花。緞帶有什麼顏色？
店員(てんいん)	オレンジ色(いろ)、緑(みどり)、紫(むらさき)、ピンクがあります。	有橘色、綠色、紫色、粉紅色。
高橋(たかはし)	妻(つま)は紫(むらさき)が好(す)きですから、紫(むらさき)にしてください。	因為我妻子喜歡紫色，請幫我用紫色的。

7-8 形（かたち）と記号（きごう） 圖形與符號

單字朗讀

單字 Track 116 / 會話 Track 117

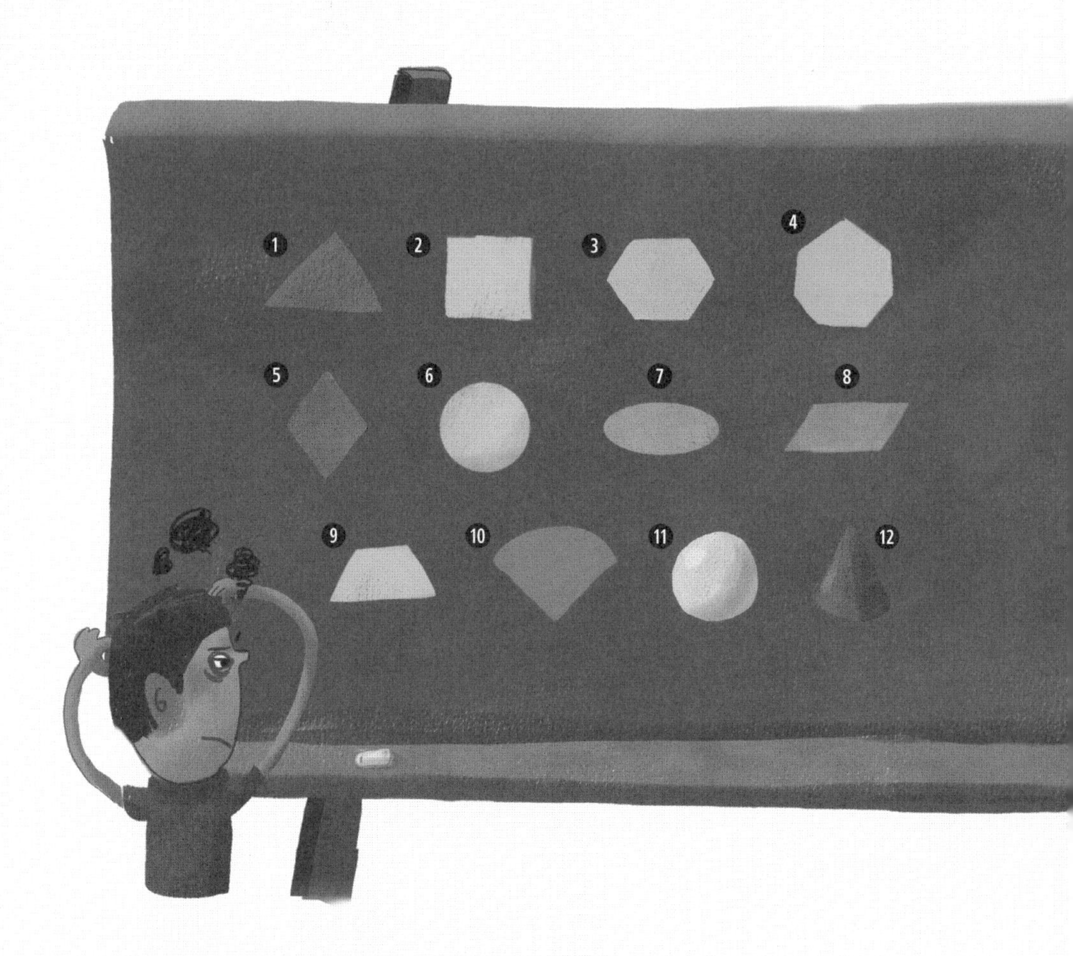

1. 三角形（さんかくけい） [3][4] sankakukei 三角形
2. 四角形（しかくけい） [2][3] sikakukei 四角形
3. 六角形（ろっかくけい） [3][4] rokkakukei 六角形
4. 多角形（たかくけい） [2][3] takakukei 多角形
5. 菱形（ひしがた） [0] hisigata 菱形
6. 円形（えんけい） [0] enkei 圓形
7. 楕円形（だえんけい） [0] daenkei 橢圓形
8. 平行四辺形（へいこうしへんけい） [6] heikôsihenkei 平行四邊形
9. 台形（だいけい） [0] daikei 梯形
10. 扇形（おうぎがた） [0] ôgigata 扇形
11. 球形（きゅうけい） [0] kyûkei 球形
12. 円錐（えんすい） [0] ensui 圓錐體
13. 足（た）す [0] tasu 加
14. 引（ひ）く [0] hiku 減

⑮ 掛(か)ける [2] kakeru 乘

⑯ 割(わ)る [0] waru 除

⑰ 等(ひと)しい [3] hitosî 等於（又稱為イコール [2] ikôru）

⑱ 計算(けいさん) [0] keisan 計算

⑲ 足(た)し算(ざん) [2] tasizan 加法

⑳ 引(ひ)き算(ざん) [2] hikizan 減法

㉑ 掛(か)け算(ざん) [2] kakezan 乘法

㉒ 割(わ)り算(ざん) [2] warizan 除法

㉓ 平方(へいほう) [0] heihô 平方

㉔ 平方根(へいほうこん) [3] heihôkon 平方根

㉕ 分数(ぶんすう) [3] bunsû 分數

㉖ 2分(にぶん)の1(いち) [0]+[0] nibun no ichi 二分之一

情境會話

お父(とう)さんは娘(むすめ)に学校(がっこう)の授業(じゅぎょう)について聞(き)いています。

爸爸正在問女兒關於學校上課的事情。

お父(とう)さん　学校(がっこう)の授業(じゅぎょう)は楽(たの)しい。　學校上課好玩嗎？

うん、楽(たの)しいよ。算数(さんすう)が好(す)き。　嗯，好玩喔。我喜歡數學。

掛(か)け算(ざん)はもう大丈夫(だいじょうぶ)。　乘法已經沒問題了嗎？

もちろん。もう割(わ)り算(ざん)も分数(ぶんすう)の計算(けいさん)もできるよ。　當然啊，也已經會算除法和分數了呢。

Section 08

医療（いりょう）

醫療

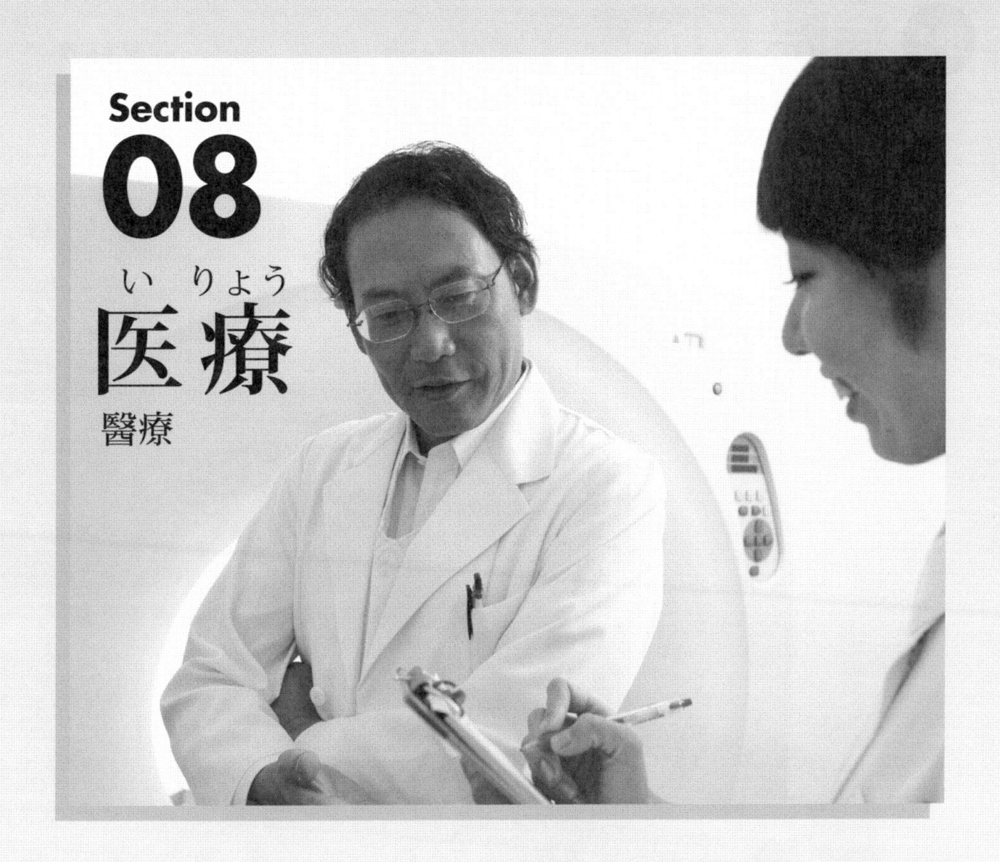

8-1 病院（びょういん） 醫院

單字朗讀

單字 Track 118 / 會話 Track 119 / 小品 Track 120

❶ 救急車（きゅうきゅうしゃ） 3 kyûkyûsha 救護車

❷ 病室（びょうしつ） 0 byôsitsu 病房

❸ 病人（びょうにん） 0 byônin 病人

❹ 耳鼻咽喉科（じびいんこうか） 0 jibînkôka 耳鼻喉科

❺ 診察（しんさつ） 0 sinsatsu 診療

❻ 手術室（しゅじゅつしつ） 3 shujutsusitsu 手術室

❼ 手術（しゅじゅつ） 1 shujutsu 手術

❽ 集中治療室（しゅうちゅうちりょうしつ） 6 shûchûchiryôsitsu 加護病房

❾ 歯科（しか） 0 sika 牙科

❿ 歯科医（しかい） 2 sikai 牙醫師

⓫ 小児科（しょうにか） 0 shônika 小兒科

⓬ 産婦人科（さんふじんか） 0 sanfujinka 婦產科

⓭ 妊婦（にんぷ） 1 ninpu 孕婦

⓮ 眼科（がんか） 0 ganka 眼科

⓯ 内科（ないか） 0 naika 內科

⓰ 外科（げか） 0 geka 外科

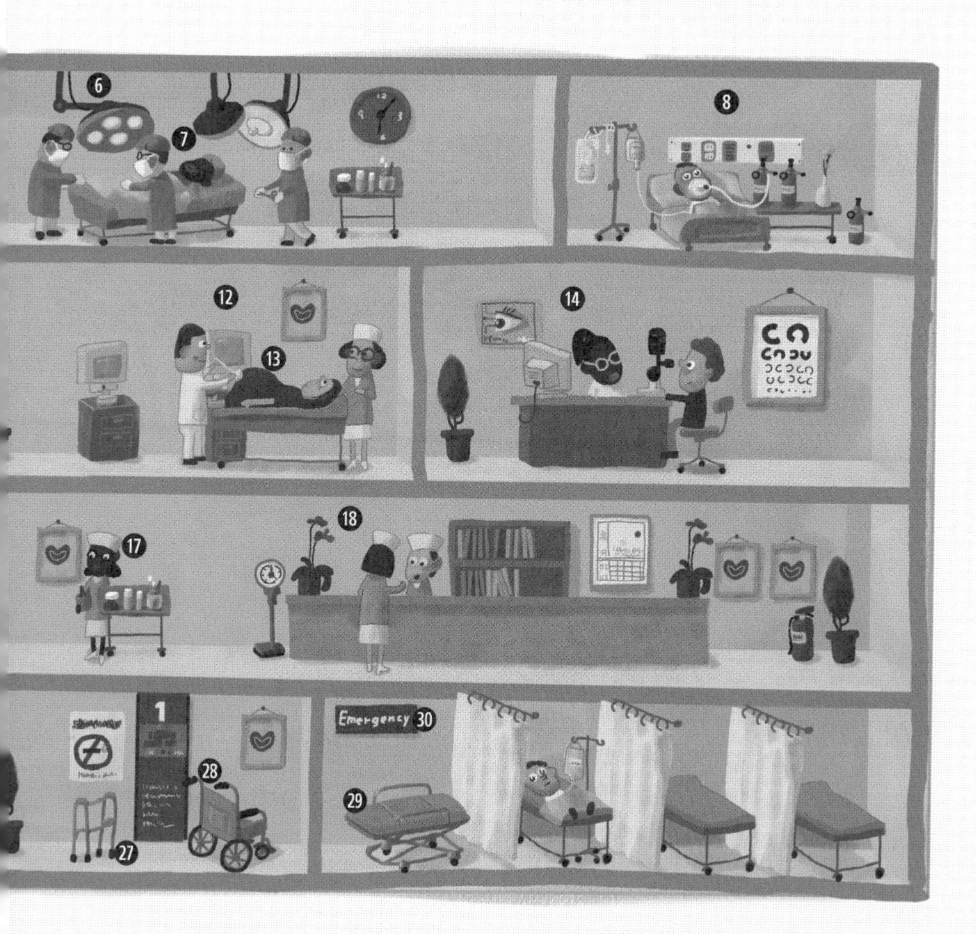

⑰ 看護師（かんごし） 3 kangosi 護士

⑱ ナースステーション 5 nâsusutêshon 護理站

⑲ 待合室（まちあいしつ） 3 machiaisitsu 候診室

⑳ 高熱（こうねつ） 0 kônetsu 高燒

㉑ 風邪（かぜ） 0 kaze 感冒

㉒ 咳（せき） 2 seki 咳嗽

㉓ 目眩（めまい） 2 memai 暈眩

㉔ 胃痛（いつう） 0 itsû 胃痛

㉕ 頭痛（ずつう） 0 zutsû 頭痛

㉖ 松葉杖（まつばづえ） 4 matsubazue 枴杖

㉗ 歩行器（ほこうき） 2 hokôki 助行器

㉘ 車椅子（くるまいす） 3 kurumaisu 輪椅

㉙ 医療用ベッド（いりょうよう） 6 iryôyôbeddo 病床

㉚ 救急室（きゅうきゅうしつ） 3 kyûkyûsitsu 急診室

こんにちは。

情境會話

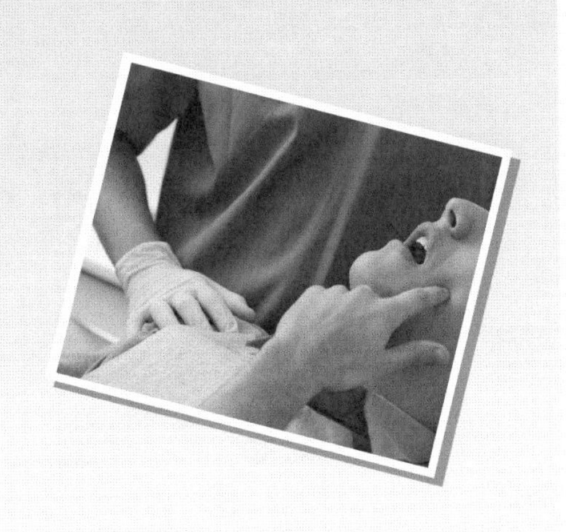

田中(たなか)さんは歯(は)が痛(いた)いです。

田中先生牙齒痛。

田中(たなか)	すみません。この病院(びょういん)へ初(はじ)めて来(き)たんですが…。	不好意思。我是第一次來這間醫院……。
受付(うけつけ)	こんにちは。どうしましたか。	你好，怎麼了嗎？
田中(たなか)	歯(は)が痛(いた)いんです。	我牙齒痛。
受付(うけつけ)	では、歯科(しか)ですね。歯科(しか)は2階(にかい)にあります。その階段(かいだん)を上(あ)がると、右(みぎ)にありますよ。	那麼，要去牙科。牙科在二樓。從那邊的樓梯上去，就在右邊。

輕鬆小品 お見舞い

家族や友達、同僚などが入院した時、お見舞いに行きます。でもお見舞いの時、気をつけたほうがいいことがありますから、ここで皆さんに日本のお見舞いのマナーを紹介します。

〈いつお見舞いに行ったらいいですか〉

入院したばかりの時や手術したばかりの時は、相手も相手の家族も大変ですからやめましょう。相手が少し元気になった時に行ったほうがいいです。

〈お見舞いの時、何をあげたらいいですか〉

花や果物、お菓子をあげる人が多いです。でも、手術をした後は食べられないかもしれませんから、先に相手の家族に食べ物が食べられるかどうか聞きましょう。花をあげる時は鉢植えや菊の花などはいけません。鉢植えは「根付く」もので、「根付く」と「寝付く」の発音が近いからいけません。菊の花はお葬式に使う花ですからいけません。

中文翻譯請見 268–269 頁

8-2 医薬品（いやくひん） 醫藥

單字朗讀

單字 Track 121 / 會話 Track 122

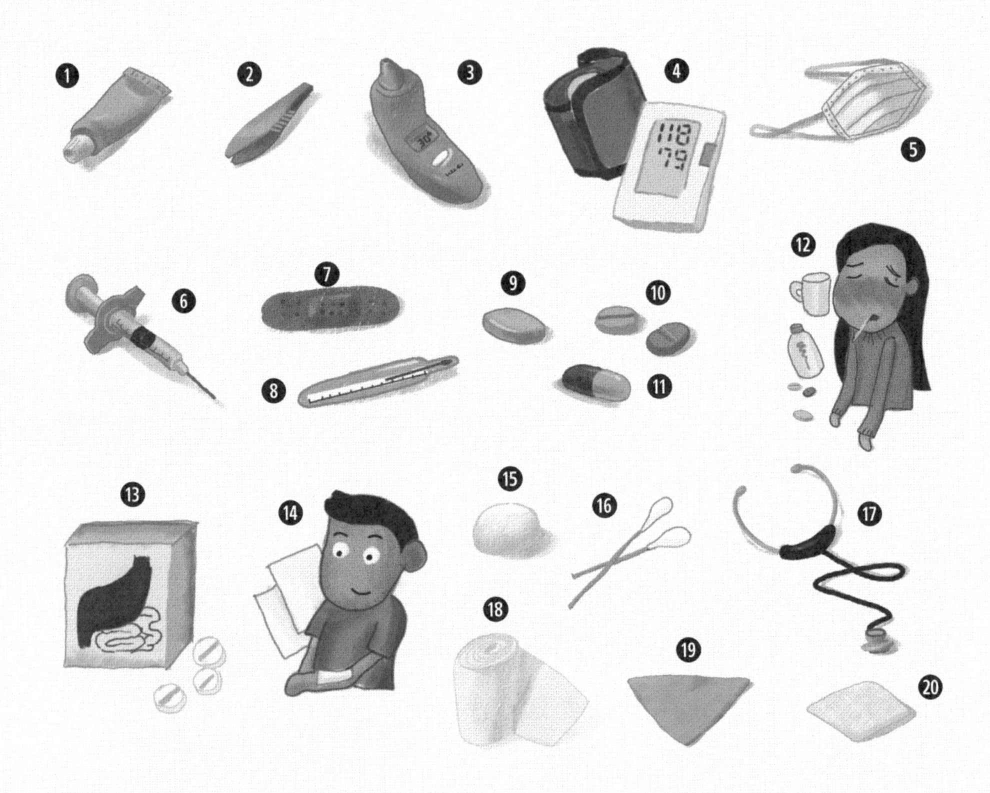

❶ 薬用軟膏（やくようなんこう） 5 yakuyônankô 藥膏

❷ ピンセット 3 pinsetto 鑷子

❸ 耳式体温計（みみしきたいおんけい） 0 mimisikitaionkei 耳溫槍

❹ 血圧計（けつあつけい） 0 ketsuatsukei 血壓計

❺ マスク 1 masuku 口罩

❻ 注射器（ちゅうしゃき） 3 chûshaki 注射器

❼ 絆創膏（ばんそうこう） 0 bansôkô OK 繃

❽ 体温計（たいおんけい） 0 3 taionkei 體溫計

❾ 錠剤（じょうざい） 0 jôzai 藥片

❿ 丸薬（がんやく） 0 ganyaku 藥丸

⓫ カプセル 1 kapuseru 膠囊

⓬ 風邪薬（かぜぐすり） 3 kazegusuri 感冒藥

⓭ 胃腸薬（いちょうやく） 2 ichôyaku 腸胃藥

⓮ 傷あて（きず） 0 kizuate 傷口貼布

⓯ コットン 1 kotton 棉球

⓰ 綿棒（めんぼう） 1 menbô 棉棒

⓱ 聴診器（ちょうしんき） 3 chôsinki 聽診器

⓲ 包帯（ほうたい） 0 hôtai 繃帶

⓳ 三角巾（さんかくきん） 3 sankakukin 三角巾
（又稱為つり包帯（ほうたい） 3 tsurihôtai）

⓴ ガーゼ 1 gâze 紗布

請不要太勉強喔。

實用句 あまり無理（むり）をしないでくださいね。

情境會話

加藤（かとう）さんは風邪（かぜ）を引（ひ）きました。

加藤先生得了感冒。

医者（いしゃ） 加藤（かとう）さん、あなたは普通（ふつう）の風邪（かぜ）ですね。カプセルの薬（くすり）をあげますから、毎日（まいにち）飲（の）んでください。

加藤先生你得的是普通感冒。我開膠囊藥給你，請每天服用。

加藤（かとう） 明日（あした）は会議（かいぎ）があるんですが、会社（かいしゃ）へ行（い）ってもいいですか。

明天有會議，我可以去公司嗎？

医者（いしゃ） 良（い）いですが、マスクをしてください。それから、あまり無理（むり）をしないでくださいね。

可以啊，但是要戴口罩喔。然後，請不要太勉強喔。

加藤（かとう） わかりました。先生（せんせい）、今日（きょう）はありがとうございました。

我知道了。醫生，今天謝謝您了。

8-3 病気（びょうき） 疾病

單字朗讀

單字 Track 123 / 會話 Track 124 / 小品 Track 125

❶ 風邪（かぜ）を引（ひ）く [0]+[0] kaze wo hiku 患感冒

❷ 高熱（こうねつ）を出（だ）す [2]+[1] kônetsu wo dasu 發高燒

❸ 鼻水（はなみず）が出（で）る [0]+[1] hanamizu ga deru 流鼻涕

❹ 咳（せき）をする [2]+[0] seki wo suru 咳嗽

❺ くしゃみをする [2]+[0] kushami wo suru 打噴嚏

❻ 頭痛（ずつう）がする [0]+[0] zutsû ga suru 頭痛

❼ 眩暈（めまい）がする [2]+[0] memai ga suru 頭暈

❽ 全身（ぜんしん）がだるい [0]+[2] zensin ga darui 全身無力

❾ 鼻（はな）づまり [0] hanazumari 鼻塞

❿ 喉（のど）が痛（いた）い [1]+[2] nodo ga itai 喉嚨痛

⓫ 下痢（げり）をする [0]+[0] geri wo suru 腹瀉

⑫ **かゆくなる** [1] kayukunaru 發癢

⑬ **気持ちが悪い** [0]＋[2] kimochi ga warui 噁心（又稱為吐き気がする [3]＋[0] hakike ga suru）

⑭ **アレルギー** [2][3] arerugî 過敏

⑮ **炎症をおこす** [0]＋[2] enshô wo okosu 發炎

⑯ **水疱瘡** [3] mizubôsô 水痘；水皰

⑰ **発疹** [0] hossin 疹子（又稱為吹出物 [0] fukidemono）

⑱ **腫れ** [0] hare 紅腫

⑲ **流血する** [0] ryûketsusuru 流血

⑳ **吐く** [1] haku 嘔吐

㉑ **あざ** [2] aza 瘀血

㉒ **骨折する** [0] kossetsusuru 骨折

㉓ **熱中症** [0] necchûshô 中暑

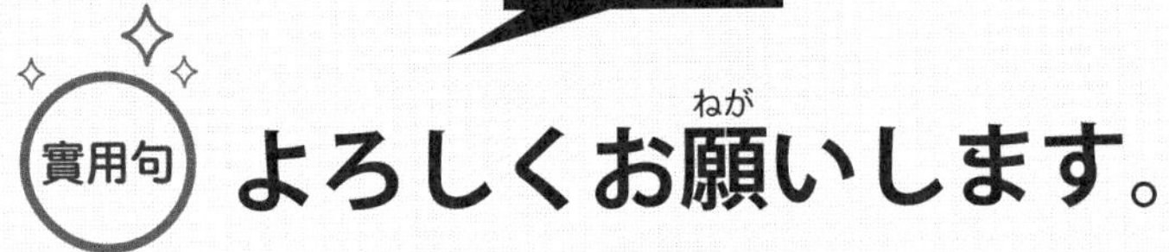

情境會話

最近(さいきん)小林(こばやし)さんは体(からだ)の調子(ちょうし)が悪(わる)いです。

最近小林先生的身體狀況不太好。

小林(こばやし)	先生(せんせい)、よろしくお願(ねが)いします。	醫生，拜託你了。
医者(いしゃ)	今日(きょう)はどうしましたか。	今天怎麼了嗎？
小林(こばやし)	最近(さいきん)よく頭痛(ずつう)がします。それから、全身(ぜんしん)がだるいです。	最近常常頭痛。然後覺得全身無力的。
医者(いしゃ)	わかりました。診(み)てみましょう。コートを脱(ぬ)いでください。	我知道了。我來診斷看看。請把大衣脫下來。

輕鬆小品　お医者(いしゃ)さんと話(はな)しましょう

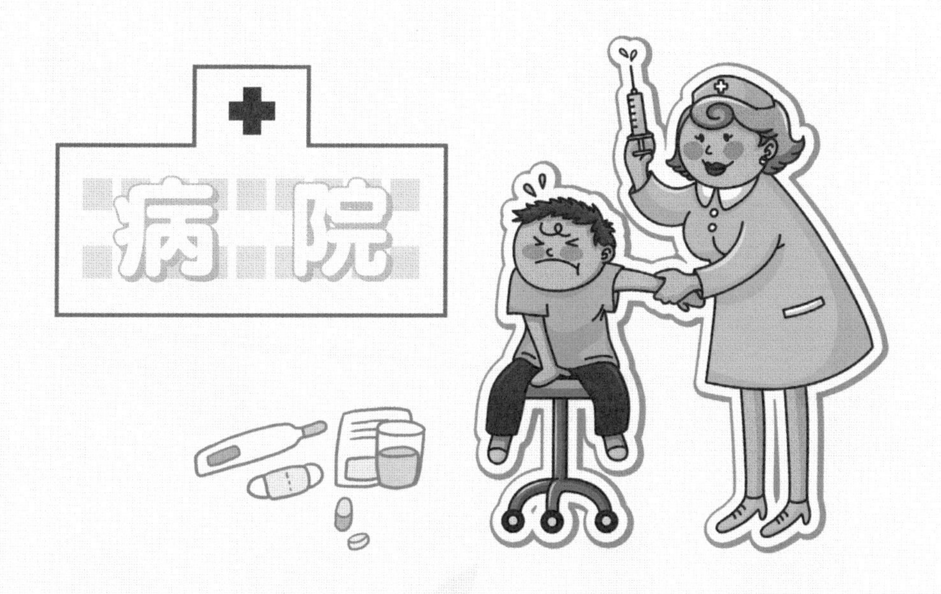

医者(いしゃ)：どうしましたか。

患者(かんじゃ)：お腹(なか)が痛(いた)いです。

医者(いしゃ)：いつから痛(いた)いですか。

患者(かんじゃ)：昨日(きのう)からです。

医者(いしゃ)：そうですか。では薬(くすり)を出(だ)しますね。

患者(かんじゃ)：わかりました。薬(くすり)はいつ飲(の)んだらいいですか。

医者(いしゃ)：ご飯(はん)の後(あと)に飲(の)んでください。ではまた3日後(みっかご)来(き)てください。

中文翻譯請見 269 頁

8-4 入院(にゅういん)と診察(しんさつ) 住院與問診

單字朗讀

單字 Track 126 / 會話 Track 127

❶ 診察予約(しんさつよやく)する [5] sinsatsuyoyakusuru 掛號

❷ 診察申込書(しんさつもうしこみしょ)を書(か)く [0]+[1] sinsatsumôsikomisho wo kaku 填寫資料

❸ 整理券(せいりけん)の番号順(ばんごうじゅん)に待(ま)つ [3]+[0]+[1] seiriken no bangôjun ni matsu 等候叫號

❹ 診察(しんさつ)する [0] sinsatsusuru 問診

❺ 診察(しんさつ)を受(う)ける [0]+[2] sinsatsu wo ukeru 看醫生

❻ 体重(たいじゅう)をはかる [0]+[2] taijû wo hakaru 量體重

❼ 血圧(けつあつ)をはかる [0]+[2] ketsuatsu wo hakaru 量血壓

❽ 脈(みゃく)をはかる [2]+[2] myaku wo hakaru 量脈搏

❾ 心拍数(しんぱくすう)を測定(そくてい)する [4]+[0] sinpakusû wo sokuteisuru 測心跳

❿ 視力(しりょく)をはかる [1]+[2] siryoku wo hakaru 測視力

⓫ レントゲンを撮(と)る [0]+[1] rentogen wo toru 照 X 光

⓬ C T(シーティー)を撮(と)る [3]+[1] sîthî wo toru 照斷層掃瞄

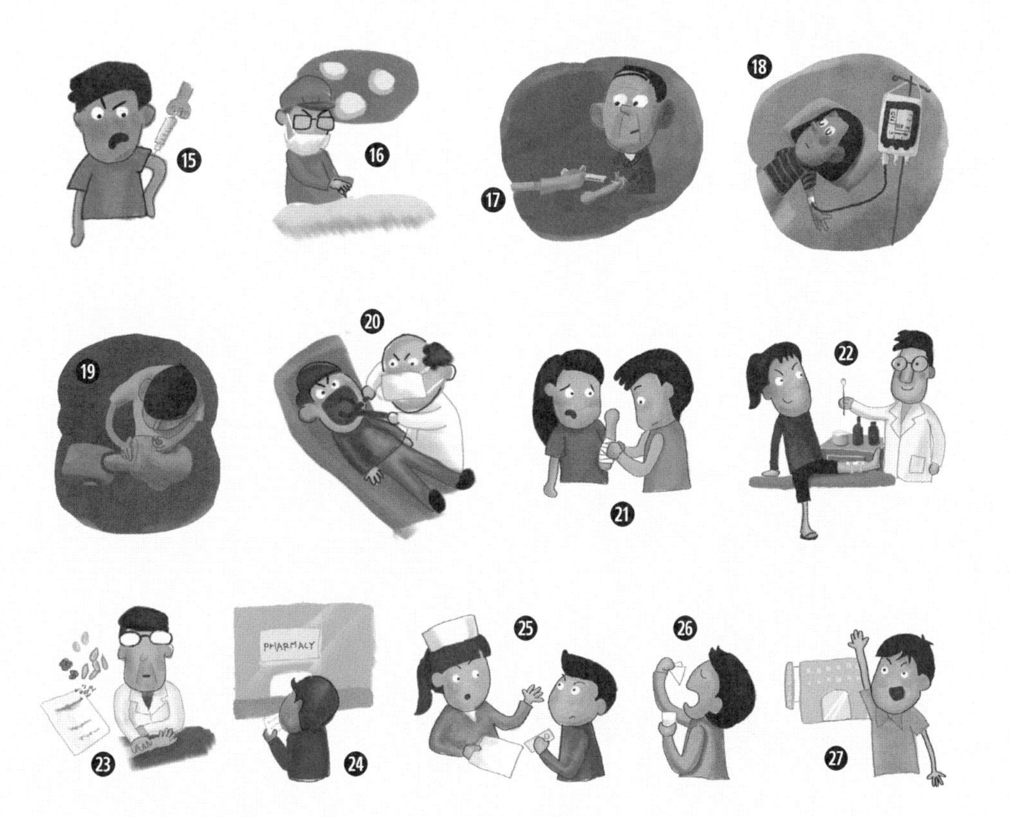

⑬ ＭＲＩ検査（エムアールアイけんさ） [8] emuâruaikensa
磁共振造影檢查

⑭ 点滴注射する（てんてきちゅうしゃ） [5]
tentekichûshasuru 打點滴

⑮ 注射する（ちゅうしゃ） [0] chûshasuru 打針

⑯ 手術する（しゅじゅつ） [1] shujutsusuru 動手術

⑰ 採血する（さいけつ） [1] saiketsusuru 抽血

⑱ 輸血する（ゆけつ） [0] yuketsusuru 輸血

⑲ 人工呼吸（じんこうこきゅう） [5] jinkôkokyû 人工呼吸

⑳ 歯を抜く（は・ぬ） [1]+[0] ha wo nuku 拔牙

㉑ 傷口に包帯を巻く（きずぐち・ほうたい・ま） [0]+[0]+[0]
kizuguchi ni hôtai wo maku 包紮傷口

㉒ 薬を取り換える（くすり・と・か） [0]+[0]
kusuri wo torikaeru 換藥

㉓ 処方箋（しょほうせん） [0] shohôsen 處方籤

㉔ 薬を受けとる（くすり・う） [0]+[0]
kusuri wo uketoru 拿藥

㉕ 支払する（しはらい） [0] siharaisuru 付費

㉖ 薬を服用する（くすり・ふくよう） [0]+[0]
kusuri wo hukuyôsuru 服藥

㉗ 退院する（たいいん） [0] taînsuru 出院

そんなにかかりますか。

情境會話

川田(かわた)さんは昨日(きのう)手術(しゅじゅつ)をしました。

川田先生昨天動了手術。

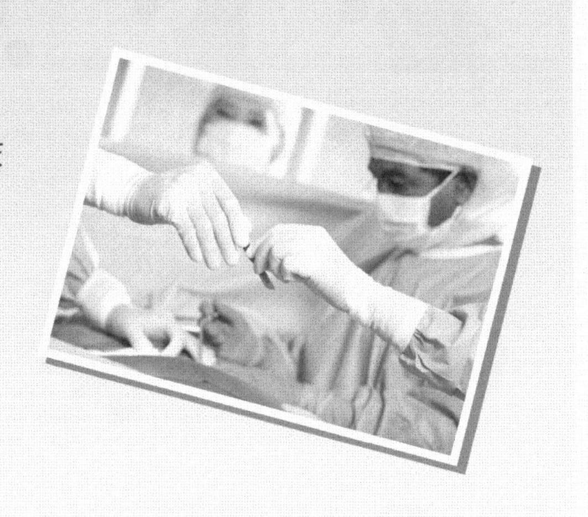

川田(かわだ)：先生(せんせい)、私(わたし)はいつ退院(たいいん)できますか。
醫生，我什麼時候可以出院呢？

医者(いしゃ)：退院(たいいん)の予定(よてい)は来月(らいげつ)ですよ。
出院預計是在下個月喔。

川田(かわだ)：ええ、そんなにかかりますか。
唉，還需要那麼久啊？

医者(いしゃ)：昨日(きのう)手術(しゅじゅつ)をしたばかりですからね。はい、注射(ちゅうしゃ)をしますよ。
因為昨天才剛動手術啊。好，要打針囉。

Section 09

交通（こうつう）

交通

9-1 乗（の）り物（もの） 交通工具

單字朗讀

單字 Track 128 / 會話 Track 129

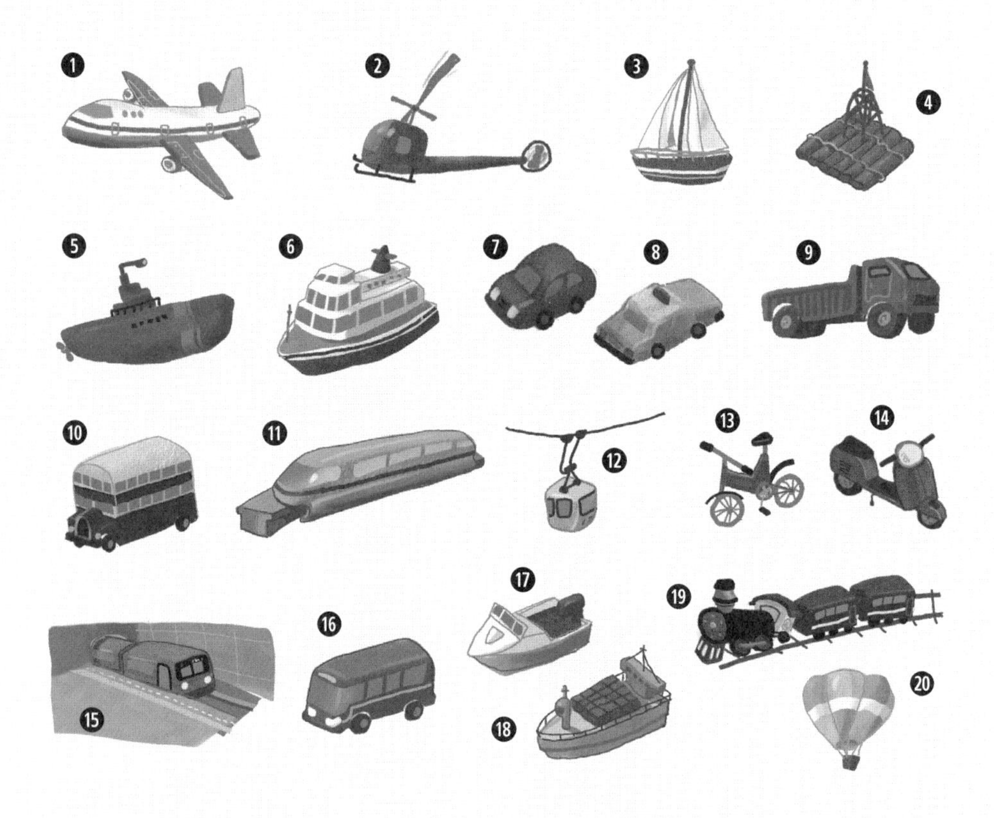

❶ 飛行機（ひこうき） 2 hikôki 飛機

❷ ヘリコプター 3 herikoputâ 直昇機

❸ ヨット 1 yotto 帆船

❹ いかだ 0 ikada 竹筏

❺ 潜水艦（せんすいかん） 0 sensuikan 潛水艇

❻ フェリー 1 ferî 渡輪

❼ 乗用車（じょうようしゃ） 3 jôyôsha 轎車

❽ タクシー 1 takusî 計程車

❾ トラック 2 torakku 卡車

❿ 2階建てバス（にかいだて） 6 nikaidatebasu 雙層巴士

⓫ モノレール 3 monorêru 單軌電車

⓬ ロープウェー 4 rôpuwê 纜車

⓭ 自転車（じてんしゃ） 2 0 jitensha 腳踏車

⓮ オートバイ 3 ôtobai 摩托車

⓯ 地下鉄（ちかてつ） 0 chikatetsu 地鐵

⓰ バス 1 basu 公車

⓱ モーターボート 5 môtâbôto 汽艇

⓲ 貨物船（かもつせん） 0 kamotsusen 貨輪

⓳ 汽車（きしゃ） 2 1 kisha 火車

⓴ 熱気球（ねつききゅう） 3 netsukikyû 熱氣球

お久(ひさ)しぶりです。

情境會話

東(ひがし)さんはハネムーンに行(い)きました。

東先生去度了蜜月。

村山(むらやま)	東(ひがし)さん、お久(ひさ)しぶりです。ハネムーンのフランス旅行(りょこう)は面白(おもしろ)かったですか。	東先生，好久不見。法國蜜月旅行好玩嗎？
東(ひがし)	はい、最高(さいこう)でした。	好玩，非常棒！
村山(むらやま)	日本(にほん)からフランスまで、飛行機(ひこうき)でどれくらいかかりましたか。	從日本到法國，搭飛機大概要花多久時間呢？
東(ひがし)	6時間(ろくじかん)くらいかかりました。私(わたし)はずっと映画(えいが)を見(み)ていましたよ。	花了六個小時左右。我一直在看電影喔。

9-2 空港（くうこう） 機場

單字朗讀

單字 Track 130 / 會話 Track 131 / 會話 Track 132

❶ ターミナル ①tâminaru 航廈

❷ 自動券売機（じどうけんばいき） ⑥jidôkenbaiki 自動售票機

❸ 外貨両替所（がいかりょうがえしょ） ⓪gaikaryôgaesho 外幣兌換處

❹ 保険（ほけん）カウンター ⑤hokenkauntâ 保險櫃台

❺ チェックインカウンター ⑦ chekkuinkauntâ 登機報到

❻ 旅客（りょかく） ⓪ryokaku 旅客

❼ 航空会社（こうくうがいしゃ） ⑤kôkûgaisha 航空公司

❽ 案内係（あんないがかり） ⑤annaigakari 航空公司櫃檯人員

❾ 荷物（にもつ） ①nimotsu 行李

❿ カート ①⓪kâto 手推車

⓫ 税関（ぜいかん） ⓪zeikan 海關

⓬ 出入国（しゅつにゅうこく） ③shutsunyûkoku 出入境

⓭ 荷物受取所（にもつうけとりじょ） 1+5 nimotsu uketorijo 行李提領處

⓮ ベルトコンベヤー 6 berutokonbeyâ 行李輸送帶

⓯ 案内所（あんないじょ） 5 0 annaijo 詢問處

⓰ 出発ロビー（しゅっぱつ） 5 shuppatsurobî 出境大廳

⓱ 免税品（めんぜいひん） 0 menzeihin 免稅商品

⓲ 免税店（めんぜいてん） 3 menzeiten 免稅商店

⓳ 管制塔（かんせいとう） 0 kanseitô 塔台

⓴ 出港（しゅっこう） 0 shukkô 起航；出發

㉑ リムジンバス 5 rimujinbasu 機場巴士

㉒ 到着（とうちゃく） 0 tôchaku 抵達

㉓ 滑走路（かっそうろ） 3 kassôro 跑道

實用句 お疲(つか)れ様(さま)でした。

情境會話

2人(ふたり)は空港(くうこう)にいます。

兩個人在機場裡。

佐藤(さとう)	初(はじ)めての出張(しゅっちょう)はどうでしたか。	第一次出差覺得怎麼樣？
木村(きむら)	緊張(きんちょう)しました。	很緊張。
佐藤(さとう)	そうですか。それはお疲(つか)れ様(さま)でした。あっそうだ、まだ時間(じかん)がありますから、免税店(めんぜいてん)で免税品(めんぜいひん)を買(か)いませんか。	這樣啊。那真是辛苦你了。啊對了，因為還有時間，要不要在免稅商店買免稅商品？
木村(きむら)	良(い)いですね。行(い)きましょう。	好啊，走吧。

全文朗讀

輕鬆小品 電車のマナー

〈並ぶとき〉

並んで電車を待つときは2列か3列に並びます。割り込みをしてはいけません。

〈他の人が降りる時〉

電車が混んでいる時、もしあなたがドアの前にいて後ろの人が降りる時は、あなたが降りたい駅じゃなくても、一度ドアの外へ出ましょう。

〈携帯電話・化粧〉

電車の中で、化粧をしてはいけません。それから携帯電話で話すこともいけません。携帯電話は降りた後で、化粧は家でしましょう。

〈新聞を読む〉

電車の中で新聞を読みたいときは、新聞を畳んで読みましょう。

中文翻譯請見 269 頁

9-3 搭乗（とうじょう） 登機

單字朗讀

單字 Track 133 / 會話 Track 134

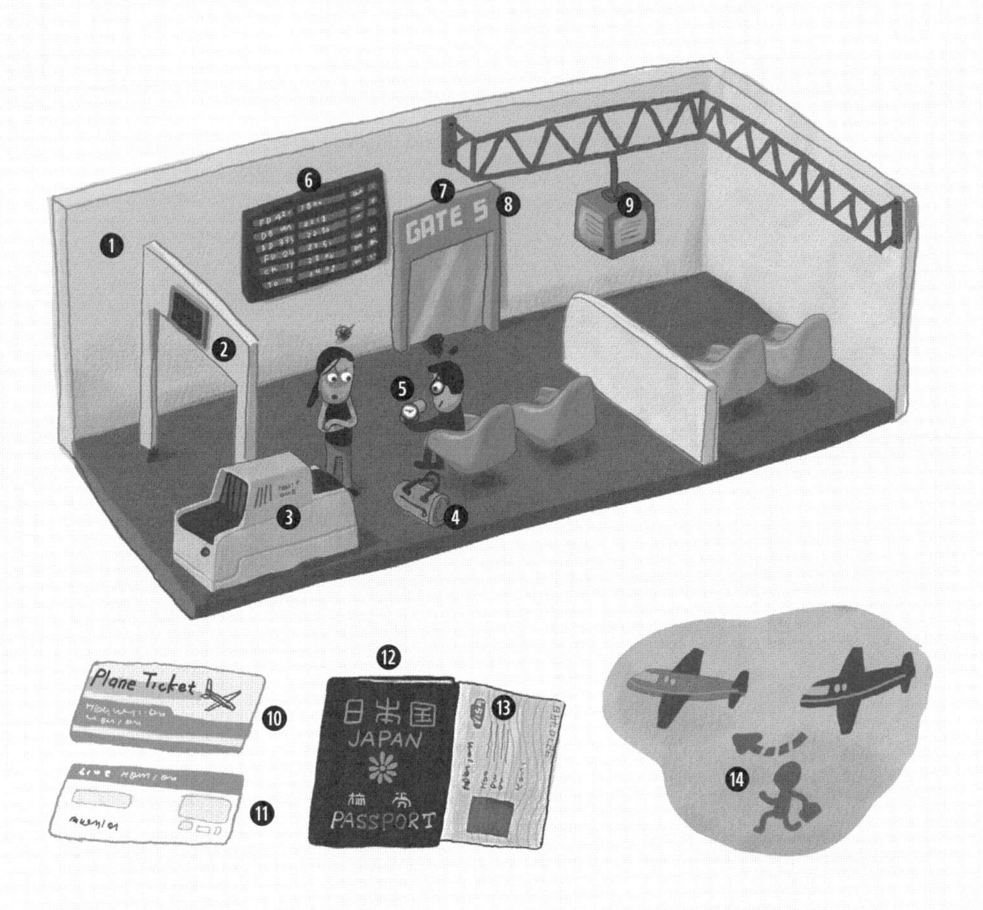

❶ 空港待合ロビー（くうこうまちあい） ⑨ kûkômachiairobî 候機室

❷ 金属探知器（きんぞくたんちき） ⑦ kinzokutanchiki 金屬探測器

❸ エックス線検査機（せんけんさき） ⑨ ekkususenkensaki X 光檢測機

❹ 手荷物（てにもつ） ② tenimotsu 隨身行李

❺ 遅延（ちえん） ⓪ chien 誤點

❻ 時刻表（じこくひょう） ⓪ jikokuhyô 班機時刻表

❼ 搭乗ゲート（とうじょう） ⑤ tôjôgêto 登機門

❽ 搭乗ゲート番号（とうじょう・ばんごう） ⑧ tôjôgêtobangô 登機門號碼

❾ モニター ① monitâ 螢幕

❿ 航空券（こうくうけん） ③ kôkûken 機票（又稱為航空チケット（こうくう） ⑤ kôkûchiketto）

⓫ 搭乗券（とうじょうけん） ③ tôjôken 登機証

⓬ パスポート ③ pasupôto 護照

⓭ ビザ ① biza 簽證

⓮ トランジット ④ toranjitto 轉機

まだです。

情境會話

2人(ふたり)は明日(あした)から旅行(りょこう)へ行(い)きます。

兩個人明天開始要去旅行。

山下(やました)	もしもし、山下(やました)です。	喂，我是山下。
田中(たなか)	あっ、山下(やました)さんこんにちは。もう旅行(りょこう)の準備(じゅんび)をしましたか。	啊，山下小姐妳好。旅行的東西已經準備好了嗎？
山下(やました)	いいえ、まだです。田中(たなか)さんはもうしましたか。	還沒。田中先生已經準備好了嗎？
田中(たなか)	はい、私(わたし)はもうしてしまいました。山下(やました)さん、パスポートを忘(わす)れないでくださいね。	嗯，我已經準備好了。山下小姐，不要忘記帶護照喔。

9-4 飛行機 飛機

單字朗讀

單字 Track 135 / 會話 Track 136

❶ お手洗い [3] otearai 盥洗室
（又稱為トイレ [1] toire）

❷ フライトアテンダント [6]
furaitoatendanto 空服員

❸ 非常口 [2] hijôguchi 緊急出口

❹ 機内免税品 [0] kinaimenzeihin
機上免稅商品

❺ 機内食 [2] kinaishoku 飛機餐

❻ ブラインド [0] buraindo 遮陽板

❼ 荷物置き [3] nimotsuoki 行李置物櫃
（又稱為荷物棚 [3] nimotsudana）

❽ 折りたたみテーブル [6] oritatamitêburu
摺疊餐桌

❾ 救命胴衣 [5] kyûmeidôi 救生衣

❿ 窓際の席 [0]＋[1] madogiwa no seki 靠窗座位

⓫ 通路側の席 [0]＋[1] tsûrogawa no seki
靠走道座位

⓬ シートベルト [4] sîtoberuto 安全帶

⓭ 操縦室（そうじゅうしつ） ③ sôjûsitsu 駕駛艙

⓮ 副操縦士（ふくそうじゅうし） ⑤ fukusôjûsi 副駕駛

⓯ 機長（きちょう） ①② kichô 機長

⓰ ジェットエンジン ④ jettoenjin 噴射引擎

⓱ ファーストクラス ⑤ fâsutokurasu 頭等艙

⓲ ビジネスクラス ⑤ bijinesukurasu 商務艙

⓳ エコノミークラス ⑥ ekonomîkurasu 經濟艙

⓴ 着陸（ちゃくりく） ⓪ chakuriku 降落

㉑ 離陸（りりく） ⓪ ririku 起飛

實用句 どちらでもいいですよ。

情境會話

2人は今、座る席を決めています。

兩個人正在決定座位的位置。

中田　田村さんは窓側の席が好きですか。それとも通路側の席が好きですか。

田村先生喜歡靠窗的座位嗎？或者是靠走道的座位？

田村　私はどちらでもいいですよ。中田さんは。

我兩種都可以啊。中田小姐呢？

中田　私は外の景色を見たいので、窓側の席に座ってもいいですか。

因為我想看外面的風景，所以可不可以讓我坐靠窗的座位？

田村　もちろんいいですよ。

當然可以啊。

Section
10
レジャー
休閒娛樂

10-1 レジャー 休閒娛樂

單字朗讀

單字 Track 137 / 會話 Track 138

❶ トランプ [2] toranpu 玩牌

❷ 麻雀（マージャン） [0] mâjan 麻將

❸ ハイキング [1] haikingu 爬山健行

❹ カラオケ [0] karaoke 卡拉 OK

❺ ショッピング [1] shoppingu 逛街

❻ 読書（どくしょ） [1] dokusho 閱讀

❼ 音楽（おんがく）を聴（き）く [1]+[0] ongaku wo kiku 聽音樂

❽ テレビを見（み）る [1]+[1] terebi wo miru 看電視

❾ 映画（えいが）を見（み）る [1][0]+[1] eiga wo miru 看電影

❿ テレビゲームをする [4]+[0] terebigêmu wo suru 打電玩

⓫ インターネットをする [5]+[0] intânetto wo suru 上網

⓬ ドライブ [2] doraibu 兜風

いつが良い。

情境會話

和也は優美と一緒にカラオケに行きたいです。

和也想跟優美一起去唱卡拉 OK。

和也	休みの日、一緒にカラオケ行かない。	休假的時候，要不要一起去唱卡拉 OK？
優美	いいね。いつが良い。	好啊。什麼時候好呢？
和也	今週は弟と映画を見るから、来週はどう。	這個禮拜我要跟弟弟去看電影，下禮拜怎麼樣？
優美	いいよ。他に誰誘う。	好啊，還要約誰呢？

10-2 趣味（しゅみ） 嗜好

單字朗讀

單字 Track 139 / 會話 Track 140

❶ 囲碁（いご） 1 igo 圍棋

❷ 将棋（しょうぎ） 0 shôgi 日本象棋

❸ チェス 1 chesu 西洋棋

❹ ダンス 1 dansu 跳舞

❺ 釣り（つり） 0 tsuri 釣魚

❻ 登山（とざん）をする 1+0 tozan wo suru 登山

❼ キャンプをする 1+0 kyanpu wo suru 露營

❽ ガーデニング 0 gâdeningu 園藝

❾ バードウォッチング 4 bâdowocchingu 賞鳥

❿ 写真（しゃしん）を撮る（とる） 0+1 shasin wo toru 攝影

⓫ 彫刻（ちょうこく） 0 chôkoku 雕刻

⓬ 絵画（かいが） 1 kaiga 繪畫

⓭ 洋裁（ようさい） 0 yôsai 裁縫

⓮ ヨガ 1 yoga 瑜珈

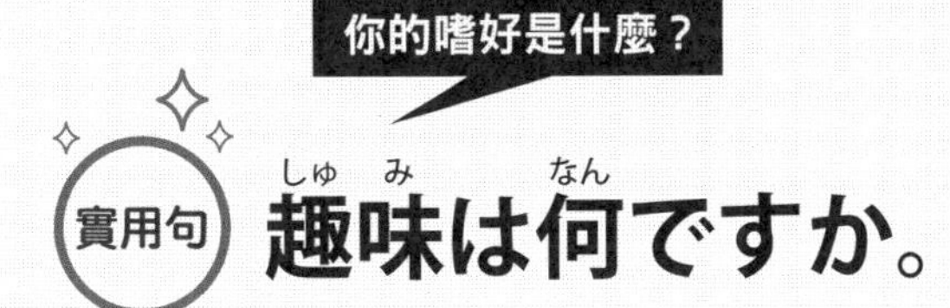

實用句 趣味(しゅみ)は何(なん)ですか。

情境會話

2人(ふたり)はお互(たが)いの趣味(しゅみ)を聞(き)いています。

兩個人正在詢問彼此的嗜好。

佐藤(さとう)	趣味(しゅみ)は何(なん)ですか。	你的嗜好是什麼？
木村(きむら)	趣味(しゅみ)は写真(しゃしん)を撮(と)ることです。佐藤(さとう)さんの趣味(しゅみ)は何(なん)ですか。	我的嗜好是攝影，佐藤小姐的嗜好是什麼？
佐藤(さとう)	私(わたし)の趣味(しゅみ)はガーデニングです。	我的嗜好是園藝。
木村(きむら)	わぁ、素敵(すてき)な趣味(しゅみ)ですね。	哇，很棒的嗜好呢！

10-3 楽器（がっき） 樂器

單字朗讀

單字 Track 141 / 會話 Track 142 / 小品 Track 143

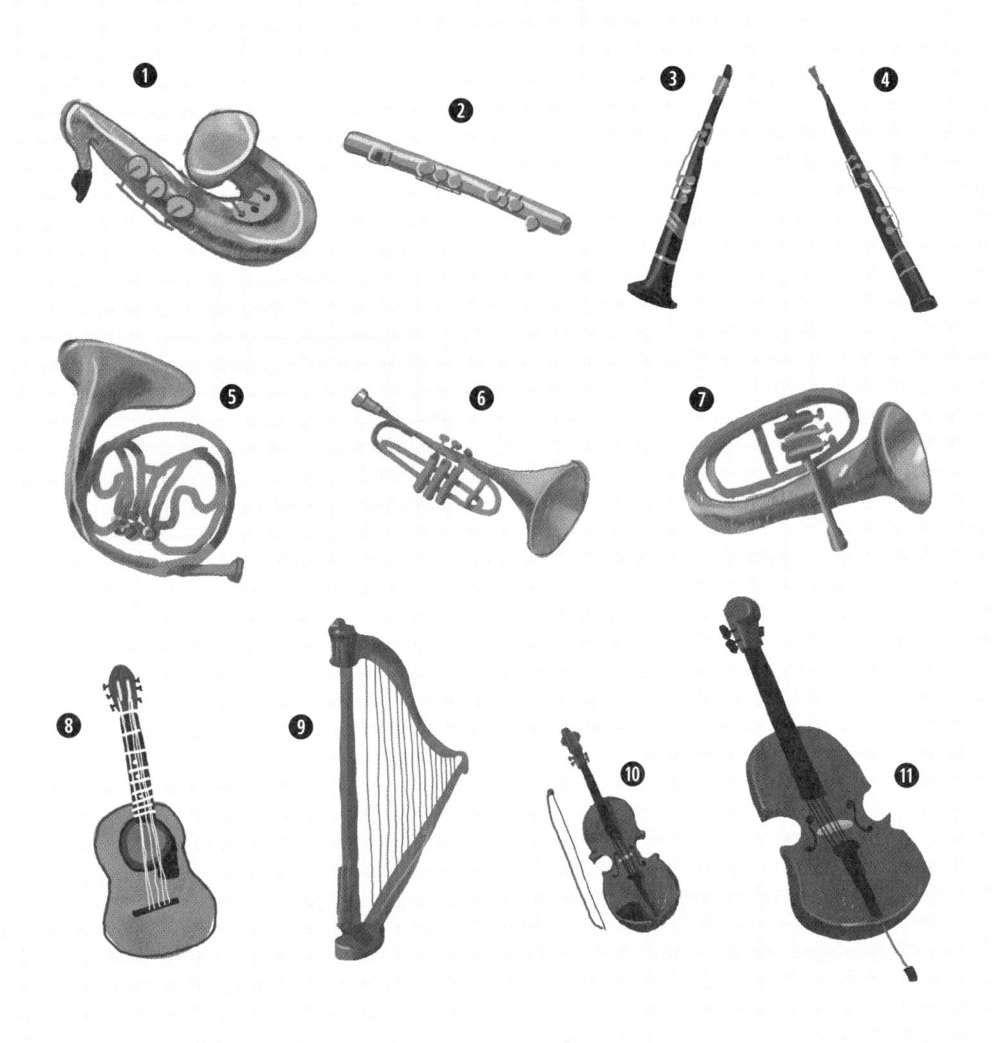

❶ サックス 1 sakkusu 薩克斯風

❷ フルート 2 furûto 長笛

❸ クラリネット 4 kurarinetto 豎笛；黑管

❹ オーボエ 0 ôboe 雙簧管

❺ ホルン 1 horun 法國號

❻ トランペット 4 toranpetto 小號；小喇叭

❼ チューバ 1 chûba 大號；低音大喇叭

❽ ギター 1 gitâ 吉他

❾ ハープ 1 hâpu 豎琴

❿ バイオリン 0 baiorin 小提琴

⓫ チェロ 1 chero 大提琴

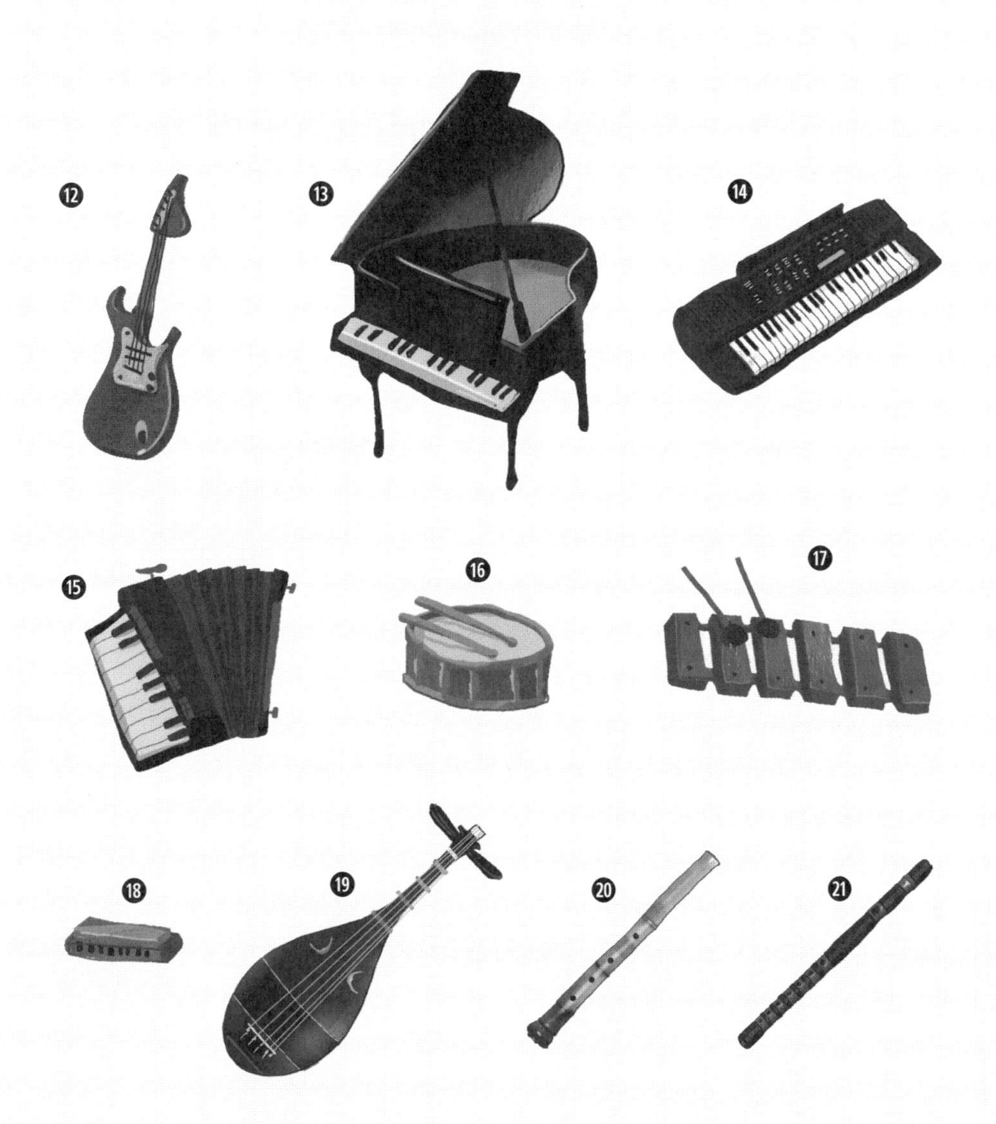

⓬ エレキギター [4] erekigitâ 電吉他

⓭ ピアノ [0] piano 鋼琴

⓮ キーボード [3] kîbôdô 電子琴

⓯ アコーディオン [4] akôdion 手風琴

⓰ ドラム [1][0] doramu 鼓

⓱ 木琴（もっきん） [0] mokkin 木琴

⓲ ハーモニカ [0] hâmonika 口琴

⓳ 琵琶（びわ） [1] biwa 琵琶

⓴ 尺八（しゃくはち） [0] shakuhachi 尺八
（日本傳統吹奏樂器，長一尺八寸）

㉑ 能管（のうかん） [0] nôkan 能管

從什麼時候開始學的？

實用句

いつから習(なら)っていますか。

情境會話

清水(しみず)さんは大(おお)きいかばんを持(も)っています。

清水小姐帶著很大的包包。

大田(おおた)	大(おお)きいかばんですね。何(なに)が入(はい)っていますか。	很大的包包呢。裡面裝了什麼呢？
清水(しみず)	トランペットです。今日(きょう)は大学(だいがく)でコンサートをしますから。	是小喇叭。因為今天在大學要參加一場音樂會。
大田(おおた)	そうですか。がんばってください。トランペットはいつから習(なら)っていますか。	這樣子啊。請加油喔。妳是從什麼時候開始學小喇叭的？
清水(しみず)	小学生(しょうがくせい)からです。	從小學開始的。

輕鬆小品 擬音語・擬声語

日本語には生き物の声や、物の音を表す「擬音語・擬声語」がたくさんあります。漫画の中でも良く使われます。これを使えるようになると、日本語の表現がもっと豊かになります。

赤ちゃんが泣く	おぎゃー	すずめの鳴き声	ちゅんちゅん
犬の鳴き声	わんわん	猫の鳴き声	にゃーにゃー
羊の鳴き声	めぇー	豚の鳴き声	ぶーぶー
雨の音	ざあざあ	雷の音	ごろごろ
風の音	ぴゅーぴゅー	爆発する音	どかん
お皿が割れる音	ぱりん	お金が落ちた音	ちゃりん

中文翻譯請見 269 頁

10-4 映画（えいが）と演劇（えんげき） 電影與戲劇

單字朗讀

單字 Track 144 / 會話 Track 145 / 小品 Track 146

❻

❼

❽

❶ 映画館（えいがかん） 3 eigakan 電影院

❷ 映画（えいが）ポスター 4 eigaposutâ 電影海報

❸ 早朝上映（そうちょうじょうえい） 5 sôchôjôei 早場

❹ 夜間上映（やかんじょうえい） 4 yakanjôei 晚場

❺ 深夜上映（しんやじょうえい） 4 sinyajôei 午夜場

❻ ＳＦ映画（エスエフえいが） 5 esuefueiga 科幻片

❼ カンフー映画（えいが） 5 kanfûeiga 功夫片

❽ アニメ映画（えいが） 4 animeeiga 卡通動畫片

❾ テレビ番組（ばんぐみ） 4 terebibangumi 電視節目

❿ 児童番組（じどうばんぐみ） 4 jidôbangumi 兒童節目

⓫ ドラマ 1 dorama 連續劇

⓬ 女優（じょゆう） 0 joyû 女演員

⓭ 男優（だんゆう） 0 danyû 男演員

⓮ バラエティー番組（ばんぐみ） 6 baraethîbangumi 綜藝節目

⓯ 主役（しゅやく） 0 shuyaku 主角

⓰ 舞台演劇（ぶたいえんげき） 4 butaiengeki 舞台劇

⓱ コンサートホール 6 konsâtohôru 音樂廳

⓲ 演奏会（えんそうかい） 3 ensôkai 音樂會

⓳ コンサート 1 konsâto 演唱會；音樂會

⓴ ミュージカル 1 myûjikaru 音樂劇

㉑ オペラ 1 opera 歌劇

どうですか。

情境會話

高橋（たかはし）さんは山本（やまもと）さんと一緒（いっしょ）に映画（えいが）が見（み）たいです。

高橋先生想跟山本小姐一起去看電影。

高橋（たかはし）	明日（あした）一緒（いっしょ）に映画（えいが）を見（み）ませんか。	明天要不要一起去看電影？
山本（やまもと）	最近（さいきん）面白（おもしろ）い映画（えいが）がありますか。	最近有好看的電影嗎？
高橋（たかはし）	人気（にんき）のカンフー映画（えいが）がありますよ。どうですか。	有受歡迎的功夫片喔。怎麼樣？
山本（やまもと）	いいですね。一緒（いっしょ）に行（い）きましょう。	好啊，一起去吧！

輕鬆小品

日本人と漫画

〈日本の漫画〉

日本ではたくさんの人が漫画を読みます。電車の中でも学校へ行く学生や、会社に出勤する大人の人も読んでいます。現在、海外にも日本の漫画のファンがたくさんいます。

〈連載漫画〉

人気の漫画はとても長い期間連載されます。例えば、世界中で人気がある漫画「ドラえもん（作者藤子・F・不二雄）」は、２６年も続いているし、日本で大人の男性に人気がある「ゴルゴ１３（作者さいとう・たかを）」は４６年以上も続いています。

〈古本屋〉

もし日本の漫画を安く買いたかったら、「BOOK・OFF」や「古本市場」などの大きい古本屋を使うことがおすすめです。これらの古本屋は日本中にあるし、安い本は１冊１００円ぐらいで買えます。

中文翻譯請見 270 頁

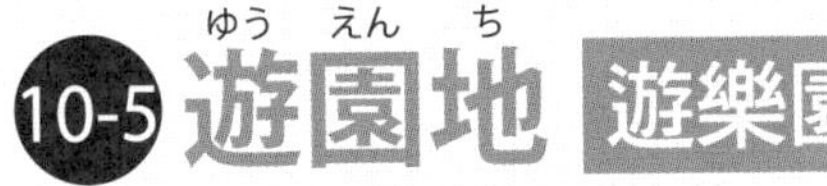

10-5 遊園地（ゆうえんち） 遊樂園

單字朗讀

單字 Track 147 / 會話 Track 148 / 小品 Track 149

❶ ジェットコースター ④ jettokôsutâ 雲霄飛車

❷ フリーフォール ④ furîfôru 自由落體

❸ ボート ① bôto 船

❹ コーヒーカップ ⑤ kôhîkappu 咖啡杯

❺ お土産売店（みやげばいてん） ⑤ omiyagebaiten 紀念品專賣店

❻ 3D映画（スリーディーえいが） ⑥ surîdîeiga 3-D 立體劇場

❼ ライブショー ④ raibushô 現場表演

❽ バンパーカー ③ banpâkâ 碰碰車

❾ パレード ②① parêdo 遊行

⑩ 輪投(わな)げ [0] wanage 套圈圈遊戲

⑪ 屋台(やたい) [1] yatai 攤販

⑫ お化(ば)け屋敷(やしき) [4] obakeyasiki 鬼屋

⑬ 射的場(しゃてきじょう) [0] shatekijô 打靶場

⑭ バイキング [1] baikingu 海盜船

⑮ メリーゴーランド [4] merîgôrando 旋轉木馬

⑯ 観覧車(かんらんしゃ) [3] kanransha 摩天輪

⑰ スナック売場(うりば) [5] sunakkuuriba 點心舖

⑱ 休憩所(きゅうけいじょ) [5] kyûkêjo 休息區

⑲ ゴーカート [3] gôkâto 小型賽車

情境會話

お父(とう)さんと愛子(あいこ)は遊園地(ゆうえんち)にいます。

爸爸和愛子在遊樂園裡。

お父(とう)さん　ジェットコースターは怖(こわ)かったね。　雲霄飛車好恐怖喔。

愛子(あいこ)　うん、でも面白(おもしろ)かった。　嗯，但是很好玩。

お父(とう)さん　ちょっと休(やす)む。　要休息一下嗎？

愛子(あいこ)　ううん、次(つぎ)はコーヒーカップに乗(の)りたい。　不要，我接下來想坐咖啡杯。

輕鬆小品　日本の遊園地

〈一番人気がある遊園地〉

日本には約２００の遊園地があります。その中で一番人気があるのは、毎年約２５００万人が行く東京ディズニーランド、東京ディズニーシーです。アトラクションも多いし、ホテルもあるし、お土産も可愛いですから、たくさんの家族や恋人達、外国人にもとても人気があります。

〈日本で一番古い遊園地〉

日本で一番古い遊園地は１８５３年にできた浅草花やしきです。この遊園地は浅草でとても有名な浅草寺の近くにあります。浅草寺でお参りをした後で行くのもおすすめです。

中文翻譯請見 270 頁

單字朗讀

單字 Track 150 / 會話 Track 151 / 小品 Track 152

❶ 髪を切る [2]+[1] kami wo kiru 剪髮

❷ 髪を整える [2]+[4] kami wo totonoeru 頭髮造型

❸ 髪を洗う [2]+[0] kami wo arau 洗頭髮

❹ 髪を染める [2]+[0] kami wo someru 染髮

❺ パーマをかける [1]+[2] pâma wo kakeru 燙髮

❻ ロングヘアー [4] ronguheâ 長髮

❼ ショートヘアー [4] shôtoheâ 短髮

❽ 巻き髪 [0] makigami 捲髮

❾ スポーツ刈り [0] supôtsugari 平頭

❿ ポニーテイル [4] ponîteiru 馬尾

⓫ ネイルケア [4] neirukea 指甲保養（指甲彩繪則稱為マニキュア [0] manikyua）

⓬ フェイスエステ [4] feisuesute 臉部護理

⓭ スチームルーム [5] suchîmurûmu 蒸氣浴

⓮ スパ [1] supa 水療

⓯ 温泉 [0] onsen 溫泉

⓰ 全身マッサージ [7] zensinmassâji 全身按摩

⓱ 足つぼマッサージ [7] asitsubomassâji 腳底按摩

⓲ フットバス [4] huttobasu 足浴

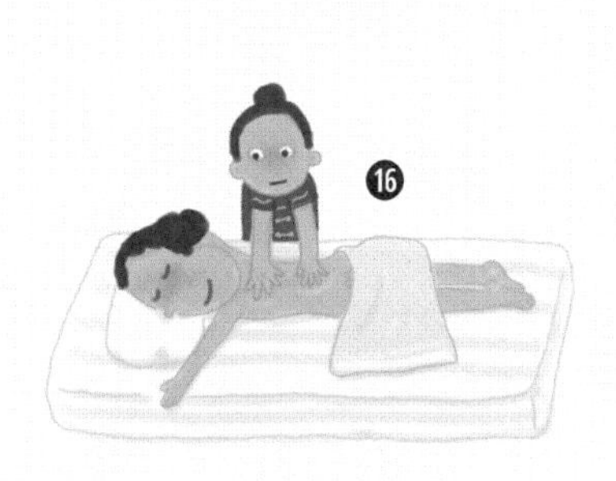

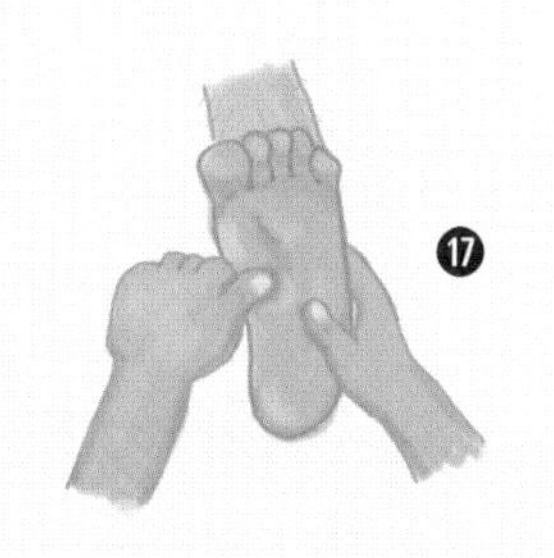

あそこはお勧(すす)めですよ。

情境會話

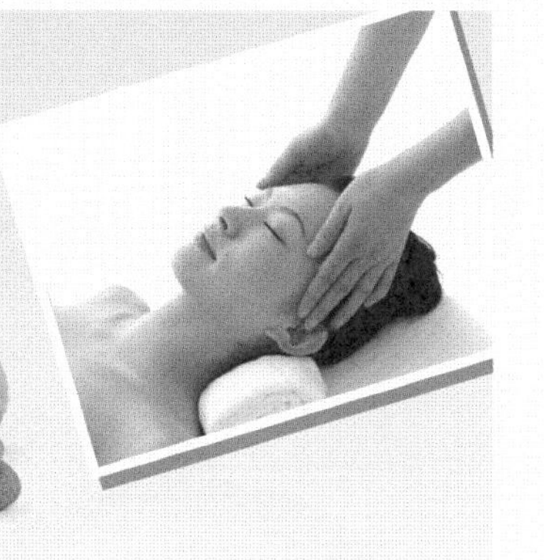

石井(いしい)さんは元気(げんき)がありません。

石井小姐沒精神。

田中(たなか)	石井(いしい)さん元気(げんき)がありませんね。	石井小姐沒精神喔。
石井(いしい)	はい、最近(さいきん)体(からだ)の調子(ちょうし)が悪(わる)いんです。	是啊，最近身體狀況不佳。
田中(たなか)	会社(かいしゃ)の前(まえ)にあるスパに行(い)ったことがありますか。	妳有去過公司前面的水療館嗎？
石井(いしい)	いいえ、行(い)ったことがありません。	不，沒有去過。
田中(たなか)	あそこはお勧(すす)めですよ。安(やす)いし、リラックスもできますから。	我推薦那裡喔。因為又便宜又可以放鬆。

全文朗讀

輕鬆小品 温泉、銭湯での注意

日本人はお風呂がとても好きです。日本には皆でお風呂に入る温泉や銭湯など、独特の文化があります。最近は旅行中の外国人もよく温泉や銭湯に入っているそうです。でも、温泉や銭湯にはいろいろなルールがありますから、気をつけなければなりません。

ルール①

まず、体を洗う

湯船に入る前に必ず体を洗わなければなりません。

ルール②

タオルは湯船に入れない

タオルは体を洗うものですから、湯船にタオルを入れてはいけません。

ルール③

脱衣所へ戻る前に体を拭く

脱衣所はみんなが服を脱いだり着たりするところですから、脱衣所に戻る時は先にタオルで体を拭きます。

中文翻譯請見 270 頁

10-7 スポーツジム 健身房

單字朗讀

單字 Track 153 / 會話 Track 154

❶ 会員（かいいん）カード 5 kaînkâdo 會員卡

❷ ジャグジー 1 jagujî 按摩池

❸ スチームルーム 5 suchîmurûmu 蒸氣室

❹ サウナ 1 sauna 三溫暖烤箱

❺ 更衣室（こういしつ） 3 kôisitsu 更衣室（又稱為脱衣所（だついじょ） 4 datsuijo）

❻ ジムボール 3 jimubôru 彈力球

❼ ピラティス 1 pirathisu 皮拉提斯

❽ ジムマット 3 jimumatto 軟墊

❾ 瞑想（めいそう）する 0 meisôsuru 冥想

❿ ウォーキングマシン 7 wôkingumasin 跑步機

⓫ エアロバイク 4 earobaiku 飛輪腳踏車

⓬ ベンチプレス 4 benchipuresu 重量訓練

⓭ コーチ 1 kôchi 教練

⑭ 腕(うで)立(た)て伏(ふ)せ [4] udetatefuse 伏地挺身

⑮ 腹筋(ふっきん) [0] fukkin 仰臥起坐

⑯ チェストプレス [4] chesutopuresu 胸部推舉機

⑰ シットアップベンチ [7] sittoappubenchi 腹肌訓練椅

⑱ バックエクステンション [7] bakkuekusutenshon 背部拉力訓練機

⑲ レッグストレッチャー [6] reggusutorecchâ 大腿外展機

⑳ ショルダープレス [5] shorudâpuresu 肩上推舉機

㉑ ダンベル [0] danberu 啞鈴

㉒ 売店(ばいてん) [0] baiten 販賣部

㉓ 休憩室(きゅうけいしつ) [3] kyûkeisitsu 休息室

做什麼事情呢？

どんなことをしますか。

情境會話

田中（たなか）さんは最近（さいきん）とても元気（げんき）です。

田中小姐最近很有精神。

伊藤（いとう）	田中（たなか）さん、最近（さいきん）調子（ちょうし）が良（よ）さそうですね。	田中小姐，妳最近的身體狀況好像不錯喔。
田中（たなか）	はい、毎週（まいしゅう）スポーツジムで運動（うんどう）していますから。	嗯，因為我每個禮拜都會去健身房運動啊。
伊藤（いとう）	スポーツジムでどんなことをしますか。	在健身房都做什麼事情呢？
田中（たなか）	ヨガやエアロバイクです。	像是瑜珈還有飛輪腳踏車。

Section 11
運動項目（うんどうこうもく）
運動項目

11-1 運動（うんどう） 運動

單字朗讀

單字 Track 155 / 會話 Track 156 / 小品 Track 157

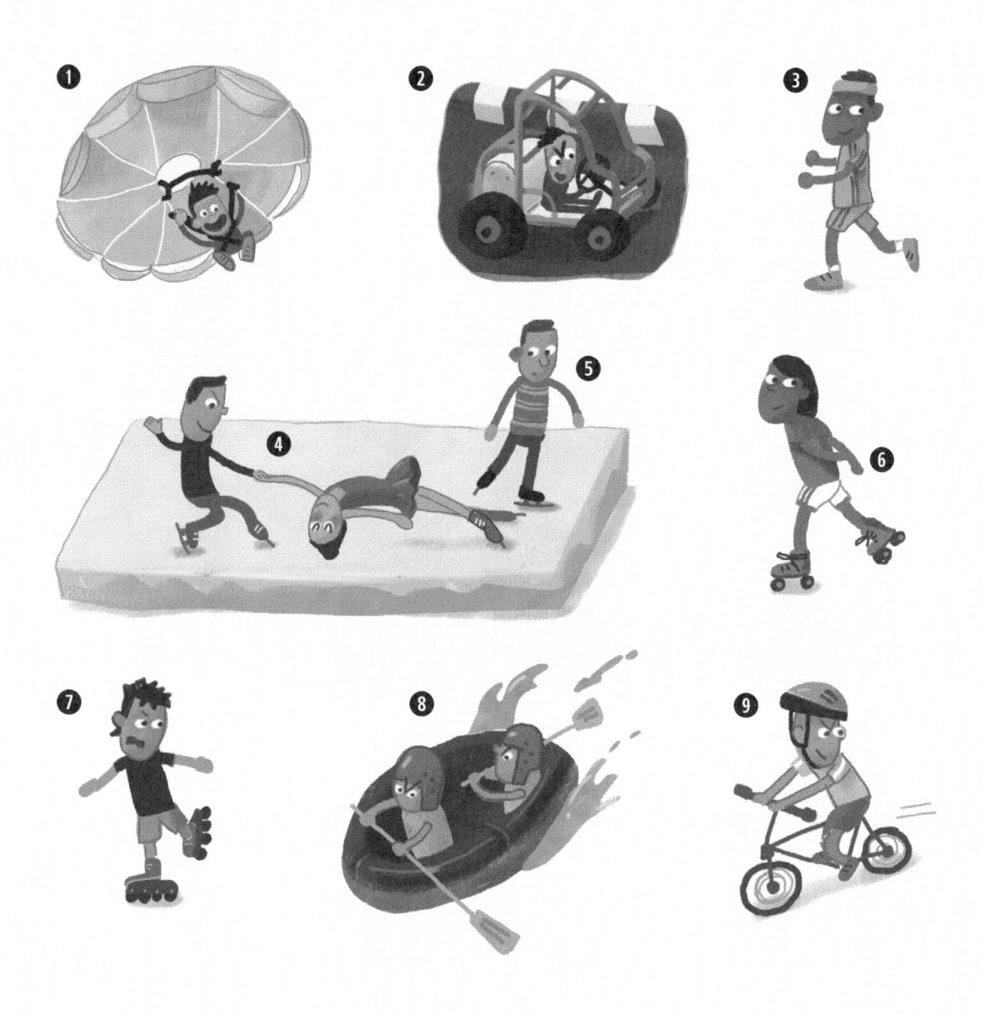

❶ スカイダイビング 4 sukaidaibingu 高空跳傘

❷ カーレース 3 kârêsu 賽車

❸ ジョギング 0 jogingu 慢跑

❹ フィギュアスケート 5 figyuasukêto 花式溜冰

❺ アイススケート 5 aisusukêto 冰刀溜冰

❻ ローラースケート 6 rôrâsukêto 輪鞋溜冰

❼ インラインスケート 7 inrainsukêto 直排輪溜冰

❽ ラフティング 0 rafuthingu 急流泛舟

❾ サイクリング 1 saikuringu 自行車運動

❿ スケートボード 5 sukêtobôdo 滑板運動

⓫ ハンググライダー 5 hanguguraidâ 滑翔翼

⓬ バンジージャンプ 5 banjîjanpu 高空彈跳

⓭ アーチェリー 1 âcherî 射箭

⓮ 乗馬（じょうば） 0 jôba 騎馬

⓯ 水泳（すいえい） 0 suiei 游泳

⓰ スノーボード 4 sunôbôdo 滑雪板運動

⓱ スキー 2 sukî 滑雪

⓲ ロッククライミング 5 rokkukuraimingu 攀岩

もったいないですよ。

情境會話

来月（らいげつ）はスキー大会（たいかい）があります。

下個月有滑雪比賽。

田中（たなか）	来月（らいげつ）のスキー大会（たいかい）、加藤（かとう）さんも参加（さんか）しますか。	下個月的滑雪比賽，加藤小姐也會參加嗎？
加藤（かとう）	いいえ、参加（さんか）しません。	不，不會參加。
田中（たなか）	どうしてですか。上手（じょうず）なのにもったいないですよ。	為什麼呢？明明很厲害，很可惜啊。
加藤（かとう）	私（わたし）ができるのはスノーボードだけですから。	因為我只會滑雪板。

全文朗讀

輕鬆小品

野球が好きな日本人

日本で人気があるスポーツはいろいろありますが、一番人気があるスポーツといえば野球でしょう。

日本には野球のマンガもたくさんあるし、日本のお父さんも夜よくテレビで野球を見ます。プロ野球ももちろん人気がありますが、毎年８月に甲子園で行われる高校野球大会も、たくさんの人がテレビで応援しています。

〈キャッチボール〉

公園でよくお父さんと男の子がキャッチボールをしています。日本では野球は子どもがお父さんと一緒に遊べるスポーツの1つです。

中文翻譯請見 271 頁

11-2 球技（きゅうぎ） 球類運動

單字朗讀

單字 Track 158 / 會話 Track 159

❶ ボウリング ⓪ bôringu 保齡球

❷ バスケットボール ⑥ basukettobôru 籃球

❸ ハンドボール ④ handobôru 手球

❹ ドッジボール ④ dojjibôru 躲避球

❺ ゴルフ ① gorufu 高爾夫球

❻ テニス ① tenisu 網球

❼ ソフトボール ④ sofutobôru 壘球

❽ 卓球（たっきゅう） ⓪ takkyû 桌球

❾ アイスホッケー ④ aisuhokkê 冰上曲棍球

❿ フィールドホッケー ⑤ fîrudohokke 曲棍球

⓫ ポロ ① poro 馬球

⓬ ラグビー ① ragubî 橄欖球

⓭ アメリカンフットボール ⑨ amerikanfuttobôru 美式足球

⓮ ゲートボール ④ gêtobôru 槌球

⓯ サッカー ① sakkâ 足球

⓰ ビリヤード ③ biriyâdo 撞球

⓱ バレーボール ④ barêbôru 排球

⓲ ビーチバレー ④ bîchibarê 沙灘排球

⓳ バドミントン ③ badominton 羽毛球

⓴ クリケット ③② kuriketto 板球

比賽是幾點開始？

實用句 試合(しあい)は何時(なんじ)からですか。

情境會話

2人(ふたり)は今晩(こんばん)のバスケットボールの試合(しあい)について話(はな)しています。

兩個人正在聊關於今天晚上籃球比賽的事情。

佐藤(さとう)	今晩(こんばん)のバスケットボールの試合(しあい)は何時(なんじ)からですか。	今天晚上的籃球比賽是幾點開始？
清水(しみず)	8時(はちじ)からですよ。	八點開始啊。
佐藤(さとう)	どちらが勝(か)つと思(おも)いますか。	你覺得那一隊會贏呢？
清水(しみず)	うーん、どちらも強(つよ)いですからわかりませんね。	嗯，兩隊都很強，所以我不知道。

11-3 体操（たいそう） 體操

單字朗讀

單字 Track 160 / 會話 Track 161

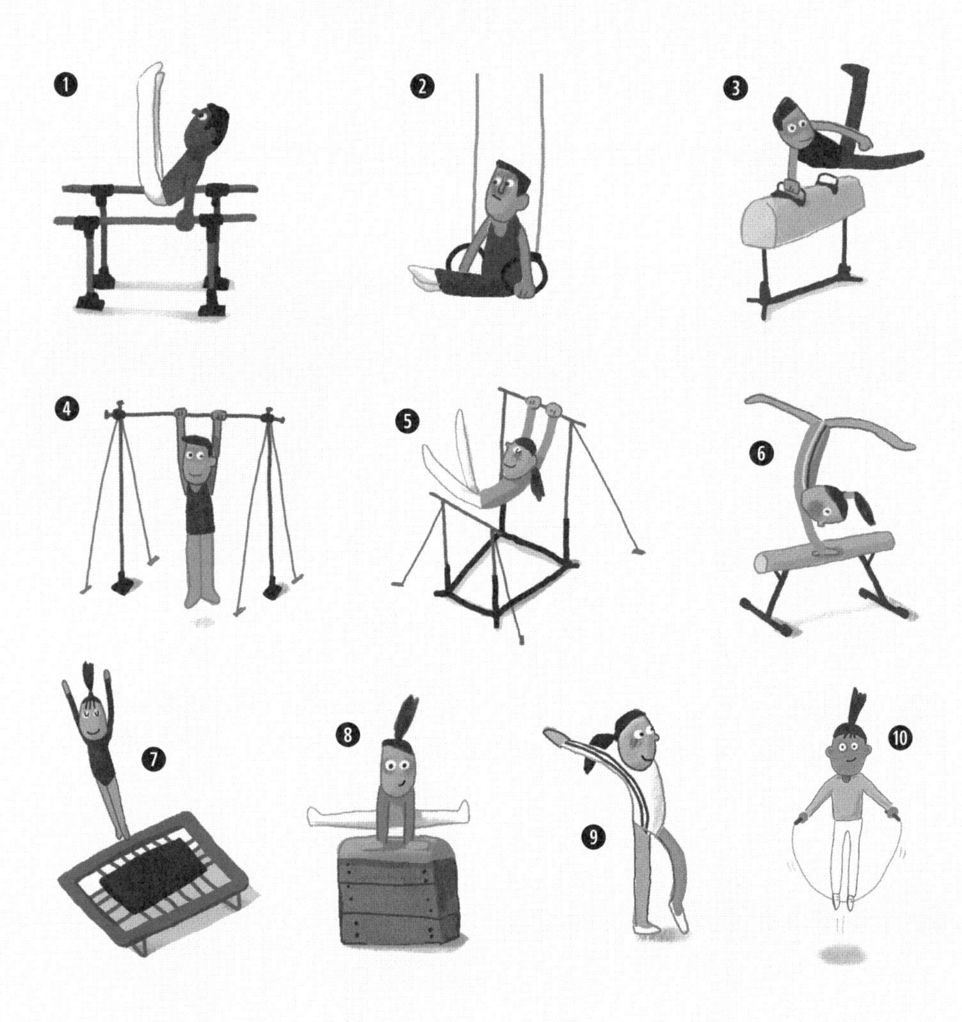

❶ 平行棒（へいこうぼう） [3] heikôbô 雙槓

❷ 吊り輪（つりわ） [0] tsuriwa 吊環

❸ 鞍馬（あんば） [0] anba 鞍馬

❹ 鉄棒（てつぼう） [0] tetsubô 單槓

❺ 段違い平行棒（だんちがいへいこうぼう） [8] danchigaihêkôbô 高低槓

❻ 平均台（へいきんだい） [0] heikindai 平衡木

❼ トランポリン [2] toranporin 彈跳床

❽ 跳び箱（とびばこ） [0] tobibako 跳馬

❾ 新体操（しんたいそう） [3] sintaisô 韻律體操

❿ 縄跳び（なわとび） [3] nawatobi 跳繩

恭喜入學。

實用句 入学（にゅうがく）おめでとうございます。

情境會話

新入生（しんにゅうせい）と体操部（たいそうぶ）の部員（ぶいん）が話（はな）しています。

入學新生和體操社的社員正在聊天。

部員（ぶいん）	あなたは新入生（しんにゅうせい）ですか。	你是新生嗎？
新入生（しんにゅうせい）	はい、そうです。	嗯，是啊。
部員（ぶいん）	入学（にゅうがく）おめでとうございます。体操部（たいそうぶ）に入（はい）りませんか。	恭喜入學。要不要加入體操社呢？
新入生（しんにゅうせい）	体操部（たいそうぶ）はどんなことをしますか。	體操社是做什麼樣的事情呢？
部員（ぶいん）	跳（と）び箱（ばこ）やトランポリン、鉄棒（てつぼう）もありますよ。	像是跳箱、彈跳床，也有單槓喔。

11-4 ウォータースポーツ 水上活動 單字朗讀

單字 Track 162 / 會話 Track 163

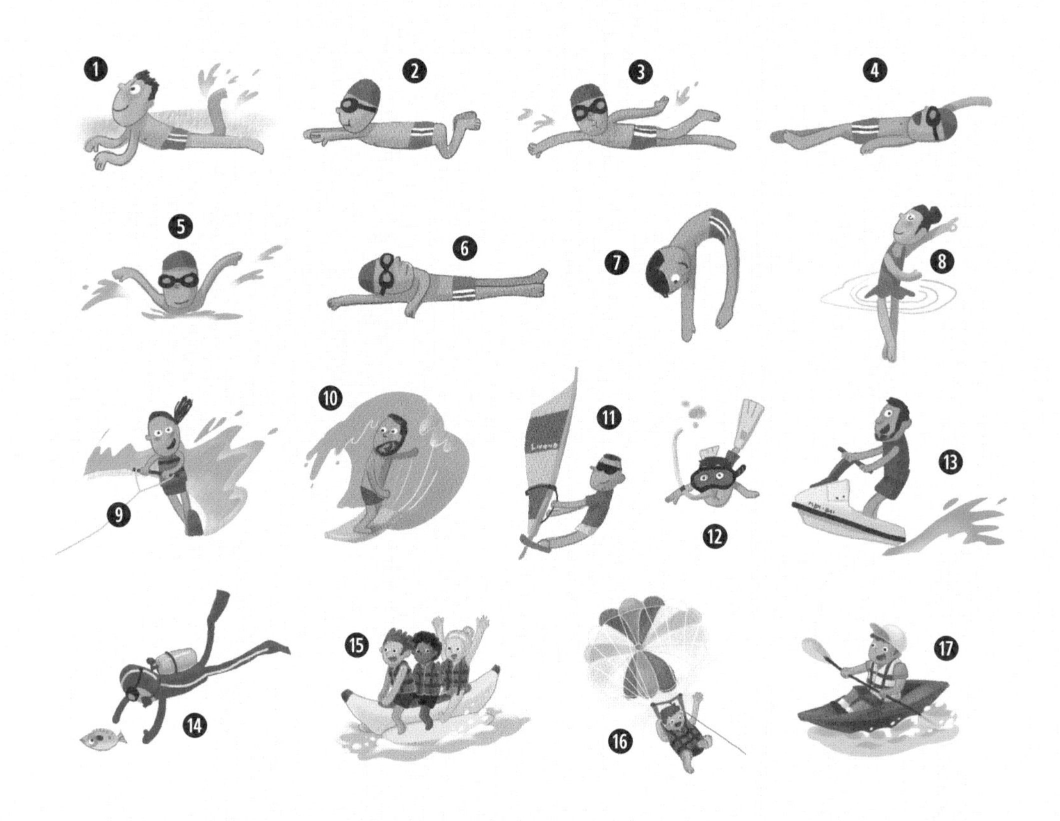

❶ 犬(いぬ)かき [3] inukaki 狗爬式

❷ 平泳(ひらおよ)ぎ [3] hiraoyogi 蛙式

❸ クロール [2] kurôru 自由式

❹ 背泳(せおよ)ぎ [2] seoyogi 仰式

❺ バタフライ [1] batafurai 蝶式

❻ 横泳(よこおよ)ぎ [3] yokôyogi 側泳

❼ 飛(と)び込(こ)み [0] tobikomi 跳水

❽ シンクロナイズドスイミング [9] sinkuronaizudosuimingu 水上芭蕾

❾ 水上(すいじょう)スキー [6] suijôsukî 滑水運動

❿ サーフィン [1] sâfin 衝浪運動

⓫ ウインドサーフィン [5] uindosâfin 風浪板運動

⓬ シュノーケリング [0] shunôkeringu 浮潛

⓭ 水上(すいじょう)バイク [5] suijôbaiku 水上摩托車

⓮ スキューバダイビング [5] sukyûbadaibingu 潛水

⓯ バナナボート [4] bananabôto 香蕉船

⓰ パラセーリング [3] parasêringu 拖曳傘

⓱ カヌー [1] kanû 獨木舟

實用句 本当(ほんとう)ですね。

田村(たむら)	沖縄(おきなわ)の海(うみ)はとてもきれいですね。	沖繩的海邊真的很漂亮呢。
川田(かわだ)	はい、本当(ほんとう)ですね。	嗯，真的耶。
田村(たむら)	ここではバナナボートに乗(の)れるみたいですよ。	這裡好像可以坐香蕉船喔。
川田(かわだ)	楽(たの)しそうですね。	看起來好好玩喔。

11-5 陸上競技(りくじょうきょうぎ) 田徑

單字朗讀

單字 Track 164 / 會話 Track 165

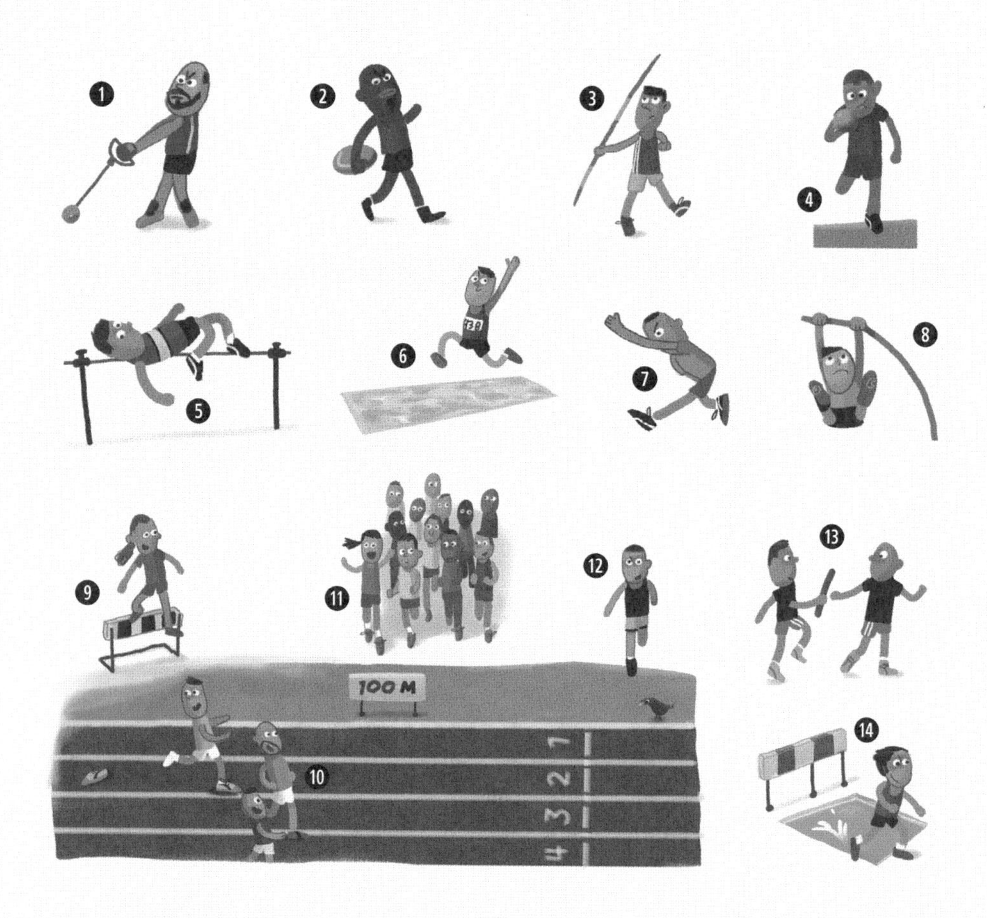

❶ ハンマー投(な)げ [0] hanmânage 擲鏈球

❷ 円盤投(えんばんな)げ [0] enbannage 擲鐵餅

❸ 槍投(やりな)げ [0] yarinage 擲標槍

❹ 砲丸投(ほうがんな)げ [0] hôgannage 推鉛球

❺ 走(はし)り高跳(たかと)び [4] hasiritakatobi 跳高

❻ 走(はし)り幅跳(はばと)び [4] hasirihabatobi 跳遠

❼ 三段跳(さんだんと)び [0] sandantobi 三級跳

❽ 棒高跳(ぼうたかと)び [3] bôtakatobi 撐竿跳

❾ ハードル競走(きょうそう) [5] hâdorukyôsô 低跨欄

❿ 百(ひゃく)メートル走(そう) [6] hyakumêtorusô 百米短跑

⓫ マラソン [0] marason 馬拉松

⓬ 短距離走(たんきょりそう) [4] tankyorisô 短跑

⓭ リレー [0] rirê 接力賽

⓮ 障害物競走(しょうがいぶつきょうそう) [7] shôgaibutsukyôsô 障礙賽跑

残念(ざんねん)ですね。

情境會話

彼(かれ)らは昨日(きのう)のテレビの話(はなし)をしています。

他們正在聊昨天的電視。

佐藤(さとう)	昨日(きのう)のオリンピックを見(み)ましたか。	你有看昨天的奧運比賽嗎？
山田(やまだ)	いいえ、見(み)ませんでした。昨日(きのう)はリレーでしたね。日本(にほん)は勝(か)ちましたか。	不，我沒有看。昨天是接力賽吧？日本贏了嗎？
佐藤(さとう)	いいえ、がんばりましたが負(ま)けました。	不，雖然盡力了，但還是輸了。
山田(やまだ)	残念(ざんねん)ですね。	真是遺憾啊。

11-6 武道（ぶどう） 武術

單字朗讀

單字 Track 166 / 會話 Track 167

❶ フェンシング [1] fensingu 西洋劍

❷ 功夫（カンフー） [1] kanfû 功夫

❸ 太極拳（たいきょくけん） [4] taikyokuken 太極拳

❹ 空手（からて） [0] karate 空手道

❺ テコンドー [2] tekondô 跆拳道

❻ 剣道（けんどう） [1] kendô 劍道

❼ 柔道（じゅうどう） [1] jûdô 柔道

❽ 合気道（あいきどう） [3] aikidô 合氣道

❾ レスリング [1] resuringu 摔角

❿ アマレス [0] amaresu 業餘摔角

⓫ ボクシング [1] bokusingu 拳擊

⓬ ムエタイ [0] muetai 泰國拳

⓭ 総合格闘技（そうごうかくとうぎ） [7] sôgôkakutôgi 綜合格鬥

⓮ 相撲（すもう） [0] sumô 相撲

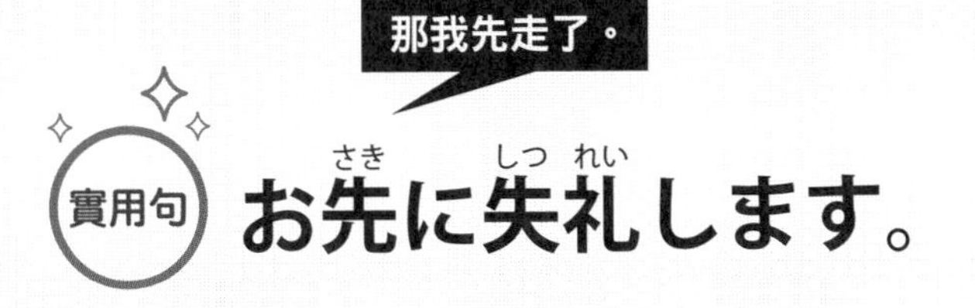

お先(さき)に失礼(しつれい)します。

情境會話

小林(こばやし)さんは空手(からて)を習(なら)っています。

小林小姐在學空手道。

小林	お先(さき)に失礼(しつれい)します。	那我先走了。
田村	小林(こばやし)さんお疲(つか)れ様(さま)でした。一緒(いっしょ)にご飯(はん)を食(た)べませんか。	小林小姐辛苦了。要不要一起吃飯？
小林	すみません。今日(きょう)は空手(からて)の練習(れんしゅう)がありますから…。	不好意思。因為今天有空手道的練習……。
田村	そうですか。じゃあ、また今度(こんど)一緒(いっしょ)に食(た)べましょう。	這樣子啊。那下次再一起吃飯吧。

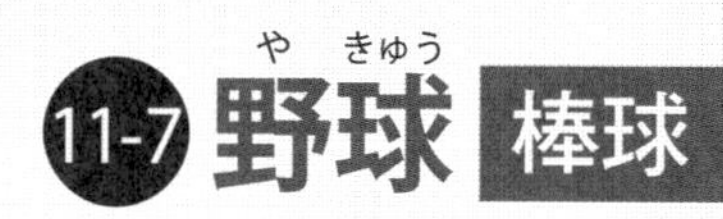

11-7 野球（やきゅう） 棒球

單字朗讀

單字 Track 168 / 會話 Track 169

❶ バックスタンド [5] bakkusutando 觀眾席

❷ ホームラン [3] hômuran 全壘打

❸ レフト [1] refuto 左外野手

❹ ヒット [1] hitto 安打

❺ ショート [1] shôto 游擊手

❻ センター [1] sentâ 中堅手

❼ ライト [1] raito 右外野手

❽ 外野（がいや） [0] gaiya 外野

❾ グローブ [2] gurôbu 手套

❿ ベース [1] [0] bêsu 壘

⓫ サード [1] sâdo 三壘手

⓬ セカンド [0] [1] sekando 二壘手

⓭ ファースト [0] fâsuto 一壘手

⓮ ピッチャー [1] picchâ 投手

⑮ ユニホーム 1 3 yunihômu 棒球衣

⑯ マウンド 0 maundo 投手丘

⑰ 内野（ないや） 0 naiya 內野

⑱ バッターボックス 5 battâbokkusu 打擊位置

⑲ バッター 1 battâ 打擊手

⑳ バット 1 batto 球棒

㉑ 背番号（せばんごう） 2 sebangô 背號

㉒ ホームベース 4 hômubêsu 本壘板

㉓ キャッチャー 1 kyacchâ 捕手

㉔ 審判（しんぱん） 1 sinpan 裁判

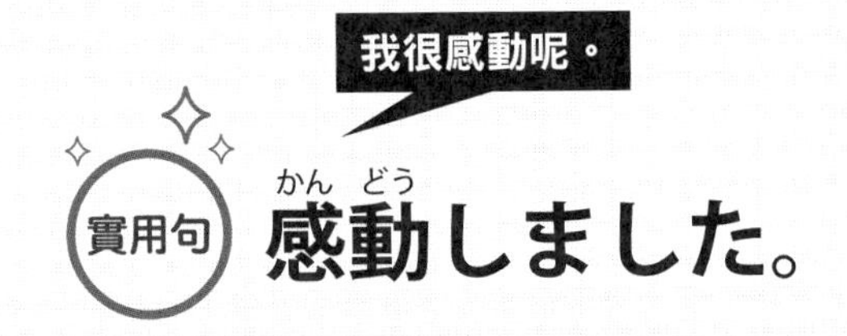

實用句 感動(かんどう)しました。

情境會話

2人(ふたり)は昨日(きのう)の野球(やきゅう)の試合(しあい)のことを話(はな)しています。

兩個人正在聊昨天的棒球賽。

山田(やまだ)	加藤(かとう)さんは野球(やきゅう)を見(み)ますか。	加藤小姐看棒球嗎？
加藤(かとう)	はい、よく見(み)ますよ。	嗯，常看啊。
山田(やまだ)	じゃあ、昨日(きのう)の試合(しあい)も見(み)ましたか。	那麼也有看昨天的比賽嗎？
加藤(かとう)	もちろん見(み)ましたよ。最後(さいご)のホームランは感動(かんどう)しました。	當然有看啊。最後的全壘打我很感動呢。

Section
12
しごと
仕事
工作

12-1 職業（しょくぎょう）1 職業（一）

單字朗讀

單字 Track 170 / 會話 Track 171

1. セールスマン [4] sêrusuman 業務員
2. 配管工（はいかんこう） [0] haikankô 水電工
3. 秘書（ひしょ） [1] hisho 秘書
4. 運転手（うんてんしゅ） [3] untenshu 司機
5. ダンサー [1] dansâ 舞者
6. 歌手（かしゅ） [1] kashu 歌手
7. 農家（のうか） [0] nôka 農夫
8. シェフ [1] shefu 主廚
9. 俳優（はいゆう） [0] haiyû 演員
10. 漁師（りょうし） [1] ryôsi 漁夫
11. パイロット [3] [1] pairotto 飛行員
12. 建築家（けんちくか） [0] kenchikuka 建築師
13. 公務員（こうむいん） [3] kômuin 公務員
14. 大工（だいく） [1] daiku 木匠
15. 美容師（びようし） [2] biyôsi 理髮師
16. 弁護士（べんごし） [3] bengosi 律師
17. 軍人（ぐんじん） [0] gunjin 軍人
18. 記者（きしゃ） [1] kisha 記者
19. 消防士（しょうぼうし） [3] shôbôsi 消防員
20. 銀行員（ぎんこういん） [3] ginkôin 銀行行員

想做什麼樣的工作呢？

對話朗讀

實用句 どんな仕事(しごと)をしたい。

情境會話

2人(ふたり)は卒業(そつぎょう)した後(あと)の仕事(しごと)について話(はな)しています。

兩個人正在聊關於畢業之後的工作。

小田(おだ)	卒業(そつぎょう)したらどんな仕事(しごと)をしたい。	畢業之後想做什樣的工作呢？
岸本(きしもと)	弁護士(べんごし)になりたい。小田(おだ)さんは。	我想當律師。小田先生呢？
小田(おだ)	私(わたし)はダンサーになりたい。	我想當舞者。
岸本(きしもと)	お互(たが)いがんばろうね。	我們互相加油吧！

12-2 職業 2 職業（二）

しょくぎょう

單字朗讀

單字 Track 172 / 會話 Track 173

❶ 教師（きょうし）[1] kyôsi 老師（又稱為先生（せんせい）[3] sensei）

❷ 整備士（せいびし）[3] seibisi 技工（又稱為技術士（ぎじゅつし）[3] gijutsusi）

❸ 労働者（ろうどうしゃ）[3] rôdôsha 工人（又稱為作業員（さぎょういん）[2] sagyôin）

❹ 医者（いしゃ）[0] isha 醫生

❺ 看護師（かんごし）[3] kangosi 護士（又稱為ナース [1] nâsu）

❻ 科学者（かがくしゃ）[2] kagakusha 科學家

❼ エンジニア [3] enjinia 工程師

❽ 政治家（せいじか）[0] seijika 政治家

❾ 商人（しょうにん）[1] shônin 商人（又稱為ビジネスマン [4] bijinesuman）

❿ 企業家（きぎょうか）[0] kigyôka 企業家

⓫ 裁判官（さいばんかん）[3] saibankan 法官

⓬ ガイド [1] gaido 導遊

⓭ ブローカー [2] burôkâ 仲介

⓮ 芸術家（げいじゅつか）[0] geijutsuka 藝術家（又稱為アーティスト [1] âthisuto）

⓯ 音楽家（おんがくか）[0] ongakuka 音樂家（又稱為ミュージシャン [1] myûjishan）

⓰ 彫刻家（ちょうこくか）[0] chôkokuka 雕塑家

⓱ 店員（てんいん）[0] tenin 店員

⓲ スポーツ選手（せんしゅ）[5] supôtsusenshu 運動員

對話朗讀

どうでしたか。

情境會話

佐藤（さとう）さんは田中（たなか）さんに昔（むかし）のことを聞（き）いています。

佐藤小姐正在問田中先生以前的事情。

佐藤（さとう）	田中（たなか）さんは昔（むかし）、フランスに住（す）んでいましたよね。	田中先生以前在法國居住過，對吧？
田中（たなか）	はい、5年（ごねん）住（す）んでいました。	嗯，我住了五年。
佐藤（さとう）	どうでしたか。	覺得怎麼樣呢？
田中（たなか）	忙（いそが）しかったですが、楽（たの）しかったですよ。仕事（しごと）は日本語教師（にほんごきょうし）とガイドをしていました。	雖然很忙，但是很有趣喔。工作的話，我當過日語教師和導遊。

12-3 パソコン 電腦設備

單字朗讀

單字 Track 174 / 會話 Track 175

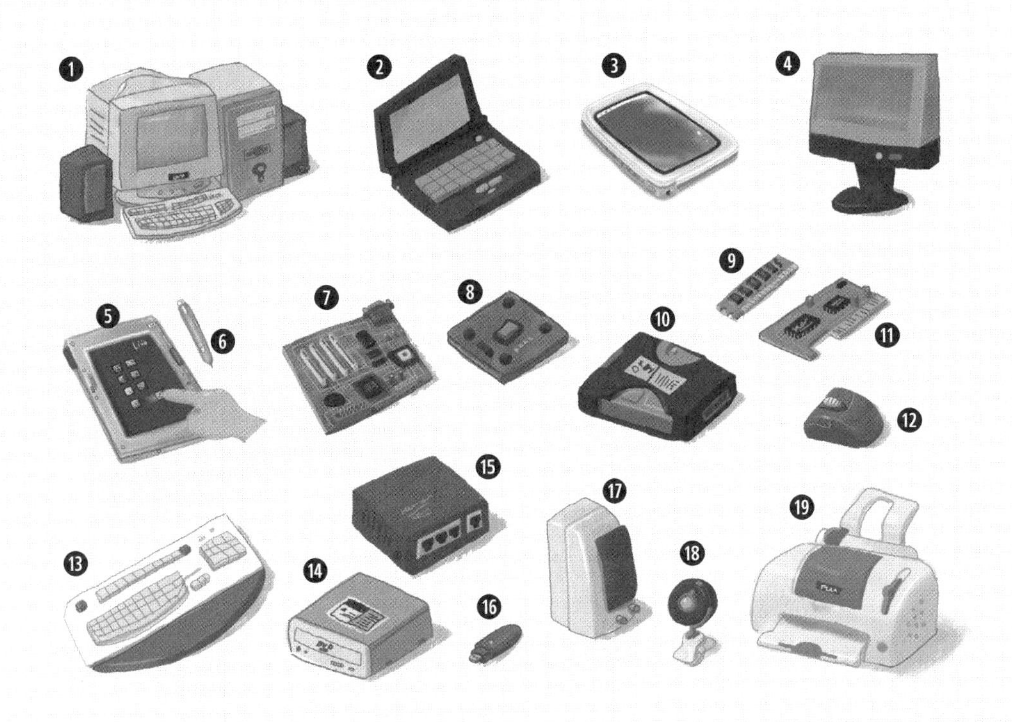

❶ デスクトップパソコン 7 desukutoppupasokon 桌上型電腦

❷ ノートパソコン 4 nôtopasokon 筆記型電腦

❸ タブレットパソコン 6 taburettopasokon 平板電腦

❹ 液晶画面（えきしょうがめん） 5 ekishôgamen 液晶顯示器

❺ タッチパネルディスプレイ 7 tacchipanerudisupurei 觸控式螢幕

❻ タッチペン 3 tacchipen 觸控筆；手寫筆

❼ マザーボード 4 mazâbôdo 主機板

❽ CPU（シーピーユー） 5 sîpîyû 中央處理器；主機

❾ 内部（ないぶ）メモリー 4 naibumemorî 記憶體

❿ ハードディスク 4 hâdodisuku 硬碟

⓫ LAN（ラン）カード 3 rankâdo 網路卡

⓬ マウス 1 mausu 滑鼠

⓭ キーボード 3 kîbôdo 鍵盤

⓮ DVD（ディーブイディー）ドライブ 8 dîbuidîdoraibu 光碟機

⓯ ハブ 1 habu 集線器

⓰ USB（ユーエスビー）メモリー 7 yûesubîmemorî 隨身碟

⓱ スピーカー 2 supîkâ 喇叭

⓲ ウェブカメラ 3 webukamera 網路攝影機

⓳ プリンター 0 purintâ 印表機

好用嗎？

實用句 使(つか)いやすいですか。

情境會話

2人(ふたり)はパソコンのことを話(はな)しています。

兩個人正在聊電腦的事情。

上村(うえむら)：木村(きむら)さんの家(いえ)のパソコンはデスクトップパソコンですか。
木村小姐家的電腦是桌上型電腦嗎？

木村(きむら)：いいえ、ノートパソコンですよ。
不是，是筆記型電腦喔。

上村(うえむら)：使(つか)いやすいですか。
好用嗎？

木村(きむら)：はい、とても軽(かる)くて便利(べんり)ですよ。出張(しゅっちょう)の時(とき)も持(も)って行(い)きます。
嗯，又輕又方便喔。出差的時候也可以帶出去。

12-4 仕事場 工作場合

單字朗讀

單字 Track 176 / 會話 Track 177

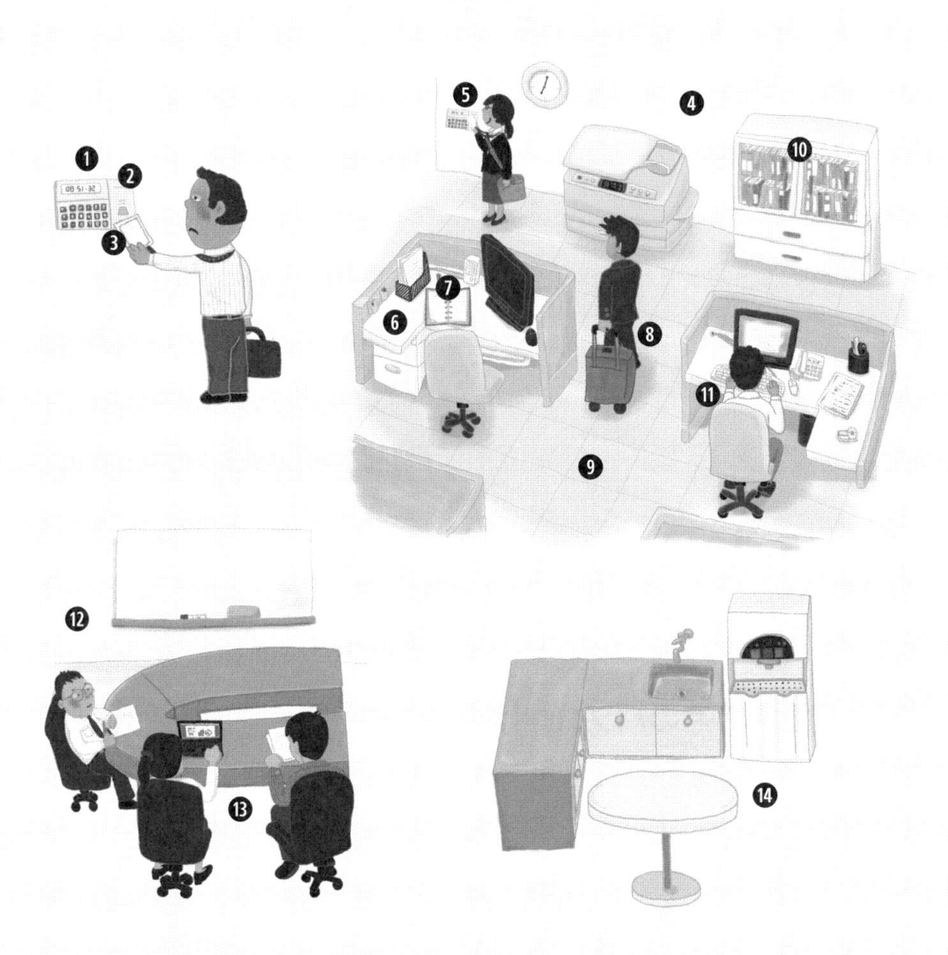

❶ 出勤する [0] shukkinsuru 上班

❷ タイムカードを押す [4]+[0] taimukâdo wo osu 打卡

❸ 入退室カード [7] nyûtaisitsukâdo 門卡

❹ オフィス [1] ofisu 辦公室（又稱為事務所 [2] jimusho）

❺ 退勤する [0] taikinsuru 下班

❻ オフィスデスク [4] ofisudesuku 辦公桌（又稱為机 [0] tsukue）

❼ バインダー [0] baindâ 活頁夾

❽ 出張する [0] shucchôsuru 出差

❾ 通路 [1] tsûro 走道

❿ キャビネット [1] kyabinetto 文件櫃

⓫ 残業する [0] zangyôsuru 加班

⓬ 会議室 [3] kaigisitsu 會議室

⓭ 会議を行う [1]+[0] kaigi wo okonau 開會

⑭ 休憩室（きゅうけいしつ） [3] kyûkeisitsu 茶水間；休息室

⑮ 名刺（めいし） [0] meisi 名片

⑯ 昼休み（ひるやすみ） [3] hiruyasumi 午休

⑰ 給料（きゅうりょう） [1] kyûryô 薪水

⑱ ボーナス [1] bônasu 獎金

⑲ 面接する（めんせつする） [0] mensetsusuru 面試

⑳ 求人募集に応募する（きゅうじんぼしゅうにおうぼする） [5]+[0] kyûjinbosyû ni ôbosuru 應徵

㉑ 契約（けいやく） [0] keiyaku 契約

㉒ 採用する（さいようする） [0] saiyôsuru 錄取

㉓ 試用期間（しようきかん） [4] siyôkikan 試用期

㉔ 昇進する（しょうしんする） [0] shôsinsuru 升職

㉕ リストラ [0] risutora 開除（又稱為解雇（かいこ） [1] kaiko）

㉖ 転職（てんしょく） [0] tenshoku 轉職；跳槽

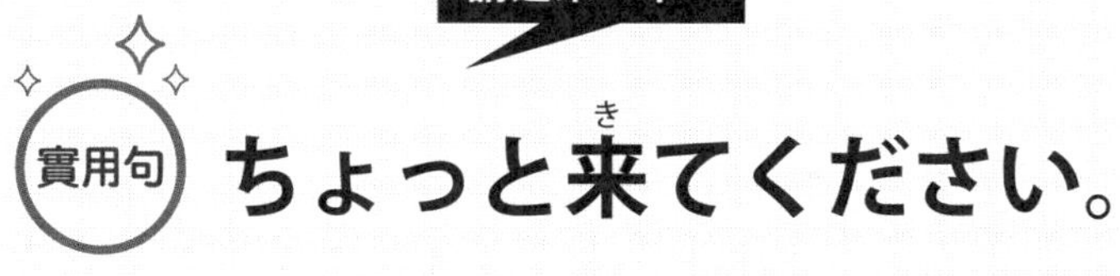

ちょっと来(き)てください。

情境會話

今日(きょう)は午後(ごご)会議(かいぎ)があります。

今天下午有會議。

部長(ぶちょう)	川田(かわだ)さん、ちょっと来(き)てください。	川田小姐，請過來一下。
川田(かわだ)	はい、部長(ぶちょう)。	是的，部長。
部長(ぶちょう)	昼休(ひるやす)みの後(あと)で、会議(かいぎ)を行(おこな)いますよ。	午休之後要開會喔。
川田(かわだ)	はい、わかりました。	是，我知道了。

Section
13
どうしょくぶつ
動植物
動植物

13-1 動物（どうぶつ） 動物

單字朗讀

單字 Track 178 / 會話 Track 179 / 小品 Track 180

❶ ねずみ [0] nezumi 老鼠

❷ 犬（いぬ） [2] inu 狗

❸ やぎ [1] yagi 山羊

❹ 牛（うし） [0] usi 牛

❺ 猫（ねこ） [1] neko 貓

❻ 豚（ぶた） [0] buta 豬

❼ 羊（ひつじ） [0] hitsuji 綿羊

❽ ろば [1] roba 驢子

❾ うさぎ [0] usagi 兔子

❿ 猿（さる） [1] saru 猴子

⓫ りす [1] risu 松鼠

⓬ コアラ [1] koara 無尾熊

⓭ しまうま [0] simauma 斑馬

⓮ きりん [0] kirin 長頸鹿

⑮ カンガルー [3] kangarû 袋鼠

⑯ こうもり [1] kômori 蝙蝠

⑰ 蛇（へび） [1] hebi 蛇

⑱ 鹿（しか） [0][2] sika 鹿

⑲ 狼（おおかみ） [1] ôkami 狼

⑳ らくだ [0] rakuda 駱駝

㉑ 白熊（しろくま） [0] sirokuma 北極熊

㉒ 狐（きつね） [0] kitsune 狐狸

㉓ サイ [1] sai 犀牛

㉔ 馬（うま） [2] uma 馬

㉕ パンダ [1] panda 熊貓

㉖ かば [1] kaba 河馬

㉗ 熊（くま） [2] kuma 熊

㉘ ライオン [0] raion 獅子

㉙ 象（ぞう） [1] zô 象

㉚ とら [0] tora 虎

動物當中你最喜歡的是什麼呢？

動物(どうぶつ)の中(なか)で何(なに)が一番(いちばん)好(す)きですか。

情境會話

2人(ふたり)は動物園(どうぶつえん)にいます。

兩個人在動物園裡。

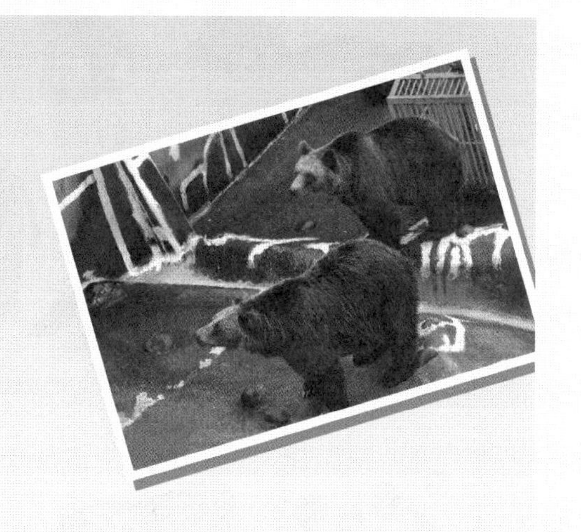

佐藤(さとう)	この動物園(どうぶつえん)はとても大(おお)きいですね。	這個動物園好大喔。
山下(やました)	そうですね。動物(どうぶつ)の中(なか)で何(なに)が一番(いちばん)好(す)きですか。	對啊。動物當中妳最喜歡的是什麼呢？
佐藤(さとう)	うさぎが一番(いちばん)好(す)きです。可愛(かわい)いですから。山下(やました)さんは。	我最喜歡兔子。因為很可愛。山下先生呢？
山下(やました)	私(わたし)は熊(くま)が好(す)きです。	我喜歡熊。

輕鬆小品　動物の豆知識

最も速く飛ぶ鳥は隼で、飛行速度は時速３20キロメートルです。

最も速く走る動物はチーターで、時速１20キロメートルで走ることができます。

最も速く泳げる魚はバショウカジキで、移動速度は時速１０９キロメートルです。

移動速度が最も速い昆虫はトンボで、時速５７キロメートルで飛ぶことができます。

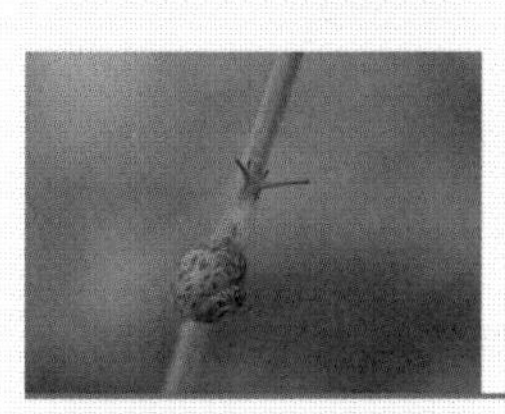

カタツムリは一時間に0．05キロメートルしか進むことができません。

ワニの体重は７００キログラムもあり、大きな体に短い足ですが、時速１６キロメートルで走ることができます、これは人間と同じ速さです。

中文翻譯請見 271 頁

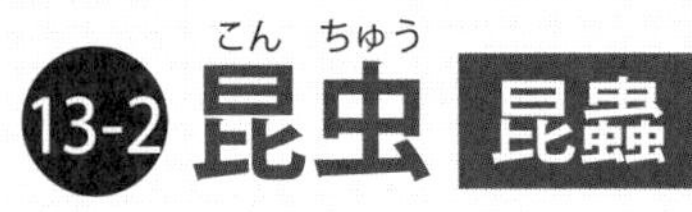

昆蟲

單字朗讀

單字 Track 181 / 會話 Track 182

❶ ハエ [0] hae 蒼蠅
❷ 蚊（か） [0] ka 蚊子
❸ ゴキブリ [0] gokiburi 蟑螂
❹ 蜜蜂（みつばち） [2] mitsubachi 蜜蜂
❺ 蝉（せみ） [0] semi 蟬
❻ 蛍（ほたる） [1] hotaru 螢火蟲
❼ てんとうむし [3] tentômusi 瓢蟲
❽ かぶとむし [3] kabutomusi 獨角仙
❾ くわがたむし [4] kuwagatamusi 鍬形蟲
❿ とんぼ [0] tonbo 蜻蜓
⓫ 蝶（ちょう） [1] chô 蝴蝶
⓬ こおろぎ [1] kôrogi 蟋蟀
⓭ あり [0] ari 螞蟻
⓮ 蛾（が） [0] ga 蛾
⓯ のみ [2] nomi 跳蚤
⓰ かまきり [1] kamakiri 螳螂
⓱ バッタ [0] batta 蝗蟲；蚱蜢
⓲ コガネムシ [3] koganemusi 金龜子

對話朗讀

ぜひ行(い)きたいです。

情境會話

2人(ふたり)は蛍(ほたる)の話(はなし)をしています。

兩個人正在談論螢火蟲。

木村(きむら)	今度(こんど)一緒(いっしょ)に蛍(ほたる)を見(み)に行(い)きませんか。	下次要不要一起去看螢火蟲呢？
高橋(たかはし)	えっ、どこで見(み)られますか。	咦？哪裡可以看得到？
木村(きむら)	駅(えき)の近(ちか)くに川(かわ)がありますよね。あそこは水(みず)がきれいですから蛍(ほたる)がいますよ。	車站附近有條河啊。那裡的水很乾淨，所以有螢火蟲喔。
高橋(たかはし)	そうですか。ぜひ行(い)きたいです。	這樣啊。我好想要去。

13-3 植物（しょくぶつ） 植物

單字朗讀

單字 Track 183 / 會話 Track 184

❶ つつじ 2 0 tsutsuji 杜鵑

❷ 百合（ゆり） 0 yuri 百合

❸ 雛菊（ひなぎく） 2 hinagiku 雛菊

❹ 梅（うめ） 0 ume 梅花

❺ 蘭（らん） 1 ran 蘭

❻ アヤメ 0 ayame 鳶尾花

❼ 椿（つばき） 1 tsubaki 山茶花

❽ バラ 0 bara 玫瑰

❾ 菊（きく） 2 kiku 菊

❿ カーネーション 3 kânêshon 康乃馨

⓫ 朝顔（あさがお） 2 asagao 牽牛花

⓬ ラベンダー 2 rabendâ 薰衣草

⓭ 向日葵（ひまわり） 2 himawari 向日葵

⓮ チューリップ 1 3 chûrippu 鬱金香

⓯ スミレ 0 sumire 堇菜

⓰ クローバー 2 kurôbâ 酢漿草；三葉草

⓱ ポインセチア 4 poinsechia 聖誕紅

⓲ タンポポ 1 tanpopo 蒲公英

⓳ 桜（さくら） 0 sakura 櫻花

⓴ 水仙（すいせん） 1 suisen 水仙

㉑ 竹（たけ） 0 take 竹子

你覺得哪種花好呢？

どの花(はな)がいいと思(おも)いますか。

情境會話

川田(かわだ)さんは彼女(かのじょ)にあげる花(はな)を選(えら)んでいます。

川田先生正在挑選要送給女朋友的花。

店員(てんいん)	いらっしゃいませ。	歡迎光臨。
川田(かわだ)	すみません、今日(きょう)は彼女(かのじょ)の誕生日(たんじょうび)なんですが、どの花(はな)がいいと思(おも)いますか。	不好意思，今天是我女朋友的生日，妳覺得哪種花好呢？
店員(てんいん)	このバラの花(はな)はどうですか。	這個玫瑰花怎麼樣？
川田(かわだ)	とてもきれいですね。それをください。	很漂亮呢。請給我那個吧。

13-4 海(うみ)の生(い)き物(もの) 海洋生物

單字朗讀

單字 Track 185 / 會話 Track 186

1. 河豚(ふぐ) [1] fugu 河豚
2. イルカ [0] iruka 海豚
3. サメ [0] same 鯊魚
4. ヒトデ [0] hitode 海星
5. 蛤(はまぐり) [2] hamaguri 蛤蜊
6. イカ [0] ika 烏賊
7. 鯨(くじら) [0] kujira 鯨魚
8. ナマコ [3][0] namako 海參
9. ウミヘビ [0] umihebi 海蛇
10. タツノオトシゴ [0][6] tatsunôtosigo 海馬
11. 珊瑚(さんご) [1] sango 珊瑚
12. 海草(かいそう) [0] kaisô 海藻
13. 蟹(かに) [0] kani 螃蟹
14. タコ [1] tako 章魚
15. くらげ [0] kurage 水母
16. 海亀(うみがめ) [0] umigame 海龜
17. アザラシ [2] azarasi 海豹
18. ロブスター [2] robusutâ 龍蝦
19. エイ [1] ei 魟
20. 巻(ま)き貝(がい) [2] makigai 海螺（又稱為ホラ貝(がい) [2] horagai）

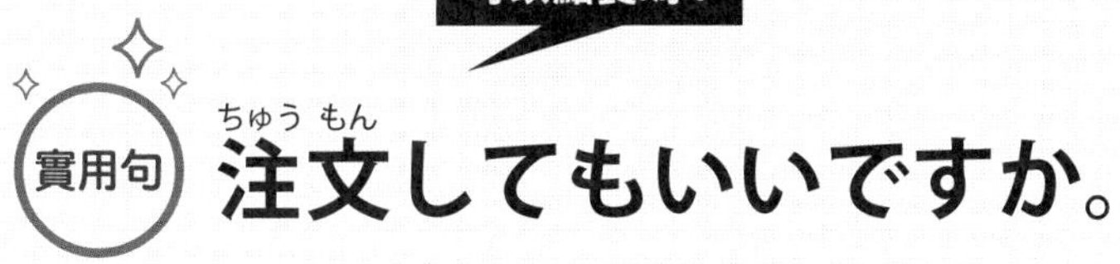

情境會話

木村(きむら)さんは寿司屋(すしや)にいます。

木村先生正在壽司店裡。

店員(てんいん)	お茶(ちゃ)をどうぞ。	請用茶。
木村(きむら)	すみません、注文(ちゅうもん)してもいいですか。	不好意思，可以點餐嗎？
店員(てんいん)	はい、どうぞ。	是的，請說。
木村(きむら)	タコとイカ、それから蛤(はまぐり)の味噌汁(みそしる)をください。	請給我章魚和烏賊，還有蛤蜊味噌湯。

13-5 鳥(とり) 鳥

單字朗讀

單字 Track 187 / 會話 Track 188

❶ かもめ 0 kamome 海鷗

❷ ペンギン 0 pengin 企鵝

❸ はと 1 hato 鴿子

❹ からす 1 karasu 烏鴉

❺ 鴨(かも) 1 kamo 鴨子

❻ すずめ 0 suzume 麻雀

❼ キツツキ 2 kitsutsuki 啄木鳥

❽ カナリア 0 kanaria 金絲雀

❾ ひばり 0 hibari 雲雀

❿ はちどり 2 hachidori 蜂鳥

⓫ つばめ 0 tsubame 燕子

⓬ がちょう 0 gachô 鵝

⑬ たか [0] taka 鷹

⑭ ふくろう [2][3] fukurô 貓頭鷹

⑮ 白鳥（はくちょう） [0] hakuchô 天鵝

⑯ 鶴（つる） [1] tsuru 鶴

⑰ 孔雀（くじゃく） [0] kujaku 孔雀

⑱ オウム [0] ômu 鸚鵡

⑲ 七面鳥（しちめんちょう） [0] sichimenchô 火雞

⑳ ニワトリ [0] niwatori 雞

㉑ シラサギ [0] sirasagi 白鷺

㉒ ダチョウ [0] dachô 鴕鳥

ペットを飼(か)っていますか。

情境會話

田中(たなか)さんはオウムを飼(か)っています。

田中先生有養鸚鵡。

佐藤(さとう)	田中(たなか)さんはペットを飼(か)っていますか。	田中先生你有養寵物嗎？
田中(たなか)	はい、オウムを飼(か)っています。	嗯，我有養鸚鵡。
佐藤(さとう)	そのオウムは話(はな)すことができますか。	那隻鸚鵡會說話嗎？
田中(たなか)	ええ、簡単(かんたん)な挨拶(あいさつ)ができますよ。	嗯，會簡單的打招呼喔。

Section 14

地球と宇宙

地球與太空

14-1 天気 天氣

單字朗讀

單字 Track 189 / 會話 Track 190

❶ 晴れ 2 hare 晴天

❷ 雲 1 kumo 雲
（曇り 3 kumori 陰天；多雲）

❸ 雨 1 ame 雨；雨天
（下雨稱為雨が降る 1＋1 ame ga furu）

❹ 風 0 kaze 風

❺ 雷 3 4 kaminari 雷

❻ 稲妻 0 inazuma 閃電

❼ 霧 0 kiri 霧

❽ 霜 2 simo 霜

❾ 雪 2 yuki 雪

❿ 嵐 1 arasi 風暴

⓫ 気温 0 kion 氣溫

⓬ 台風 3 taifû 颱風

⓭ 氷 0 kôri 冰

⓮ 竜巻 0 tatsumaki 龍捲風

⓯ 春 1 haru 春天

⓰ 夏 2 natsu 夏天

⓱ 秋 1 aki 秋天

⓲ 冬 2 fuyu 冬天

⓳ 寒冷前線 5 kanreizensen 冷鋒

⓴ 寒波 1 kanpa 寒流

㉑ ひょう 1 hyô 冰雹

對話朗讀

那樣比較好喔。

實用句 そのほうが良(い)いですね。

情境會話

今日(きょう)は天気(てんき)が良(よ)くないです。

今天天氣不好。

清水(しみず)	今日(きょう)も風(かぜ)が強(つよ)いですね。	今天風也好大喔。
山下(やました)	台風(たいふう)ですからね。午後(ごご)からは雨(あめ)が降(ふ)るそうですよ。	因為是颱風天啊。聽說從下午開始會下雨喔。
清水(しみず)	そうですか、じゃあ今日(きょう)は早(はや)く帰(かえ)りましょうか。	這樣子啊，那麼今天早點回家吧。
山下(やました)	ええ、そのほうが良(い)いですね。	嗯，那樣比較好喔。

14-2 宇宙（うちゅう） 宇宙

單字朗讀

單字 Track 191 / 會話 Track 192 / 小品 Track 193

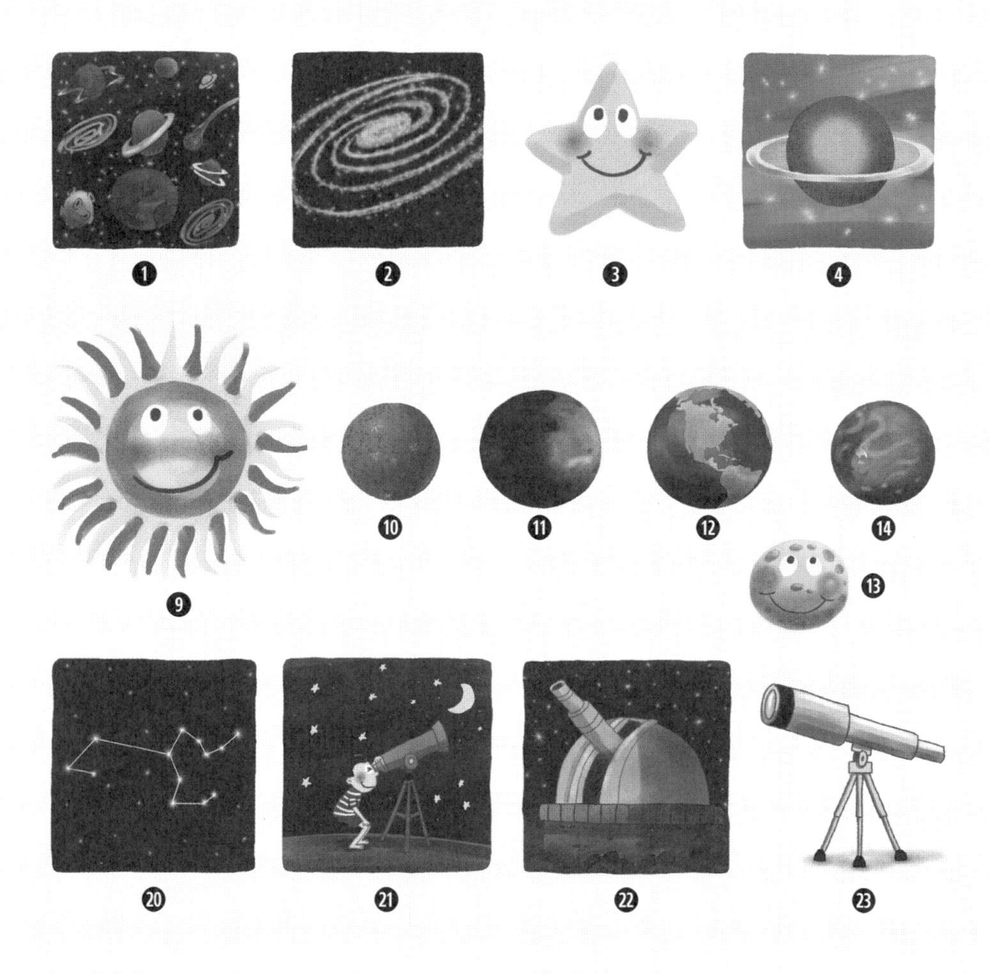

❶ 宇宙（うちゅう） 1 uchû 宇宙

❷ 銀河系（ぎんがけい） 0 gingakei 銀河系

❸ 星（ほし） 0 hosi 星星

❹ 惑星（わくせい） 0 wakusei 行星

❺ 衛星（えいせい） 0 eisei 衛星

❻ 彗星（すいせい） 0 suisei 彗星

❼ 人工衛星（じんこうえいせい） 5 jinkôeisei 人造衛星

❽ 銀河（ぎんが） 1 ginga 星雲

❾ 太陽（たいよう） 1 taiyô 太陽

❿ 水星（すいせい） 0 suisei 水星

⓫ 金星（きんせい） 0 kinsei 金星

⓬ 地球（ちきゅう） 0 chikyû 地球

⓭ 月（つき） 2 tsuki 月球

⓮ 火星（かせい） 0 kasei 火星

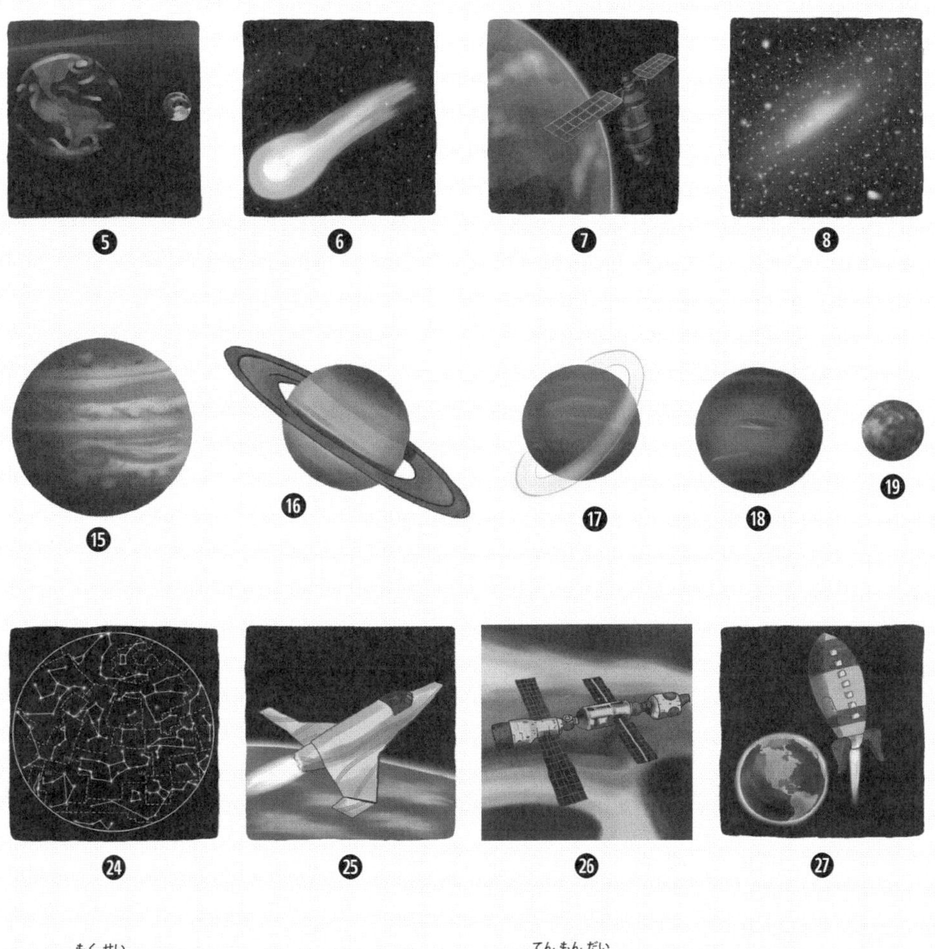

⑮ 木星（もくせい） 0 mokusei 木星

⑯ 土星（どせい） 0 dosei 土星

⑰ 天王星（てんのうせい） 0 tennôsei 天王星

⑱ 海王星（かいおうせい） 0 kaiôsei 海王星

⑲ 冥王星（めいおうせい） 0 meiôsei 冥王星

⑳ 星座（せいざ） 0 seiza 星座

㉑ 天体観測（てんたいかんそく） 5 tentaikansoku 觀星

㉒ 天文台（てんもんだい） 0 tenmondai 天文台

㉓ 望遠鏡（ぼうえんきょう） 0 bôenkyô 望遠鏡

㉔ 星図（せいず） 0 seizu 星圖

㉕ スペースシャトル 5 supêsushatoru 太空梭

㉖ 宇宙（うちゅう）ステーション 5 uchûsutêshon 太空站

㉗ ロケット 2 1 roketto 火箭

ただいま。

情境會話

幸子が学校から帰って来ました。

幸子從學校回來了。

幸子	お父さん、ただいま。	爸爸，我回來了。
お父さん	お帰り。学校はどうだった。	妳回來了。學校怎麼樣呢？
幸子	面白かったよ。今日は星や宇宙のことを勉強をしたんだ。	很有趣喔。今天學了星星和宇宙之類的東西。
お父さん	そうなんだ。じゃあ今晩、望遠鏡で星を見てみようか。	這樣啊。那今晚要不要用望遠鏡來看星星？

全文朗讀

輕鬆小品　星座を聞きましょう

木村：あなたは何座ですか。

田中：私は蟹座です。木村さんは何座ですか。

木村：私は牡羊座です。

〈星座〉

♈
牡羊座
3/21~4/20

♉
牡牛座
4/21~5/21

♊
双子座
5/22~6/21

♋
蟹座
6/22~7/23

♌
獅子座
7/24~8/23

♍
乙女座
8/24~9/23

♎
天秤座
9/24~10/23

♏
蠍座
10/24~11/22

♐
射手座
11/23~12/22

♑
山羊座
12/23~1/20

♒
水瓶座
1/21~2/19

♓
魚座
2/20~3/20

中文翻譯請見 271 頁

14-3 地形（ちけい） 地理景觀

單字朗讀

單字 Track 194 / 會話 Track 195 / 小品 Track 196

❶ 高原（こうげん） [0] kôgen 高原

❷ 滝（たき） [0] taki 瀑布

❸ 森（もり） [0] mori 森林

❹ 湖（みずうみ） [3] mizûmi 湖

❺ 峰（みね） [2][0] mine 山頂

❻ 山（やま） [2] yama 山

❼ ダム [1] damu 水壩

❽ 池（いけ） [2] ike 池塘

❾ 川（かわ） [2] kawa 河流

❿ 川岸（かわぎし） [0] kawagisi 河岸

⓫ 陸（りく） 0 riku 陸地

⓬ 谷（たに） 2 tani 山谷

⓭ 盆地（ぼんち） 0 bonchi 盆地

⓮ 平原（へいげん） 0 heigen 平原

⓯ 海辺（うみべ） 0 3 umibe 海邊

⓰ ビーチ 1 bîchi 海灘

⓱ 港（みなと） 0 minato 海港

⓲ 水平線（すいへいせん） 0 suiheisen 海平面

⓳ 島（しま） 2 sima 島

⓴ 海（うみ） 1 umi 海

大家要不要一起去玩？

實用句 みんなで遊(あそ)びませんか。

情境會話

2人(ふたり)は夏休(なつやす)みの予定(よてい)を話(はな)しています。

兩個人正在聊暑假的計畫。

北村(きたむら)：夏休(なつやす)み、みんなで遊(あそ)びませんか。

暑假大家要不要一起去玩？

加藤(かとう)：いいですね。

好啊。

北村(きたむら)：加藤(かとう)さんは海(うみ)と山(やま)、どちらへ行(い)きたいですか。

加藤小姐，山上跟海邊，妳想去哪裡？

加藤(かとう)：私は海(うみ)へ行(い)きたいです。

我想去海邊。

輕鬆小品　地球の豆知識

● エベレストは世界一高い山で、標高は８８４８メートルです。

● カスピ海は世界で最も大きな湖で、面積は３７０万平方キロメートルあります。

● グリーンランドは世界で最も大きな島で、面積は２１６万６０８６平方キロメートルあり、そのうち１７０万平方キロメートルが氷に覆われています。

● インドネシアは約１万７千の島からなり、そのうち約六千の島に人が住んでいます。

● 太平洋は大西洋の2倍あり、全世界の水域の４6パーセントを占めます。

● マリアナ海溝は最も深い海溝で、1万９２４メートルの深さがあります。

中文翻譯請見 271 頁

14-4 世界地図（せかいちず） 世界地圖

單字朗讀

單字 Track 197 / 會話 Track 198

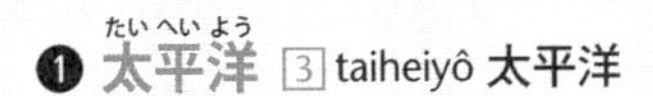

❶ 太平洋（たいへいよう） 3 taiheiyô 太平洋

❷ 北（きた）アメリカ 4 kitâmerika 北美洲

❸ カナダ 1 kanada 加拿大

❹ アメリカ 0 amerika 美國

❺ 南（みなみ）アメリカ 5 minamiamerika 南美洲

❻ ブラジル 0 burajiru 巴西

❼ 大西洋（たいせいよう） 3 taiseiyô 大西洋

❽ ヨーロッパ 3 yôroppa 歐洲

❾ イギリス 0 igirisu 英國

❿ フランス 0 furansu 法國

⓫ ドイツ 1 doitsu 德國

⓬ イタリア 0 itaria 義大利

⓭ アフリカ 0 afurika 非洲

⓮ インド洋（よう） 3 indoyô 印度洋

⓯ インド 1 indo 印度

⓰ アジア 1 ajia 亞洲

⓱ ロシア 1 rosia 俄羅斯

⓲ 中国（ちゅうごく） 1 chûgoku 中國

⓳ 韓国（かんこく） 1 kankoku 韓國

⓴ 日本（にほん） 2 nihon 日本

㉑ 台湾（たいわん） 3 taiwan 台灣

㉒ シンガポール 4 singapôru 新加坡

㉓ オセアニア 0 oseania 大洋洲

㉔ オーストラリア 5 ôsutoraria 澳洲

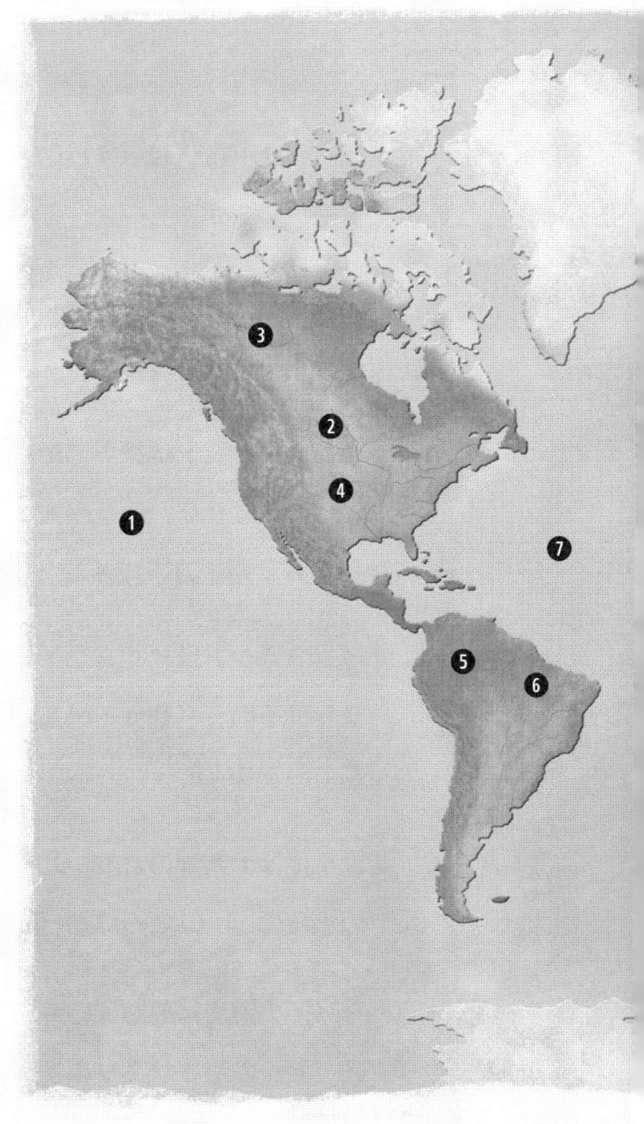

㉕ ニュージーランド 5 nyûjîrando 紐西蘭

㉖ 南極（なんきょく） 0 nankyoku 南極洲

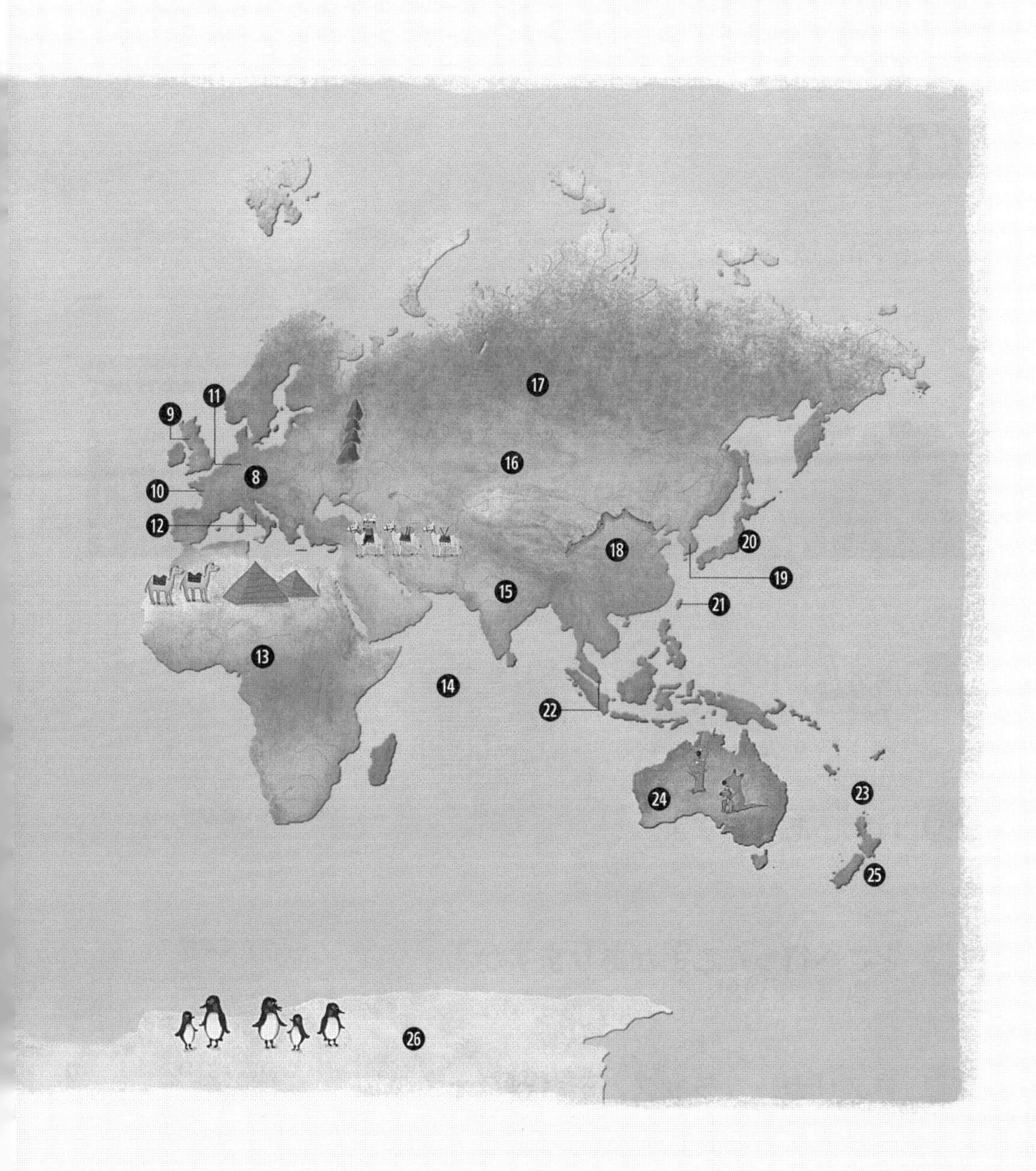

17
11
9
16
8
10
12
20
18
19
15
21
13
14
22
24
23
25
26

你有出國旅遊過嗎？

海外旅行(かいがいりょこう)に行(い)ったことがありますか。

情境會話

山下(やました)さんは旅行(りょこう)が好(す)きです。

山下先生喜歡旅行。

川田(かわた)	海外旅行(かいがいりょこう)に行(い)ったことがありますか。	你有出國旅遊過嗎？
山下(やました)	はい、ありますよ。	嗯，有啊。
川田(かわた)	どこへ行(い)ったことがありますか。	你去過哪裡？
山下(やました)	アメリカ、フランス、それからオーストラリアへ行(い)ったことがあります。次(つぎ)はブラジルへ行(い)きたいです。	我去過美國、法國，還有澳洲。我下次想去巴西。

翻訳（ほんやく）

輕鬆小品中文翻譯

翻訳（ほんやく） 輕鬆小品中文翻譯

1-1 日本人と和服（にほんじん と わふく） 日本人與和服

在日本的生活中，有許多穿和服的儀式與活動。

像是嬰兒穿和服的「お宮参り（みやまいり）や」（嬰兒參拜守護神的活動），或是有所謂的「七五三」，就是男孩在五歲、女孩在三歲和七歲的時候，都會穿和服去參拜神佛。每年一月都會舉辦成年禮，剛滿二十歲的男生和女生會穿著漂亮的和服舉行慶祝儀式。此外，像遇到大學畢業典禮、婚禮等人生中的重要儀式時，也有許多人選擇穿和服。

1-2 お花見（はなみ） 賞花

日本人到了春天都會去賞櫻花。很多人會邀請朋友、同事、親戚一同到粉紅色的美麗櫻花樹下，一起喝酒、一起唱歌。大部分的人都在白天賞櫻花，但最近也有人在晚上賞夜櫻。

東京有很多可以賞櫻花的地方。著名的場所像是上野車站附近的上野恩賜公園，裡面約有一千兩百棵的櫻花樹。每逢賞櫻季節，大約會有兩百萬人前來賞櫻。

因為著名的賞花景點不容易佔到位子，所以經常有人在前一天晚上或是當天一大早就去佔位子。如果是公司舉辦賞櫻花的話，這個佔位子的工作通常交由新進員工來做。

2-1 結婚式に参加する時のマナー（けっこんしき さんか とき） 參加結婚典禮時的禮節

在日本參加婚禮的時候，有哪些事情是應該多加注意的呢？其實，日本的婚禮，諸如穿著、禮金的金額等，有很多禮節是參加者應該要好好遵守的。

〈服裝〉

女生通常穿禮服參加，但是要避免穿著太暴露的衣服。然後，白色是新娘禮服的顏色，所以最好不要穿。另外，因為婚禮是大家一起用餐的地方，所以不要噴太多香水。

男生原則上以穿著西裝為主。頭髮梳理整齊、並穿乾淨的鞋子赴宴。雖然可以穿時髦的襯衫，但是不要穿太顯眼的顏色或是解開襯衫前面的扣子。

〈禮金〉

禮金的金額，有一些不能選用的數字。例如「4」、「9」這兩個數字就和「死」、「苦」同音，所以不能使用。此外，金額最前面的數字是偶數的話，會讓人聯想到「破碎」、「分別」，因此避開偶數會比較好。

如果是朋友的話，大部份都給三萬元左右的日幣。然後，鈔票一定要挑選乾淨的新鈔。

3-1 日本人の家へ行く時のマナー

拜訪日本人家庭時的禮節

去別人家拜訪的時候，日本人會注意什麼事情呢？

〈伴手禮〉

日本人去拜訪別人家的時候，通常都會帶著簡單的伴手禮。許多人會買吃的東西當作伴手禮。對方的家裡如果有小孩的話，也可以買小孩子喜歡的點心。但是，在對方家附近買的話，會被認為沒有好好準備，所以應該要避免這樣的事情。

〈去拜訪對方家的時間〉

要去拜訪對方家之前，請一定要先約好時間。不能沒有約就突然前去。還有，比約定時間早到太多也是不禮貌的行為。去私人住家的話，比約定時間晚五分鐘到會比較恰當。

5-1 日本人とお酒を飲もう

跟日本人一起喝酒吧

下班後，日本人經常會和同事、朋友一起去居酒屋。

〈喝酒的禮節〉

倒啤酒的時候，標籤要朝上，並用雙手拿著。右手在上，左手在下。被倒酒的人，要用雙手拿著酒杯。

〈喝酒時常說的話〉

- 乾杯。（不用全部喝完沒關係）
- 麻煩再給我一杯。
- 我喝醉了。

5-2 日本人と箸 日本人與筷子

日本料理使用的是筷子。爸爸和媽媽在家裡都會教孩子筷子的正確拿法。在日本也有小學會教導如何使用筷子的課程。

〈筷子的正確拿法〉

① 用右手從上面拿起
② 左手放在下面
③ 改變右手的位置

〈用筷子不可以做的事〉

① 兩個人夾同一個東西
② 舔筷子
③ 猶豫要夾什麼
④ 用筷子刺東西

5-3 フォーク並びと割り込み

叉式排隊和插隊

日本人不管是買東西、去遊樂園或是到好吃的餐廳吃東西時，通常都會排隊。為了要吃碗拉麵，也有人會排兩個小時以上的隊。

〈叉式排隊〉

各個櫃台前都有一位客人，後面的客人則排成一排，這就是「叉式排隊」。在速食餐廳排隊的時候，日本人常常會以叉子形的方式來排隊。各個結帳櫃檯的店員幫客人點完餐之後，會叫後方排在最前面的人上前點餐。

〈插隊〉

沒有好好排隊，從中途插入排隊隊伍稱為「割り込み（插隊）」。日本人不喜歡沒有好好遵守規矩的人，所以要多加小心喔。

6-6 日本で買い物をしよう 在日本買東西吧

〈詢問價錢〉

客人：這個多少錢？

店員：兩千元日幣。

〈試穿〉

客人：這個可以試穿嗎？

店員：是，可以。／很抱歉，不可以。

〈尋找商品〉

客人：男生的衣服在哪裡？可以麻煩你告訴我嗎。

店員：是，男生的衣服在這邊。

7-2 数式の読み方 算式的唸法

學會這些基本算式的唸法，在各種場合都可以派上用場。

加法　：8＋8＝16（八加八等於十六）
減法　：8－7＝1（八減七等於一）
乘法　：8×8＝64（八乘以八等於六十四）
除法　：8÷8＝1（八除以八等於一）
分數　：1/2（二分之一）
百分比：5%（百分之五）

7-4 日本語と中国語の面白い違い 日文與中文的有趣差異

這個日文的中文意思是什麼？

1. 日文的「走る」是中文的＿＿＿。
2. 日文的「娘」是中文的＿＿＿。
3. 日文的「泥棒」是中文的＿＿＿。
4. 日文的「先生」是中文的＿＿＿。
5. 日文的「自動車」是中文的＿＿＿。
6. 日文的「面白い」是中文的＿＿＿。

解答

1. B　2. C　3. A　4. B　5. A　6. B

8-1 お見舞い 探病

家人、朋友或同事住院的時候都會去探病。但是，探病的時候，有一些應該留心注意的地方，所以在此向大家介紹探病的禮節。

〈什麼時候去探病？〉

對方剛住院或是剛開完刀的時候，對方和其家屬都比較辛苦，所以不要在這個時候去探病。應該等到對方體力稍微恢復之後再去會比較好。

〈探病的時候應該要送些什麼？〉

大部分的人會送花、水果或點心。但是，開完刀之後，有的人可能還不能吃東西，所以要先問問對方的家人，病人能不能吃東西。送花的時候，不可以送盆栽、菊花等物品。盆栽會「生根」，而「生根」和「病倒」的發音很接近，所以不能送。而菊花因為是喪禮上用的花，所以也不能送。

8-3 お医者さんと話しましょう 和醫生說話時

醫生：怎麼了嗎？
病人：醫生，我肚子痛。
醫生：從什麼時候開始痛的？
病人：從昨天開始痛的。
醫生：這樣子啊。那麼開藥給你喔。
病人：我了解了。藥什麼時候吃呢？
醫生：請飯後吃。那麼請三天後再來。

9-2 電車のマナー 電車禮儀

〈排隊時〉

排隊等電車的時候，要排成兩列或三列。不可以插隊。

〈其他人要下車時〉

電車很擁擠的時候，如果你在站在門的前方，而後方的人要下車的話，就算你沒有打算要下車，也要先出去一下。

〈手機、化妝〉

在電車裡面不可以化妝。還有也不可以講手機。手機要下車後講，化妝則要在家裡化。

〈看報紙〉

在電車上想看報紙的時候，要把報紙摺起來看。

10-3 擬音語．擬声語 擬聲詞

日文有許多表達生物聲音、物品聲音的「擬聲語、擬音語」。漫畫中也常使用。如果會使用的話，日文的表現將變得更為豐富。

嬰兒哭聲	おぎゃー	麻雀叫聲	ちゅんちゅん
狗的叫聲	わんわん	貓的叫聲	にゃーにゃー
羊的叫聲	めぇー	豬的叫聲	ぶーぶー
雨聲	ざあざあ	雷聲	ごろごろ
風聲	ぴゅーぴゅー	爆炸聲	どかん
盤子破掉的聲音	ぱりん	錢掉下的聲音	ちゃりん

10-4 日本人と漫画 日本人與漫畫

〈日本漫畫〉

在日本，很多人都會看漫畫。電車裡，不管是去上學的學生或是去上班的大人也都會看漫畫。現在，日本漫畫在國外也有許多粉絲。

〈連載漫畫〉

受歡迎的漫畫，連載時間都相當長。例如，廣受世界歡迎的《哆啦A夢》（作者 藤子•F•不二雄）就持續了二十六年，而在日本廣受成年男性歡迎的《哥爾哥13》（作者 齋藤隆夫）也持續了四十六年以上。

〈二手書店〉

如果想以便宜的價錢買到日本漫畫的話，推薦各位利用「BOOK・OFF」或「古本市場」等大型二手書店。日本各地都可以找到這類二手書店，而且便宜的書大約一百元日幣就能買到。

10-5 日本の遊園地 日本的遊樂園

〈日本最受歡迎的遊樂園〉

在日本約有兩百座遊樂園。其中最受歡迎的，是每年約有兩千五百萬人造訪的東京迪士尼樂園和東京迪士尼海洋樂園。裡面不僅遊樂設施好玩，還設有飯店，而且紀念品也很可愛，所以廣受各個家庭、情侶、還有外國人的歡迎。

〈日本歷史最悠久的遊樂園〉

日本最古老的遊樂園是一八五三年完工的淺草花屋敷。這個遊樂園位於淺草著名的淺草寺旁邊。不妨在參拜完淺草寺之後，去淺草花屋敷看看。

10-6 温泉、銭湯での注意 在溫泉、澡堂要注意的事

日本人很喜歡泡湯。日本有一種特殊的文化，就是大家會一起到溫泉或澡堂去泡湯。最近，聽說外國人來日本旅遊時，也常常會去泡湯。但由於溫泉和澡堂有許多規矩，所以必須要多加注意。

規矩 ①「要先清洗身體」

進入浴池之前，必須先清洗身體。

規矩 ②「毛巾不可以放進浴池」

因為毛巾是清洗身體的用品，所以不可以放進浴池裡。

規矩 ③「回去更衣室之前，先擦乾身體」

因為更衣室是大家更衣的地方，所以回到更衣室之前，要先用毛巾擦乾身體。

11-1 野球(やきゅう)が好(す)きな日本人(にほんじん)

喜歡棒球的日本人

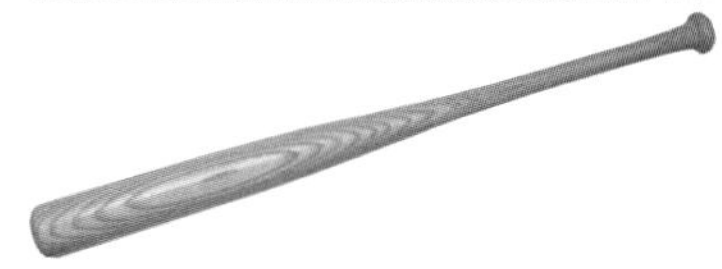

在日本有很多受歡迎的運動，但說到最受歡迎的運動就是棒球了。

在日本也有很多關於棒球的漫畫，日本的爸爸們晚上經常會收看電視的棒球比賽。職業棒球當然很受歡迎，而每年八月在甲子園舉辦的高中棒球比賽，也會有很多人在電視前加油吶喊。

〈傳接球〉

在公園經常會看到爸爸和兒子在練習傳接球。在日本，棒球是一種孩子和爸爸同樂的運動。

13-1 動物(どうぶつ)の豆知識(まめちしき)

動物的冷知識

- 飛得最快的動物是遊隼，飛行時速為三百二十公里。
- 跑得最快的動物是獵豹，每小時可跑一百一十二公里。
- 游得最快的魚類是雨傘旗魚，每小時的移動速度是一百〇九公里。
- 移動速度最快的昆蟲是蜻蜓，每小時可以飛行五十七公里。
- 蝸牛每小時只能爬行〇．〇五公里。
- 有的鱷魚體重可達七百公斤，雖然是龐大的軀體配上短小的四肢，但每小時可跑十六公里，和人類的速度相同。

14-2 星座(せいざ)を聞(き)きましょう

來問問星座吧

木村：你是什麼星座？

田中：我是巨蟹座。木村先生是什麼星座呢？

木村：我是牡羊座。

星座

牡羊座 3/21~4/20	金牛座 4/21~5/21	雙子座 5/22~6/21
巨蟹座 6/22~7/23	獅子座 7/24~8/23	處女座 8/24~9/23
天平座 9/24~10/23	天蠍座 10/24~11/22	射手座 11/23~12/22
魔羯座 12/23~1/20	水瓶座 1/21~2/19	雙魚座 2/20~3/20

14-3 地球(ちきゅう)の豆知識(まめちしき)

地球的冷知識

- 聖母峰是世界第一高峰，標高八千八百四十八公尺。
- 裏海是世界最大的湖泊，面積為三百七十萬平方公里。
- 格陵蘭是世界最大的島，面積為兩百一十六萬六千〇八十六平方公里，其中有一百七十萬平方公里為冰雪所覆蓋。
- 印尼約由一萬七千個島嶼組成，其中約六千個島嶼有人居住。
- 太平洋是大西洋的兩倍，佔全世界水域的百分之四十六。
- 馬里亞納海溝是最深的海溝，有一萬〇九百二十四公尺深。

索引 索引

う

え

お

か

き

く

け

こ

さ

し

そ

た

ち

つ

て

と

な

に

ぬ

ね

の

は

ひ

ふ

へ

ほ

ま

み

む

め

も

や

ゆ

よ

ら

り

る

れ

ろ

わ

附錄（一）

日語五十音音韻表

清音、鼻音

	あ段	い段	う段	え段	お段
あ行	あ ア a	い イ i	う ウ u	え エ e	お オ o
か行	か カ ka	き キ ki	く ク ku	け ケ ke	こ コ ko
さ行	さ サ sa	し シ si	す ス su	せ セ se	そ ソ so
た行	た タ ta	ち チ chi	つ ツ tsu	て テ te	と ト to
な行	な ナ na	に ニ ni	ぬ ヌ nu	ね ネ ne	の ノ no
は行	は ハ ha	ひ ヒ hi	ふ フ fu	へ ヘ he	ほ ホ ho
ま行	ま マ ma	み ミ mi	む ム mu	め メ me	も モ mo
や行	や ヤ ya		ゆ ユ yu		よ ヨ yo
ら行	ら ラ ra	り リ ri	る ル ru	れ レ re	ろ ロ ro
わ行	わ ワ wa				を ヲ wo
鼻音	ん ン n				

濁音

	あ段		い段		う段		え段		お段	
が行	が	ガ	ぎ	ギ	ぐ	グ	げ	ゲ	ご	ゴ
	ga		gi		gu		ge		go	
ざ行	ざ	ザ	じ	ジ	ず	ズ	ぜ	ゼ	ぞ	ゾ
	za		ji		zu		ze		zo	
だ行	だ	ダ	ぢ	ヂ	づ	ヅ	で	デ	ど	ド
	da		zi		zu		de		do	
ば行	ば	バ	び	ビ	ぶ	ブ	べ	ベ	ぼ	ボ
	ba		bi		bu		be		bo	

半濁音

ぱ行	ぱ	パ	ぴ	ピ	ぷ	プ	ぺ	ペ	ぽ	ポ
	pa		pi		pu		pe		po	

拗音

	や		ゆ		よ	
き	きゃ	キャ	きゅ	キュ	きょ	キョ
	kya		kyu		kyo	
ぎ	ぎゃ	ギャ	ぎゅ	ギュ	ぎょ	ギョ
	gya		gyu		gyo	
し	しゃ	シャ	しゅ	シュ	しょ	ショ
	sha		shu		sho	
じ	じゃ	ジャ	じゅ	ジュ	じょ	ジョ
	ja		ju		jo	
ち	ちゃ	チャ	ちゅ	チュ	ちょ	チョ
	cha		chu		cho	
に	にゃ	ニャ	にゅ	ニュ	にょ	ニョ
	nya		nyu		nyo	
ひ	ひゃ	ヒャ	ひゅ	ヒュ	ひょ	ヒョ
	hya		hyu		hyo	
び	びゃ	ビャ	びゅ	ビュ	びょ	ビョ
	bya		byu		byo	
ぴ	ぴゃ	ピャ	ぴゅ	ピュ	ぴょ	ピョ
	pya		pyu		pyo	
み	みゃ	ミャ	みゅ	ミュ	みょ	ミョ
	mya		myu		myo	
り	りゃ	リャ	りゅ	リュ	りょ	リョ
	rya		ryu		ryo	

說明：

- 發音時し的讀音較接近[shi]，を的讀音和お一樣為[o]，じ和ぢ 、ず和づ的讀音相同。
- し、ち、つ、ふ、を、じ、ぢ、づ、しゃ、しゅ、しょ、じゃ、じゅ、じょ亦可分別標記為[shi]、[ti]、[tu]、[hu]、[o]、[zi]、[di]、[du]、[sya]、[syu]、[syo]、[zya]、[zyu]、[zyo]。

附錄（二）

日本全圖

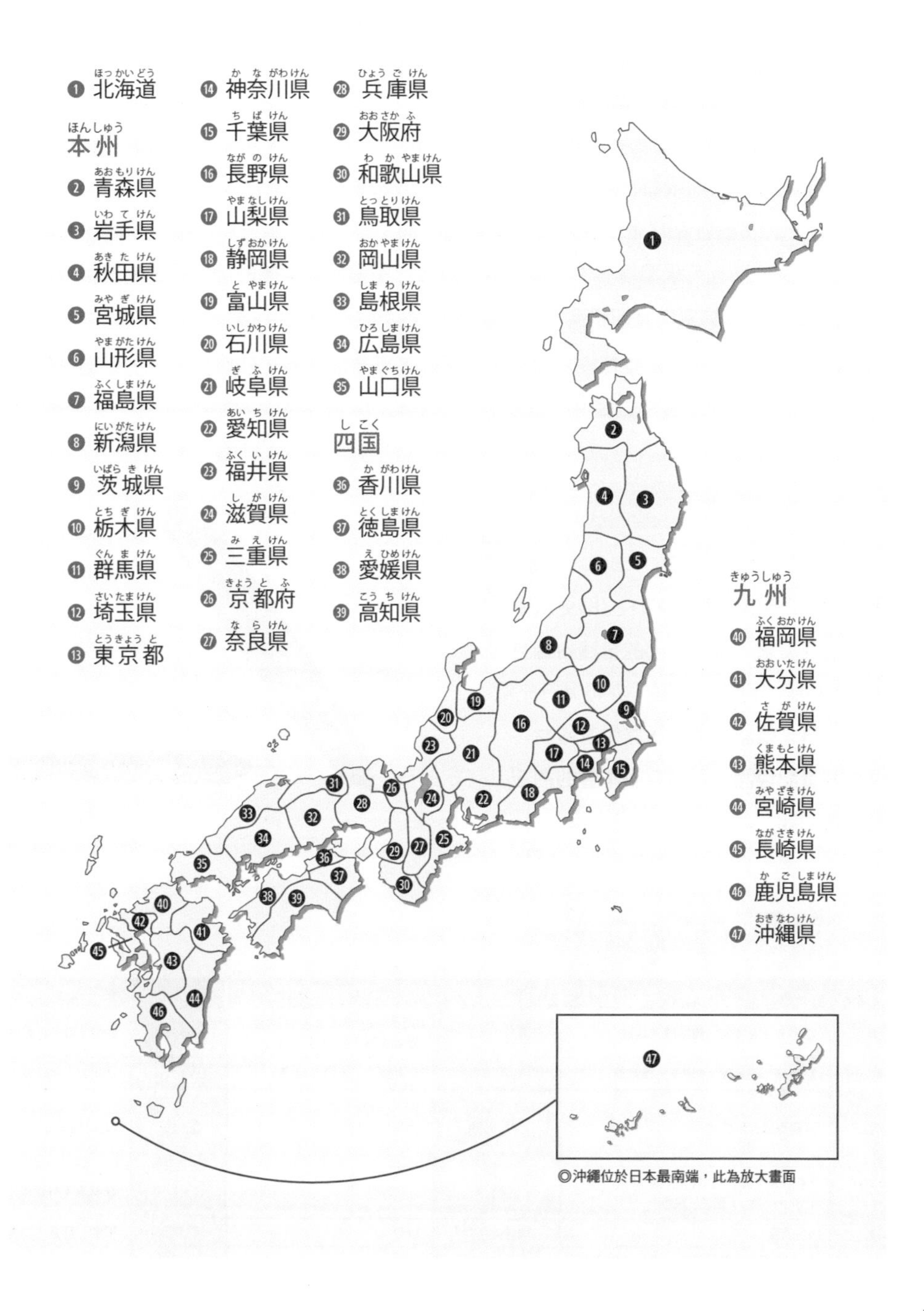

1 北海道
本州
2 青森県
3 岩手県
4 秋田県
5 宮城県
6 山形県
7 福島県
8 新潟県
9 茨城県
10 栃木県
11 群馬県
12 埼玉県
13 東京都
14 神奈川県
15 千葉県
16 長野県
17 山梨県
18 静岡県
19 富山県
20 石川県
21 岐阜県
22 愛知県
23 福井県
24 滋賀県
25 三重県
26 京都府
27 奈良県
28 兵庫県
29 大阪府
30 和歌山県
31 鳥取県
32 岡山県
33 島根県
34 広島県
35 山口県
四国
36 香川県
37 徳島県
38 愛媛県
39 高知県
九州
40 福岡県
41 大分県
42 佐賀県
43 熊本県
44 宮崎県
45 長崎県
46 鹿児島県
47 沖縄県
◎沖繩位於日本最南端，此為放大畫面

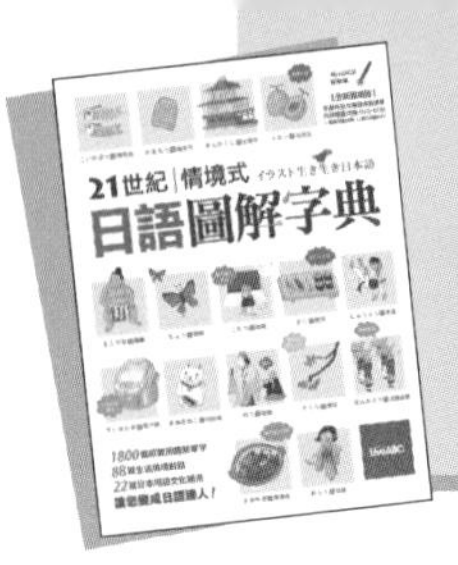

本書為點讀版印刷，可搭配 MyVOICE® 智慧點讀筆使用

MyVOICE® 智慧筆介紹

「MyVOICE®智慧筆」是專為學習語言所研發的新一代電子產品，透過精密且高品質的光學鏡頭，隨點即聽，最能符合快速、大量、有效學習的需求。

MyVOICE®外形高雅時尚，體積輕巧，攜帶方便，不受時間與空間的限制，徹底跳脫以往學習語言的框架。而且可視環境需求外接耳機，由自己創造個人專屬的優質語言學習環境。除此之外，MyVOICE®內建高容量記憶體，方便讀者一次儲存多本書的檔案。

MyVOICE® 4G 智慧筆兼具錄音功能，效果媲美專業錄音筆，使您在學習上更能達到事半功倍的效果。可搭配橘色錄音卡使用。

MyVOICE® 智慧筆功能介紹

- 「看到哪、讀到哪，點到哪、學到哪」攜帶方便
- 可不斷更新內建記憶體資料，立即更新學習內容
- 可依照自身需求，選擇不同的書籍內容更新
- 具 MP3 功能，可連結電腦，亦可另行充電
- 涵蓋美、日、韓語等多種語言學習教材
- 內建高容量記憶體，可儲存多本書的內容
- 兼具錄音功能

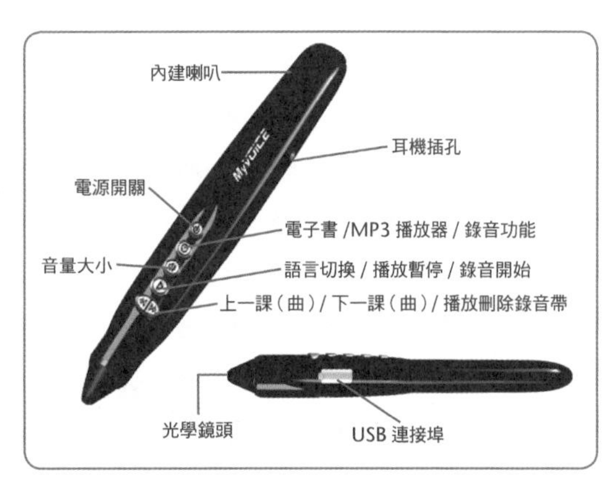

MyVOICE® 智慧筆產品規格

項目	規格	項目	規格	項目	規格
配件	錄音卡、充電器、傳輸線、耳機	充電方式 / 時間	USB (pc) 充電 4 小時以上，電源充電大約 2.5 小時	資料方式	內建（可隨時更換）
多功能	點讀筆、隨身碟、MP3 、錄音筆	省電功能	自動關機（大約 3 分鐘）	USB 介面	USB2.0 連線埠 / 連接線
資料存取及下載方式	同隨身碟存取方式	工作時間	大約 3 小時	記憶卡	Nand-Flash（可讀寫）
智慧筆尺寸	14.5cm（長）* 2.5cm（寬）* 1.6cm（高）/ 顏色：黑色	揚聲器	內建喇叭	最大容量	參照筆盒外之標示
重量	45 公克	電源指示燈	LED	調節開關	開關 / 音量 / 功能鍵
電源電壓	3.7V DC（內建鋰電池），附 USB 電源充電器	耳機介面	3.5mm	播放檔	BNL

如需瞭解更多點讀筆產品，請速上

1. 大新書局官網：http://www.dahhsin.com.tw/
2. LiveABC 官網：http://www.liveabc.com/

MyVOICE® 智慧筆
原價 3,840 元
特價 3,456 元

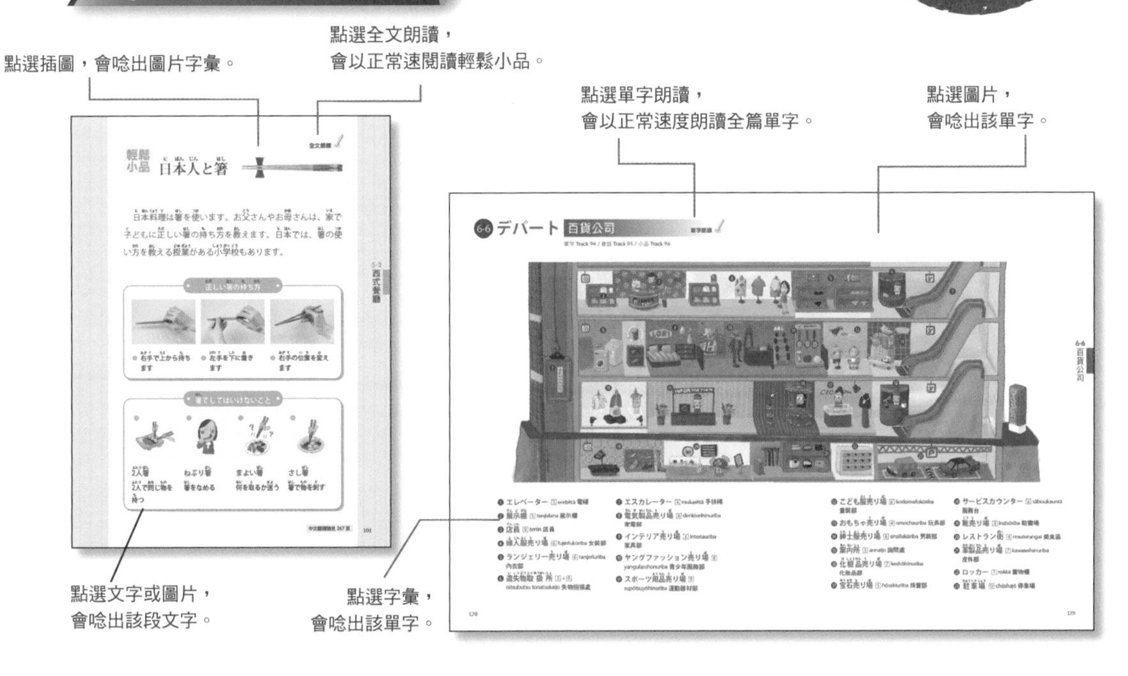

訂 購 單

☐ Yes！我要購買「MyVOICE® 智慧筆」($3,456元/支)

數量：____________ 訂購總金額：新台幣______________________元整

訂購人資料

訂 戶 編 號：______________________(必填)

訂 購 日 期：民國____年____月____日

收貨人姓名：______________________

訂購總金額：______________________元

聯 絡 電 話：(O)______________________

(H)______________________

手　　機：______________________

送貨地址(請詳填)：☐☐☐

____

信用卡結帳資料

持卡人姓名：______________________

信 用 卡 別：☐VISA ☐MASTER ☐JCB

信 用 卡 號：________—________—________—________

發 卡 銀 行：______________________

信用卡有效期限：西元________年____月

持卡人簽名：______________________

發 票 抬 頭：______________________

統 一 編 號：______________________

發 票 種 類：☐二聯 ☐三聯

24 小時傳真訂閱專線：
(02)2578-5800、2578-2707

商品諮詢專線：
(02)2578-7838

諮詢時間：
週一～週五 9:00~19:00

《21 世紀情境式日語圖解字典 -- 全新擴編版》讀者回函卡

謝謝您購買本書，也希望能與我們分享您的意見！

如果您願意，請您詳細填寫下列資料，免貼郵票寄回 LiveABC 即可獲贈《CNN 互動英語》、《Live 互動英語》、《每日一句週報》電子學習報 3 個月期（總值：900 元）及 LiveABC 不定期提供的最新出版資訊。

姓名		性別	□男 □女
出生日期	年 月 日	聯絡電話	
住址			
E-mail	@		
學歷	□國中以下 □國中 □高中 □大專及大學 □研究所		
職業	□學生 □資訊業 □工 □商 □服務業 □軍警公教 □自由及專業 □其它		

您從何處得知本書？

□書店 □網站 □電子型錄 □他人推薦 □雜誌 □其他

您以何種方式購得此書？

□一般書店 □連鎖書店 □網路 □郵局劃撥 □其他

您覺得本書的價格： □偏低 □合理 □偏高

您對本書的評價：

	書名	封面	內容	編排	紙張
很滿意	□	□	□	□	□
還不錯	□	□	□	□	□
普　通	□	□	□	□	□
不滿意	□	□	□	□	□
很後悔	□	□	□	□	□

您希望我們製作哪些學習主題：

您對我們的建議：

黏

貼

處

廣告回信
台北郵局登記證
台北廣字1194號

105

台北市松山區八德路三段32號12樓

希伯崙股份有限公司客戶服務部　收

地址：

市　區　段　巷　弄　號　樓
縣　市
　　鄉　鎮

□□□